Andreas Schlüter

# Level 4

## Die Stadt der Kinder

*Andreas Schlüter,* Jahrgang 1958, arbeitet als Fernsehjournalist und freier Autor in Hamburg. Sein Erfolg als Schriftsteller begann mit diesem spannenden Computerkrimi, dem noch drei weitere Bände folgten: ›Der Ring der Gedanken‹, ›Achtung, Zeitfalle‹ und ›Jagd im Internet‹. Weitere Titel von Andreas Schlüter bei dtv junior: siehe Seite 4

Andreas Schlüter

# Level 4

## Die Stadt der Kinder

Deutscher Taschenbuch Verlag

Unter www.dtv.de/Lehrer

Von Andreas Schlüter sind außerdem
bei dtv junior lieferbar:

Heiße Spur aus Afrika, dtv junior 70430
Der Ring der Gedanken, dtv junior 70475
Achtung, Zeitfalle!, dtv junior 70538
Die Fernsehgeisel, dtv junior 70660
UFO der geheimen Welt, dtv junior 70697
Die Rollschuhräuber Kurierdienst Rattenzahn,
dtv junior 70713
Ein Teufelsbraten Kurierdienst Rattenzahn,
dtv junior 70768
Die Mega-Stars Kurierdienst Rattenzahn, dtv junior 70779

In neuer Rechtschreibung
10. Auflage August 2003
1998 Deutscher Taschenbuch Verlag GmbH & Co. KG,
München
www.dtvjunior.de

Umschlagkonzept: Balk & Brumshagen
Umschlagbild: Karoline Kehr
Gesetzt aus der Futura 11½/13'
Gesamtherstellung: Kösel, Kempten
Printed in Germany · ISBN 3-423-70459-4

# Das neue Computerspiel

Die Sonne warf ihren hellen Strahl durchs Fenster und traf Ben genau ins Auge. Ben blinzelte, schielte zu seinem Radiowecker und war im Nu hellwach. Sechs Uhr dreißig zeigte der Wecker. Eigentlich hätte Ben noch eine halbe Stunde schlafen können, aber an diesem Tag erschien es ihm unmöglich.

Aufgeregt sprang er aus dem Bett. Heute war der Tag der Tage. Heute bekam er endlich das neue Computerspiel. Frank, sein bester Freund, wollte es mit in die Schule bringen. Ben hatte ihm im Gegenzug die schöne, goldene Halskette versprochen, die er einst von seiner Oma geschenkt bekommen hatte. Ein stolzer Preis. Einen kurzen Moment überlegte Ben noch einmal, ob er auf das Tauschgeschäft tatsächlich eingehen sollte. Seine Großmutter wäre bestimmt nicht begeistert, wenn sie wüsste, dass er die Kette gegen ein Computerspiel eintauschen würde. Aber er hatte es sich zwei Wochen lang überlegt und nun eine Entscheidung getroffen. Das Computerspiel war ihm wichtiger.

In Windeseile zog Ben sich an. Er griff in die Schublade der Wäschekommode und erwischte zwei Socken, eine rote und eine grüne. Schnell noch Pullover und Hose. Minuten später steckte er den Kopf durch die Tür des Zimmers seiner Mutter. »Hallo, Mami! Gibt's heute kein Frühstück?«

Bens Mutter schreckte aus dem Bett hoch. Hektisch blickte sie zum Wecker: Sechs Uhr dreiunddreißig. Gott sei Dank, sie hatte nicht verschlafen.

»Ben?«, fragte sie erstaunt. »Es ist halb sieben. Du hast doch noch eine Dreiviertelstunde Zeit bis zum Frühstück. Was bist du denn jetzt schon auf?«

»Ich muss heute eher los«, drängelte Ben. »Ich bekomme ein neues Computerspiel!«

»Das darf nicht wahr sein«, stöhnte Bens Mutter und ließ ihren Kopf zurück ins warme, kuschelige Kissen fallen. »Und deshalb weckst du mich eine halbe Stunde zu früh?«

»Das ist wichtig«, quengelte Ben.

»Klar«, antwortete seine Mutter und rappelte sich langsam wieder aus dem Bett hoch. Dabei fiel ihr Blick erneut auf Ben. Plötzlich lachte sie los.

»Was ist denn?«, wollte Ben wissen.

Kopfschüttelnd betrachtete seine Mutter den roten und den grünen Strumpf, wanderte mit den Augen hoch bis zu Bens Hosenbund, stellte fest, dass sein Hosenschlitz noch offen war, schaute noch ein Stückchen höher und erkannte, dass er den Pullover falsch herum angezogen hatte.

»Hast du heute schon mal in den Spiegel geschaut, du kleiner Clown?«, kicherte seine Mutter. »Ich wette, du hast dich vor lauter Wichtigkeit noch nicht einmal gewaschen.«

*Waschen! Ich bekomme heute das neue Computerspiel und die fragt, ob ich mich gewaschen habe.* Ben konnte es nicht fassen. *Ich habe mich gestern Abend gewaschen, bin in ein sauberes Bett gestiegen und heute Morgen aus diesem sauberen Bett wieder aufgestanden. Mir soll mal jemand sagen, wo ich mich da dreckig gemacht haben soll.*

»Ich bin nicht mehr klein«, antwortete Ben entrüstet. Er wollte so schnell wie möglich von dem unangenehmen Thema Waschen wegkommen.

»Natürlich nicht«, schmunzelte seine Mutter. »Allerdings auch noch nicht ganz erwachsen genug um dich richtig anzuziehen, geschweige denn dir dein Frühstück selbst zu machen.«

»Oh Mann«, stöhnte Ben. »Nie nimmst du mich ernst. Und jetzt ist es schon gleich zehn vor sieben. Ich muss doch los.«

»Es ist noch nicht mal zwanzig vor sieben«, korrigierte seine Mutter. »Aber es scheint ja ein wahnsinnig wichtiges Spiel zu sein, für das du so früh aufstehst.« Sie setzte sich auf den Rand des Bettes, rieb sich noch einmal verschlafen die Augen und griff zum Morgenmantel, der neben dem Bett auf dem Fußboden lag. »Woher bekommst du es denn?«, fragte sie.

»Von Frank!«, antwortete Ben postwendend. »Im Tausch.« Kaum hatte Ben das gesagt, hätte er sich am liebsten auf die Zunge gebissen. *Mist! Jetzt fragt sie bestimmt, wogegen ich es eintausche.* Schnell huschte er Richtung Küche. Die erwartete Frage eilte ihm hinterher: »Im Tausch? Wogegen denn?«

Ben tat so, als habe er die Frage nicht gehört. Seine Mutter schlurfte in die Küche und wiederholte die Frage, während sie Milch, Butter und Marmelade aus dem Kühlschrank nahm.

Ben flüchtete in sein Zimmer. »Ich muss noch ➡

meine Schultasche packen«, erwiderte er so beiläufig wie nur möglich.

Als Ben im Zimmer ankam, schnarrte sein Radiowecker los, der auf Viertel vor sieben gestellt war. »… und haben deshalb in den parlamentarischen Gremien folgende Maßnahmen gegen die eskalierende Gewalt auf den Straßen diskutiert …«, leierte irgendein Mann seinen Nachrichtentext. Ben drückte auf die Aus-Taste. *Immer dieses langweilige Gerede,* dachte er. *Die vielen Fremdwörter verstand doch ohnehin kein Mensch.*

Er griff nach seiner Schultasche, wobei er hoffte, dass sich darin wenigstens ungefähr die Bücher befanden, die er heute brauchen würde. In den vergangenen drei Tagen hatte er mit seiner Schultaschen-Grundausstattung jedenfalls Glück gehabt. Ein Schreibheft, zwei Stifte und natürlich das Mathematik- und das Physikbuch. Die hatte Ben immer dabei. Bei seinen Lieblingsfächern ließ er nichts anbrennen. Sein Geschichtsbuch hingegen war schon seit drei Wochen spurlos verschwunden, aber das hatte in der Schule noch niemand bemerkt.

Er lief zurück in die Küche, in der seine Mutter wie jeden Morgen bereits ein umfangreiches Frühstück gedeckt hatte. Ihr Kaffee gurgelte noch durch die Maschine. Ben trank sein Glas Milch in einem Zug leer, griff sich einen Apfel aus der Obstschale und verschwand auf den Flur.

»Willst du nichts frühstücken?«, wunderte sich seine Mutter.

»…Ch…ha…edet…«, grunzte Ben mit dem Apfel

im Mund, während er seine Jacke anzog und gleichzeitig versuchte mit dem rechten Fuß in einen Schuh zu schlüpfen, der natürlich noch zugeschnürt war.

»Wie bitte?«, fragte die Mutter.

Ben nahm den Apfel aus dem Mund und wiederholte ungeduldig: »Ich habe mich mit Frank verabredet. Und jetzt ist es schon so spät.«

Endlich war es ihm gelungen, die Schuhe anzuziehen ohne sie vorher zu öffnen. Er nahm seine Schultasche, schnappte noch nach dem Schulbrot, das seine Mutter ihm reichte, und wollte gerade aus der Haustür stürzen.

Aber da war sie wieder – die Frage: »Ach, du tauschst mit Frank das Computerspiel? Wogegen denn?«

Jetzt musste es raus. »Gegen meine Halskette«, antwortete Ben so schnell, dass seine Mutter es hoffentlich nicht richtig verstehen würde. Doch die verstand sehr gut.

»Gegen die Kette von Oma?«, bohrte sie nach.

»Ja«, gab Ben kleinlaut zu.

»Findest du das nett?«, setzte die Mutter nach und fügte hinzu: »Du hattest sie dir doch so sehr gewünscht. Und Oma ist ziemlich viel herumgelaufen um sie zu bekommen.«

»Ich weiß«, nuschelte Ben, während er mit gesenktem Kopf auf den Fußboden starrte. »Aber weißt du, dieses Computerspiel ist nicht irgendein Spiel. Es ist ganz neu und aufregend. Noch niemand ist bis in die vierte Ebene gekommen. Denn immer werden wir vorher aus dem Kaufhaus geschmissen, wenn wir es ausprobieren und …«

Bens Mutter unterbrach den Redeschwall ihres Jungen. »So war es bei den anderen 500 Computerspielen doch auch, oder nicht?« Manchmal konnte Bens Mutter unerbittlich sein. »148«, korrigierte Ben nebenbei. Er hatte die Anzahl seiner Spiele so exakt im Kopf, dass ihm diese Berichtigung gar nicht bewusst wurde. »Aber die meisten davon habe ich kopiert. An dieses kommt man aber nicht heran!« Ben bemühte sich verzweifelt gute Gründe dafür zu finden, warum die Kette seiner Großmutter jetzt dran glauben musste.

»Es ist *deine* Kette«, bestimmte seine Mutter. »Du kannst damit machen, was du willst. Ich sage dir nur: Es wird nicht geschwindelt. Wenn Oma dich mal nach der Kette fragt, sagst du ehrlich, was du damit gemacht hast. Überlege es dir also gut.«

»Ja, ja, mach ich«, versprach Ben und hoffte, seine Großmutter würde diese Frage niemals stellen.

Knapp zehn Minuten später kam Ben keuchend am Schultor an. Natürlich war er den ganzen Weg gelaufen. Mit jedem Schritt stieg in ihm die Aufregung. Nun sollte er endlich das neue Computerspiel bekommen. Noch weit vom Schultor entfernt blickte Ben in alle Richtungen um Frank vielleicht schon irgendwo entdecken zu können. Aber Frank war nirgends zu sehen, auch nicht am Schultor. *Das gibt's doch nicht,* dachte Ben und sah auf seine Armbanduhr, die anzeigte, dass es in Tokio 15 Uhr 15, in New York 1 Uhr 15, in Moskau 9 Uhr 15 und in Bens Schule 7 Uhr 15 war. Erst um halb acht war er mit Frank verabredet. *Aber man muss ja nicht erst in letzter Minute kommen*. Ben wurde immer ungeduldiger.

»Hallo Ben«, rief eine Stimme über den Schulhof. Ben drehte sich um und sah, wie Thomas über den Schulhof in seine Richtung schlich. *Der hat mir gerade noch gefehlt*, dachte Ben. *Ehe der hier angekommen ist, ist Schulschluss.*

»Hast du deine Mathehausaufgaben? Ich muss sie noch irgendwo abschreiben«, brüllte Thomas noch immer von weit her, während zwei Lehrer an ihm vorbeihasteten und ihn verblüfft ansahen. Mathematik war zwar in der ersten Stunde dran. Das war für Thomas aber noch lange kein Grund sich ausnahmsweise mal etwas schneller zu bewegen. Im gewohnten Zeitlupentempo trottete Thomas auf Ben zu. Thomas war der Ansicht, dass zu große Geschwindigkeit nur dazu führte, die besten Dinge dieser Welt zu übersehen. Er war nämlich ein leidenschaftlicher Sammler aller gefundenen Sachen. Dabei kam es ihm weniger darauf an, was es war. »Das Entscheidende ist: Es ist umsonst und man braucht es nur zu nehmen«, belehrte Thomas seine Mitschüler immer dann, wenn er wieder etwas gefunden hatte. So war sein Zimmer zu Hause – einschließlich der Garage seiner Eltern – das wohl größte, unordentlichste und verrückteste Fundbüro der ganzen Stadt.

»Platz da!« Ben schrak auf und sprang instinktiv

zur Seite. Unmittelbar neben ihm bremste ein Fahrrad mit quietschenden Reifen ganz knapp vor dem Schultor. Ein Wunder, dass es überhaupt noch vor dem Tor zum Stehen kam. Bens Herz pochte wie wild. Er schnappte nach Luft. Dann aber seufzte er erleichtert.

»Frank, endlich! Wo bleibst du denn so lange?«

»Ach, meine Mutter. Du weißt doch: »Iss dein Brot, trink deine Milch, hast du alle Sachen, wo ist ...«

»Ja ja, wie bei mir zu Hause«, unterbrach Ben seinen Freund. »Und? Hast du's dabei?«

»Ja, natürlich. Was denkst du denn?« Frank angelte ein dickes Knäuel Zeitungspapier aus seiner Jackentasche. Um Bens freudige Erwartung auch zur Genüge auszukosten, entfaltete Frank nun betont langsam mit einer feierlichen Handbewegung und würdevollem Gesicht das Zeitungspapier, so als würde er der Welt die größte Erfindung dieses Jahrhunderts vorstellen. Dabei war es nur das neue Computerspiel, das Frank von seinem Vater bekommen hatte. Oft beneidete Ben Frank um diese Quelle. Franks Vater arbeitete nämlich in einer Computerfirma und kam oft leicht an die neuesten Spiele heran. Frank selbst aber konnte mit dieser traumhaften Quelle wenig anfangen. Erstens interessierte er sich mehr für Sport als für Computer. Und zweitens scheiterte er bei den meisten Spielen schon im ersten Level.

Ein Gewirr aus gelbem Schaumstoff und roten Gummibändern kam zum Vorschein.

»Hast du nun die Matheaufgaben oder nicht?« Thomas war mittlerweile angekommen.

»Du nervst«, blökten Ben und Frank wie aus einem Munde. Thomas erstarrte, was bei seinen ohnehin langsamen Bewegungen aber kaum auffiel. *Dahinter steckt sicher ein Geheimnis*, ahnte er. Aber da Geheimnisse aller Erfahrung nach nicht umsonst zu lüften sind, drehte er sich um und schlurfte Richtung Klassenraum.

Frank hatte jetzt die Schaumstoff-Gummiband-Konstruktion aufgelöst. Aber noch immer hielt er ein seltsames Knäuel in der Hand, diesmal aus Aluminium-Folie.

»Sag mal, 'ne vernünftige Schachtel hattest du wohl nicht zu Hause?«, jammerte Ben nervös.

»Nee, hättste ja mal Thomas fragen können. Der hätte bestimmt eine gehabt«, antwortete Frank und packte ruhig weiter aus: Nach der Alu-Folie kam Watte, nach der Watte ein Staubtuch, nach dem Staubtuch ein Taschentuch und nach dem Taschentuch – endlich – ein kleiner, schwarzer, glatter Klotz, kaum größer als eine Streichholzschachtel. Nur an einer Seite wies das seltsame Ding eine Reihe von silberfarbenen Nippelchen auf. Da war es, das nagelneue Steckmodul für Bens Computer! In diesem kleinen Ding also war das begehrte Spiel eingespeichert. Man brauchte es nur hinten in eine passende Steckdose des Computers einzuklicken und schon konnte es losgehen. Schon oft hatte Ben das Spiel im Kaufhaus gesehen und es selbst einige Male ausprobiert. Aber jedes Mal, wenn er kurz davor war, in die schwierigste Ebene des Spiels zu wechseln, kam irgend so ein unfreundlicher Verkäufer und machte dem Spaß ein Ende. »Lange genug gespielt«, musste Ben sich dann anhören, »schließlich wollen die Kunden, die wirklich was kaufen, auch mal gucken, wie das funktioniert.« Aber nun konnten Ben alle Verkäufer dieser Welt egal sein.

»Und?«, fragte Frank. »Was ist mit der Kette?«

Behutsam, als hätte er eine wertvolle Porzellanvase in der Hand, legte Ben das Steckmodul auf die Mauer neben dem Schultor. Dann griff er mit beiden Händen an seinen Nacken, suchte nach dem Verschluss, fummelte ihn auf und überreichte Frank seine goldene Halskette. Einen Moment zögerte er noch. Doch – schwupp – da hatte Frank sich die Kette schon gegriffen.

»Tu mir nur einen Gefallen«, bat Ben. »Solltest du jemals meiner Oma begegnen, dann lass die Kette schnell verschwinden.«

Während des Unterrichts konnte Ben sich gar nicht mehr konzentrieren. Dabei war Mathematik sogar eines seiner Lieblingsfächer. Aber an diesem Tag war es einfach unmöglich, aufzupassen. Immer wieder fühlte Ben in der Jackentasche nach, ob das Steckmodul auch noch richtig verpackt war. Ständig stellte er sich vor in die vierte Ebene einzudringen und das Spiel an dieser schwierigsten Stelle mit der Rekordpunktzahl zu beenden. Wenn doch bloß die Schule bald zu Ende wäre!

Ben war so in Gedanken, dass er zuerst nicht bemerkte, wie ihm von der rechten Seite des Klassenzimmers ein kleines Papierknäuel zuflog. Es landete direkt neben seinem Stuhl auf dem Fußboden. Thomas boxte ihm von hinten in den Rücken.

»Pst, da liegt ein Zettel für dich«, tuschelte er.

»Ein Zettel? Woher kommt der?«, fragte Ben.

Thomas grinste übers ganze Gesicht.

»Na, woher schon«, antwortete er, »da, wo er immer herkommt.« Dabei deutete er mit einem kurzen Kopfnicken in Richtung Jennifer.

Jennifer, die auf der anderen Seite des Klassenraumes an der Fensterseite saß, blickte ungeduldig zu Ben hinüber und fragte sich, ob er jemals in diesem Leben den Zettel bemerken würde – oder zumindest rechtzeitig, bevor der Lehrer ihn entdeckte.

Ben faltete das Papierknäuel auseinander und las:

*»Hallo Ben!*
*Hab in Mathe echt noch nichts geblickt.*
*Und morgen schreiben wir die Klassenarbeit.*
*Kannst du mir helfen beim Lernen?*
*Heute Nachmittag.*
*Ist wirklich sehr wichtig.*
*Jennifer.«*

Das hatte Ben gerade noch gefehlt. Er selbst hatte die Vorbereitung auf die Klassenarbeit schon in seinem Programm gestrichen. Genauer gesagt fieberte Ben dem neuen Computerspiel so sehr entgegen, dass er gar nicht mehr an die Klassenarbeit gedacht hatte. Es war auch egal. Mathe war wirklich kein

Problem für ihn. Auch ohne Extraübungen hatte er in diesem Fach noch nie etwas Schlechteres als eine Zwei minus geschrieben. Und nun kam Jennifer. Ohne ihre Hilfe wäre seine letzte Englischarbeit mit Sicherheit voll daneben gegangen. Es half alles nichts. Gereizt riss Ben eine Seite aus seinem Schulheft und kritzelte darauf:

*»Hallo Jennifer!*
*O.K.*
*Komm heute um vier bei mir vorbei.*
*Dann lernen wir.*
*Habe aber nicht viel Zeit. Ehrlich.*
*Ben«*

Ben faltete den Zettel zusammen, schrieb groß »Jennifer« drauf und gab ihn auf den gewohnten Postweg. Entlang dem von allen Schülern so genannten Postweg wanderte der Zettel unter den Tischen von Nachbar zu Nachbar, bis er endlich bei Jennifer ankam. Sie entfaltete das Papier, las es hastig und schon breitete sich ein zufriedenes Lächeln auf ihrem Gesicht aus.

»Spitze« zeigte sie wie in der Taubstummensprache mit Daumen und Zeigefinger zu Ben herüber. Ben rollte mit den Augen gegen die Zimmerdecke und ließ dann den Kopf schwer in die aufgestützten Hände fallen. Er wusste: Der Nachmittag war gelaufen.

## Das Spiel beginnt

Endlich war Ben zu Hause.

Er rannte in sein Zimmer, schmiss die Schultasche in die Ecke und nahm das neue Steckmodul aus der Hosentasche. Seine Hände zitterten, teils vor Aufregung, teils, weil er den ganzen Schulweg zurück gelaufen war. Noch schwer atmend steckte er das Modul in die Computerbuchse. Mit einer raschen Handbewegung wischte Ben alles vom Tisch, was beim Spielen störte. Dann schaltete er den Computer ein. Der Bildschirm flackerte. Ein kurzes Piepsen. Die üblichen Standardzeilen tauchten in gelber Leuchtschrift auf und verschwanden wieder. Dann eine neue Schrift:

Einen Moment bitte...

war am unteren linken Rand des Bildschirmes zu lesen. *Es funktioniert!*, jubelte Ben innerlich. *Er lädt das Spiel!* Schließlich quäkte eine schrille, einfache Melodie durch den Raum, dann meldete der Bildschirm:

DIE STADT DER KINDER
Das Superabenteuerspiel
der Computergames GmbH

und der ganze andere Quatsch:

Dieses Spiel ist geschützt
Zu bestellen bei...

und so weiter.

»Mach schon!«, brüllte Ben den Computer an. Endlich zeigte der Bildschirm eine Stadt. Oder besser gesagt, eine Einkaufsstraße. In den einzelnen Läden gingen kleine Figuren ein und aus, immer dem gleichen Bewegungsablauf folgend. Durch die Mitte führte eine schmale Straße, auf der in entgegengesetzter Richtung zwei Autos in Schlangenlinien den Bildschirm durchquerten. In der unteren linken Ecke stand die Figur, die Ben mit dem Joystick bewegen konnte.

Er probierte die Bewegungsabläufe aus: links, rechts, nach vorn (im Bildschirm also nach oben), nach hinten. Gut, es konnte losgehen. Ben drückte die (START) –Taste. Jetzt hieß es, sich zu konzentrieren.

*Zuerst einmal die Straße hoch und in den letzten Laden hineingehen. Also Joystick nach vorn. Achtung vor den Autos. Die werden nämlich von Kindern gefahren, die keinen Führerschein haben.* Deshalb waren sie unberechenbar. Plötzlich fiel ein Blumentopf aus dem zweiten Haus. Dicht neben der Figur prallte er auf die Straße und zersprang in tausend kleine Lichtpunkte, die sich auf dem Bildschirm in alle Richtungen verflüchtigten.

*Das war knapp.* In seiner Aufregung hatte Ben diese kleinen, heimtückischen Hindernisse völlig vergessen, die durch das Chaos in der Stadt entstanden. Er musste vorsichtiger sein, denn bis zur vierten Spielebene war es noch ein langer Weg. Und dummerweise ließen sich die ersten, leichteren Spiellevels nicht überspringen. Nach jedem groben Fehler fing das Spiel von vorne an. Unzählige Male hatte Ben diesen Anfang schon gespielt. Und doch entging ihm immer mal wieder eine dieser Kleinigkeiten wie der Blumentopf.

Diesmal hatte Ben Glück gehabt. *Hinein in den Laden.* Schon sprang das Bild um auf eine neue Szene: das Innere des Ladens. Hinter dem Tresen stand eine zwielichtige Gestalt. Ben wusste, dass es kein normaler Verkäufer war. In diesem Fantasyspiel stellte der Ladenbesitzer einen verkleideten, heimtückischen Zauberer dar – einer der letzten Erwachsenen in der Stadt. Vorsicht war geboten. Jeder Schritt der Figur musste wohl überlegt sein auf dem Weg zu der Glasvitrine, in der der Schlüssel zum nächsten Bild versteckt war. Dazwischen, das wusste Ben von seinen zahlreichen Versuchen im Kaufhaus, lauerte eine Falltür im Fußboden auf eine unbedachte Bewegung der Spielfigur.

Entschlossen packte Ben den Joystick. Und schon … »rring-rrring!«, klingelte es an der Haustür.

»Das darf doch nicht wahr sein!«, fluchte Ben. Ein Blick auf seinen Radiowecker holte ihn in die Wirklichkeit zurück. Es war vier Uhr nachmittags. Jennifer wollte für die Mathearbeit üben.

Zögernd erhob Ben sich von seinem Sitz. Langsam ging er einige Schritte auf die Zimmertür zu ohne auch nur einen Augenblick den Bildschirm aus den Augen zu lassen. Wer weiß, welchen Schabernack der Zauberer mit seiner Figur treiben würde, wenn er zu lange an einer Stelle stehen blieb? »Rring!«, wiederholte die Haustürklingel erbarmungslos.

»Ja doch!«, rief Ben ärgerlich. Dann rannte er los, riss die Haustür auf, hechelte ein kurzes »Hallo« hinaus auf die Straße und stürzte schnurstracks wieder zurück in sein Zimmer. Jennifer blieb mit offenem Mund vor der Haustür stehen.

»Was war das denn?«, fragte Miriam. Jennifers beste Freundin hatte nach Schulschluss die tolle Idee gehabt, Jennifer zu begleiten. Schließlich war auch Miriam nicht gerade die Beste in Mathematik. Und ein Nachmittag mit Jennifer versprach eigentlich immer auch eine Menge Spaß, selbst beim Mathelernen.

Ben hatte in seiner Eile gar nicht bemerkt, dass sie zu zweit gekommen waren. Langsam tasteten sich die beiden Mädchen hinter Ben her. Schließlich standen sie in Bens Zimmer. Himmel, wie es dort aussah! Auf dem Fußboden lag ein Haufen Computer-Zeitschriften wild durcheinander. Um diesen größten Papierhaufen, den Jennifer je in einem Zimmer gesehen hatte, lagen Schraubenzieher, Lötkolben, Drähte, Schräubchen, Schaltpläne und Steckdosen. Durch dieses zersprengte Ersatzteillager schlängelten sich die Reste einer elektrischen Autobahn, die aber dort endete, wo ein auf den Kopf gestelltes Mountainbike offensichtlich darauf wartete, wieder ein Hinterrad zu bekommen. Das aber würde bestimmt noch eine Weile dauern, erkannte Jennifer sofort. Denn das Hinterrad diente einem selbst gebauten Fernrohr gerade als drehbares Stativ, das gleich neben einem alten Schwarzweißfernseher mit offener Rückwand stand. Jennifer wagte kaum einen

Schritt weiterzugehen. Zu leicht hätte sie irgendein Elektroteil zertreten können. So blieb sie regungslos an der Türschwelle stehen und fragte sich, wo man hier Mathematik lernen sollte.

Miriam hatte weniger Probleme. Sie stützte sich auf Bens Stuhllehne, blickte ihm über die Schulter und betrachtete interessiert die Ereignisse auf dem Bildschirm. Egal, was es war, wenn es ums Spielen ging, war Miriam immer schnell zu begeistern.

»Verdammt!«, schimpfte Ben. »Das gibt's doch gar nicht.«

»Was ist denn los?«, fragte Miriam, die sich schon die ganze Zeit wunderte, dass Ben wie wild auf die Tasten haute.

Ben war ganz rot im Gesicht vor Aufregung. Abwechselnd sah er Miriam und Jennifer mit verwirrtem Blick an. Schließlich stieß er einen tiefen Seufzer aus und sagte niedergeschlagen: »Der Zauberer ist weg!«

# Eine schreckliche Entdeckung

Ben war mit seinen Gedanken überhaupt nicht bei der Sache. Jennifer hatte schließlich darauf gedrängt, Mathematik zu üben. Und Ben hatte sich dem Schicksal gefügt. Aber er musste ständig an sein Computerprogramm denken. *Warum funktionierte es nicht? Noch nie war während des Spiels der Zauberer verschwunden und damit das Spiel beendet.* Sooft er auch den Computer ausschaltete um ihn sofort wieder neu zu starten und das Spiel ein weiteres Mal zu laden: Die Fehler im Spiel wurden nur noch größer. Jetzt war nicht nur der Zauberer verschwunden, sondern es fuhren auch keine Autos mehr auf dem Bildschirm. Nur die kleine Figur, die mit dem Joystick zu steuern war, hopste noch durch die Computerwelt. Ansonsten funktionierte nichts mehr. Das Spiel stand still.

»Mensch, Ben. Wie geht denn diese Aufgabe jetzt? Du hörst mir überhaupt nicht zu«, klagte Jennifer. »Ich denke, wir lernen zusammen?«

»Ja, du erklärst das gar nicht richtig«, fing nun auch Miriam an zu mosern. Wenn sie schon keinen Spaß haben sollte, wollte sie wenigstens auch ein bisschen für die bevorstehende Mathearbeit mitbekommen. Aber daran war gar nicht zu denken. Ben murmelte nur unverständlich einige Formeln vor sich hin. Dabei schielte er immer wieder mit einem Auge auf seinen Computer.

»Ich hole mir meine Kette von Frank wieder«, sagte er schließlich. »Das Spiel ist total kaputt.«

»Oh, Mann«, stöhnten die Mädchen wie aus einem Munde.

Jennifer wurde es jetzt wirklich zu dumm. »Du und dein bescheuertes Computerspiel!«, schimpfte sie. »Dann lassen wir das Lernen eben. Komm, Miriam, wir hauen ab. Mit dem ist heute sowieso nichts anzufangen.« Sie zeigte mit einer verächtlichen Kopfbewegung auf Ben.

»Ist gut«, pflichtete Miriam ihrer Freundin bei. »Ich will nur mal gucken, ob meine Eltern schon zu Hause sind. Sonst können wir ja vielleicht noch ein Eis essen gehen?« Schon war Miriam auf dem Weg zum Telefon. Nach einer Minute war sie bereits zurück.

»Keiner da«, sagte sie.

»Gut, dann gehen wir«, entschied Jennifer und machte einen Schritt Richtung Zimmertür. Durch ein knirschendes Geräusch wurde sie aufgehalten.

»Pass doch auf!«, schimpfte Ben. »Jetzt hast du meine Lichtschranke zertreten!«

»Wo soll man hier denn sonst hintreten, wenn überall so ein Müll rumliegt?«, verteidigte sich Jennifer.

»Das ist kein Müll. Das ist Technik. Aber dafür bist du wohl zu dämlich!«, wütete Ben.

Jennifer drehte sich beleidigt um. »Komm!«, sagte sie zu Miriam und ging energisch zur Tür ohne darauf zu achten, wo sie hintrat. Eine Glühbirne, zwei Elektroschalter und ein Stecker fielen ihren stampfenden Schritten zum Opfer.

Eine Minute später waren die Mädchen draußen auf der Straße. *Endlich!*, dachte Ben und setzte sich sofort wieder an den Computer.

Fast zwei Stunden saß er vor dem Bildschirm ohne zu merken, wie die Zeit verging. Ein ums andere Mal wiederholte er die gleichen Handbewegungen: Computer ausstellen, Computer anstellen, warten, bis der Kasten bereit war, das Spiel laden, zuschauen, wie das Spiel beginnt, den Joystick kontrollieren, mit der Figur in den Laden mit dem Zauberer gehen. Und dann passierte es immer und immer wieder: Der Zauberer blieb verschwunden, das Spiel stand still.

Allmählich bekam Ben Hunger. Er blickte auf seinen Radiowecker. Kurz nach halb sieben. Längst war Abendbrotzeit. Komisch, dass seine Mutter noch nicht da war. Zum Abendessen war sie sonst pünktlich auf die Minute und das hieß: Um 18.00 Uhr gab's Essen. Das wusste Ben sehr genau. Denn meistens war es natürlich genau dann 18.00 Uhr, wenn es an jedem anderen Ort gerade tausendmal interessanter war als am Küchentisch. Ob im Schwimmbad oder auf dem Fußballplatz, vor dem Computer oder einfach vor dem Haus auf der Wiese, stets musste Ben sich auf den Weg machen, wenn es am schönsten war. Nur, weil um 18.00 Uhr gegessen wurde. Bens Mutter bestand darauf.

In allen anderen Fragen, das musste Ben zugeben, hatte er große Freiheiten, konnte er über alles mit seiner Mutter reden – zumindest bot sie es ihm immer an. Nur beim Abendessen blieb sie stur. Wenigstens einmal am Tag zu einem festen Zeitpunkt wollte sie in Ruhe mit ihrem einzigen Sohn zusammen sein.

Ben verstand das nicht so richtig. Seit sich seine Eltern vor fünf Jahren hatten scheiden lassen, besuchte er nur einmal im Monat seinen Vater, der am anderen Ende der Stadt wohnte. Seine Mutter sah er jeden Tag. Warum das nun aber immer unbedingt um 18.00 Uhr sein musste, blieb für ihn eines der vielen Rätsel, die die Erwachsenen ihm aufgaben.

Und nun war es schon nach halb sieben. Irgendetwas stimmte da nicht. Selbst wenn etwas dazwischen gekommen wäre – und es war noch nie etwas dazwischen gekommen –, dann hätte Bens Mutter mit Sicherheit von unterwegs angerufen. Ben ging in die Küche und blickte in den Kühlschrank. Zumindest auf den war Verlass. Aufschnitt, Käse, Butter, Cola, sogar einige Würstchen befanden sich in der weißen, kühlen Schatztruhe. Egal, an welchem Tag oder zu welcher Uhrzeit Ben hier einen Blick hineinwarf, irgendetwas Brauchbares fand sich darin immer. Ben machte sich erst einmal ein köstliches Abendbrot. Vielleicht, dachte er bei sich, würde seine Mutter endlich einmal sehen, wie gut er auch schon allein zurechtkam. Schließlich war er schon fast dreizehn. Seine Mutter allerdings schien manchmal zu glauben, er würde in zwei Wochen bestenfalls seinen achten Geburtstag feiern.

Vollgepackt mit drei heißen Würstchen mit reichlich Ketchup, zwei Scheiben Brot, die doppelt mit

Wurst belegt waren, und einer kühlen Dose Cola setzte Ben sich an den Küchentisch und sah aus dem Fenster. Von hier aus konnte er fast die ganze Straße überblicken. Wenn seine Mutter käme, würde er sie von dieser Stelle aus bestimmt nicht übersehen.

Aber auf der Straße tat sich nichts.

Nicht nur, dass Bens Mutter nicht kam. Nein, auf der Straße war überhaupt nichts zu sehen. Kein Mensch jedenfalls. Irgendetwas war sehr seltsam an dieser Straße. Sie war auf beiden Seiten mit Autos zugeparkt wie immer. Die Geschäfte – der Bäcker, der Zeitungsladen, die Wäscherei, der kleine Supermarkt – hatten natürlich schon geschlossen. So schien es jedenfalls. Trotzdem: dass überhaupt niemand auf der Straße war, kam Ben sehr merkwürdig vor. Nicht einmal ein Auto fuhr durch die Straße.

Das war's! Es fiel Ben erst jetzt auf. Es fuhr kein einziges Auto auf der Straße. Das gab es noch nie! Wenn kein Auto durch die Straße kam, dann musste irgendetwas los sein. Wahrscheinlich hatte sich am Anfang der Straße ein schlimmer Unfall ereignet und die Polizei hatte die Straße gesperrt. Ben zögerte keinen Augenblick. In Windeseile zog er sich Schuhe und Jacke an und stürmte hinaus.

Kurz darauf stand er an der Straßenkreuzung, wo er den Unfall vermutete.

Nichts.

Kein Unfall, keine Polizei. Auch hier fuhr kein einziges Auto. Im Gegenteil: einige Autos standen mitten auf der Straße, aber sie waren leer. Bei manchen lief sogar noch der Motor. Kein Mensch war zu sehen. Ben kam sich vor wie in einer Geisterstadt. Mutterseelenallein stand er auf der Kreuzung, drehte sich mehrmals um sich selbst und blickte in alle Richtungen. Was war los? Wen konnte man fragen?

Jennifer! Sie war doch vor knapp zwei Stunden noch bei ihm gewesen. Dann wollte sie gemeinsam mit Miriam ein Eis essen gehen. Wenn sich also innerhalb der letzten beiden Stunden etwas Merkwürdiges ereignet hatte, müsste sie es mitbekommen haben. Zum Glück wohnte Jennifer nur zwei Straßen weiter.

Ben klingelte Sturm an Jennifers Haustür. Sofort wurde die Haustür aufgerissen und Ben sah in das erstaunte Gesicht von Jennifer, das sogleich in tiefe Enttäuschung überging.

»Was machst du denn hier?«, seufzte das Mädchen. »Ich hatte gehofft, es wären endlich meine Eltern. Ich warte schon über eine Stunde auf sie. Sie wollten doch mit mir ins Kino gehen.«

»Deine Eltern sind auch weg?«, fragte Ben.

In kurzen Sätzen erzählte er Jennifer seine Beobachtungen und setzte dann nach: »Was ist denn bloß passiert? Ist dir nichts aufgefallen, als du mit Miriam Eis essen warst?«

»Wir waren ja gar nicht Eis essen«, erzählte Jennifer. »Wir wollten zwar gerne, aber es war kein Verkäufer in der Eisdiele. Wir haben fünf Minuten gewartet und gerufen. Nichts passierte. Da sind wir eben wieder gegangen.«

Plötzlich machten sich völlig verrückte Gedanken in Bens Kopf breit: *Zum ersten Mal erscheint meine Mutter nicht zu Hause, auf der Straße fährt kein einziges Auto, die Stadt ist wie leer gefegt, in der Eisdiele ist niemand und Jennifers Eltern sind auch weg.* Das ist »... wie im Computerspiel«, sagte Ben den letzten Fetzen seiner Gedanken laut.

»Wie bitte?«, fragte Jennifer gereizt. »Kannst du niemals an etwas anderes denken als an deinen idiotischen Computer?«

»'tschuldigung«, murmelte Ben nur. Jennifer hatte ja Recht. Wie konnte er jetzt nur wieder an seinen Computer denken? *Dennoch: Es war wie in seinem neuen Computerspiel. Auch dort verschwinden von Bild zu Bild immer mehr Menschen aus der Stadt, und zwar nur die Erwachsenen. Aufgabe des Spiels ist es, mit der Figur so viele Kinder wie möglich zu versammeln und die Stadt zu retten. Für jede Funktion in der Stadt, die man am Leben erhält, gibt es Punkte. So geht das Spiel – wenn es funktioniert. Aber das Spiel ging kaputt. Und seitdem vermisst er seine Mutter, wartet Jennifer auf ihre Eltern ...*

»Das ist doch Blödsinn!« Wieder sprach Ben seinen letzten Gedanken laut aus.

»Was ist Blödsinn? Geht es dir noch gut?« Jennifer wusste nicht, was sie von Ben halten sollte. Er stand da, stierte ins Leere und murmelte irgendwelche Sätze ohne Sinn vor sich hin. Aber Ben hatte jetzt eine Entscheidung getroffen.

»Hör zu!«, sagte er zu Jennifer. »Von mir aus kannst du mich für verrückt halten. Aber lass uns alle anderen anrufen und fragen, was bei ihnen los ist.«

»Welche anderen?« Jennifer kapierte überhaupt nichts mehr.

»Na, all unsere Freunde«, antwortete Ben. »Frank, Miriam, Thomas und so weiter.«

Jennifer hielt das für eine ausgesprochen dumme Idee. Was sollte Miriam damit zu tun haben, dass ihre Eltern nicht nach Hause kamen? Aber Ben schien so überzeugt, dass sie ihm nicht widersprach. Sie holte ihr kleines rosafarbenes Telefonbüchlein, in dem all ihre Freundinnen notiert waren, hockte sich neben Ben ans Telefon und sie begannen einen nach dem anderen anzurufen. Schon nach einer Viertelstunde war für Ben die Sache klar.

»Miriam wartet ebenfalls auf ihre Eltern. Thomas' Großmutter, bei der er zur Zeit wohnt, ist plötzlich verschwunden. Und Franks großer Bruder ist auch noch nicht aufgetaucht, obwohl er auf die Wohnung achten soll, solange sein Vater auf Geschäftsreise ist. Ich weiß nicht, wieso, aber ich sage dir: Alle, die älter sind als fünfzehn Jahre, sind verschwunden!«

»Wie kommst du gerade auf fünfzehn?«, fragte Jennifer. »Willst du mir nicht endlich erklären, welche geheimnisvollen Rätsel du die ganze Zeit zu lösen versuchst?«

Ben erzählte ihr die Regeln seines Computerspiels.

»Verstehst du?«, sagte er weiter. »Im Computerspiel verschwinden alle Menschen, die älter sind als fünfzehn Jahre. Und genau das ist in unserer Stadt passiert!«

»Du meinst, dein Computerspiel ist Wirklichkeit geworden?«

»Genau das meine ich, auch wenn es verrückt klingt.«

»Du spinnst doch!«

»Dann erkläre mir, wo die Eltern, Großmütter und älteren Geschwister von Miriam und Thomas und Frank sind.«

»Aber das gibt es doch gar nicht!«, schrie Jennifer. Ihre Stimme zitterte. Eine Gänsehaut kroch ihr langsam die Arme hinauf. Ihre Augen wurden feucht. Ihr war zum Heulen zu Mute. Noch aber unterdrückte sie die Tränen. Nein, solange sie nicht vollkommen sicher war, dass Bens verrückte Theorie stimmte, wollte sie auch noch nicht weinen.

»Komm!«, rief sie Ben zu. »Ich will wissen, ob das stimmt, was du sagst.«

# Was jetzt?

Jennifer zog Ben zum Telefon.

»Was hast du vor?«, fragte Ben.

»Wenn du Recht hast, dann dürfte ja kein Erwachsener mehr da sein«, antwortete Jennifer. »Und deshalb werde ich jetzt alle Erwachsenen anrufen, die ich kenne: meine Großeltern, Tanten und Onkels, bei der Arbeit meiner Eltern und so weiter. Und genau das wirst du auch tun, Ben!«

»Keine schlechte Idee«, fand Ben. Und so wählten sie eine Nummer nach der anderen. Aber nirgends nahm jemand ab. Nach dem siebzehnten Telefongespräch legten sie endlich eine Pause ein.

»Ich fürchte, ich hatte Recht«, sagte Ben. »Und nun?«

»Und nun?«, schrie Jennifer. »Das weiß ich doch nicht! Es ist doch *dein* verdammtes Computerspiel!«

»Du meinst, es liegt an meinem Computerspiel, dass plötzlich niemand mehr da ist? Wie kommst du denn darauf? Ich habe nur gesagt, es ist alles wie im Computer; aber das heißt doch nicht, dass mein Spiel daran schuld ist. Wie soll denn das funktionieren? Das ist doch Unsinn!«

»Ich weiß nicht, wie das funktioniert. Ich weiß nur, dass vor deinem bescheuerten Spiel noch alles in Ordnung war«, gab Jennifer barsch zurück.

Ben spürte einen dicken Kloß im Hals aus Wut und Angst. Er konnte doch wohl nichts dafür, dass alle Erwachsenen fehlten. Oder doch? *Ich habe nur gespielt,* dachte Ben. *Ich habe dabei alles richtig gemacht. Dann war das Spiel defekt. Ich kann nichts dafür. Und es geht doch technisch gar nicht, dass ein Computerspiel die Erwachsenen verschwinden lässt. Aber wenn doch? Bin ich dann daran schuld, dass wir jetzt alleine sind?* Jetzt war es Ben, dem die Tränen in die Augen schossen. »Ich verstehe das alles nicht«, schluchzte er.

Jennifer hatte sofort Mitleid mit ihm.

»Entschuldigung«, flüsterte sie. »Ich wollte dich nicht so anbrüllen. Aber ich habe eben Angst. Was sollen wir denn machen?«

»Ich habe auch Angst«, antwortete Ben. Er dachte daran, dass er noch am selben Morgen seiner Mutter vorgeworfen hatte, sie nähme ihn nicht ernst. Immer behandelte sie ihn wie einen kleinen Jungen, dabei war er schon viel größer, als sie dachte. Aber jetzt, als Ben sich vorstellte, dass seine Mutter weg sein könnte, dass überhaupt kein Erwachsener mehr in der Stadt war, kam er sich plötzlich gar nicht mehr so erwachsen vor wie sonst. Im Gegenteil, im Moment fühlte er sich sehr klein und hilflos.

»Vielleicht«, sagte er und wischte sich eine Träne aus dem linken Auge, »treffen wir uns erstmal mit Miriam und Frank und erklären alles. Vielleicht fällt denen etwas ein?«

Eine halbe Stunde später saßen alle vier bei Jennifer zusammen. Mühsam und aufgeregt hatten Jennifer und Ben ihren beiden Freunden alles erklärt. Aber die hatten natürlich kein Wort geglaubt. Also beschlossen sie, sich einfach noch mal genauer in der Umgebung umzusehen.

Die vier Kinder liefen hinaus auf die Straße. Noch immer standen überall Autos herum. Keines fuhr. Auf der gegenüberliegenden Straßenseite gab es eine Pizzeria. Frank wusste, dass die bis spät in der Nacht geöffnet hatte. Er lief hinüber und sah hinein. Niemand war zu sehen. Aus dem Backofen quoll schwarzer Rauch. Frank sah sich um, griff nach einem herumliegenden Handtuch, wickelte es sich um die Hand und öffnete den Ofen. Eine dicke, fette, schwarze Rauchwolke kam ihm entgegen. Frank sprang einen Schritt zurück, wedelte sich mit den Armen Luft zu und hustete. »Total verkohlt«, stellte Miriam fest und meinte damit eine Pizza, die im Backofen lag. Oder besser: das, was wohl mal eine Pizza gewesen war. Jetzt war es nur noch eine pechschwarze, harte Scheibe, die dort vor sich hin schmorte. Miriam stellte den Backofen aus. »Es hätte nicht mehr lange gedauert und die ganze Bude wäre in Flammen aufgegangen«, vermutete Jennifer. Ben blickte sich um. Auf den Tischen der Pizzeria lagen angebissene Pizzas, halb leer getrunkene Gläser, auf manchen sogar einige Geldscheine. »Hier sieht's aus, als hätte jemand plötzlich alle Leute weggezaubert.« Die Kinder sahen sich entsetzt an.

»Kommt, wir schauen mal in den nächsten Laden«, schlug Miriam vor. Alle vier rannten nach nebenan in den Friseurladen. An einem Waschbecken lief warmes Wasser aus dem Hahn. Auf dem Fußboden lagen Haare verstreut. Aus einer offenen ➡

Tube, die auf einem Tischchen lag, quoll Haargel. Einen Platz weiter lag ein Rasierer auf dem Fußboden und surrte leise vor sich hin, wobei dem Geräusch zu entnehmen war, dass die Batterie nicht mehr lange halten würde. Eine Trockenhaube pustete unermüdlich heiße Luft in den leeren Raum. Auch hier war kein Mensch zu sehen. »Genau das Gleiche wie in der Pizzeria«, fand Miriam.

»Ja«, bestätigte Ben resigniert. »Was habe ich gesagt: Alle Erwachsenen sind verschwunden.«

Frank fasste sich mit beiden Händen an den Kopf und stöhnte laut auf: »Das ist doch Wahnsinn! Das glaubt einem doch kein Mensch.«

»Macht nichts«, bemerkte Miriam trocken. »Du wirst es ja auch keinem erzählen müssen; die Kinder werden es alle selbst merken und die Erwachsenen sind sowieso weg.«

»Stimmt!«, rief Ben. »Und genau so sollten wir uns auch verhalten: Ich meine, es erstmal niemandem zu sagen; wenigstens solange, wie wir selbst nicht genauer wissen, wie das alles gekommen ist und vor allem, wie man das Problem wieder lösen kann.«

»Ja, genau so machen wir's!«, stimmte Frank seinem Freund zu. »Wir schwören uns Verschwiegenheit. Alle weiteren Schritte besprechen wir erst gemeinsam, bevor wir irgendwelchen anderen davon berichten.«

»Am besten, wir gründen einen Geheimbund«, sagte Miriam schnippisch. »Dann sticken wir uns Abzeichen und wählen dich zum Präsidenten. Ihr

Jungs seid doch manchmal komisch. Ich jedenfalls mache erstmal gar nichts als abzuwarten. Vielleicht ist morgen früh schon alles wieder in Ordnung. Solange denke ich einfach an was anderes.«

Dieser Vorschlag gefiel auch Jennifer. »Lasst uns erstmal zurück zu mir nach Hause gehen«, schlug sie vor. »Ich weiß nicht, was heute Nacht noch passiert. Ich weiß nur, ich will auf keinen Fall alleine sein.« Damit sprach sie allen anderen aus dem Herzen. Gemeinsam gingen sie zu Jennifer.

Im Wohnzimmer von Jennifers Eltern stellte Miriam sofort den Fernseher an. Aber der Bildschirm blieb schwarz.

»Sehr klug«, bemerkte Ben spitz. »Was meinst du denn, wer gerade für die Ausstrahlung der Fernsehsendungen sorgt? Die Heinzelmännchen vielleicht, die immer einspringen, wenn die Erwachsenen fehlen?«

Wütend sprang Miriam herum und wollte gerade auf Ben losgehen. Jennifer kannte diesen zornigen Gesichtsausdruck bei ihrer Freundin. Er war meistens der Beginn von unendlich großem Ärger. Schnell stellte sie sich dem Mädchen in den Weg.

»Habt ihr nichts Besseres zu tun als euch jetzt zu streiten? Ich finde beide Vorschläge ganz gut.«

»Beide Vorschläge?«, fragte Frank.

»Ja«, antwortete Jennifer. »Wir reden erstmal mit niemandem über Bens Computerspiel, bis wir selbst Genaueres wissen, und sprechen alle weiteren Schritte miteinander ab. Aber als Erstes warten wir mal bis morgen früh und sehen dann, was eigentlich los ist in der Stadt.

»Und morgen gehen wir als Erstes in die Schule«, schlug Miriam vor.

Ben blickte Miriam verständnislos an.

»Es gibt zwar keinen Unterricht«, fuhr sie fort, »aber in der Schule erfährt man immer zuerst, was los ist.«

Die anderen fanden das einleuchtend und so beschlossen die vier am nächsten Morgen zur gewohnten Zeit in die Schule zu gehen.

Und Miriam hatte Recht: Als sie am nächsten Morgen in der Schule ankamen, war der Schulhof voll mit Schülern, die sich aufgeregt die Beobachtungen des letzten Abends erzählten. Alle wussten also Bescheid, wenngleich sich auch niemand erklären konnte, wo die Erwachsenen abgeblieben sein konnten und wann sie wiederkämen. Plötzlich hatte Ben eine Idee. Kurzerhand kletterte er an einer Regenrinne aufs Dach eines Schulpavillons und brüllte: »Alle mal herhören!« Nachdem er es fünfmal gerufen hatte, wurde es auf dem Schulhof auch tatsächlich für einen kleinen Moment ruhiger. Ben begann zum großen Erstaunen seiner drei Freunde mit einer Rede:

»Ihr wisst alle, was los ist«, schrie Ben so laut er konnte. Trotzdem waren es nur wenige, die seine Worte verstanden. Ben ließ sich dadurch nicht durcheinander bringen und schrie einfach weiter: »Alle Erwachsenen sind weg. Solange wir nicht wissen, wann sie wiederkommen, müssen wir zusammen überlegen, was wir tun. Wer mitüberlegen will, trifft sich in zehn Minuten in der Schulaula, damit wir…« Aber weiter kam Ben nicht. Gejohle und Geschrei übertönten ihn.

»Du Muttersöhnchen«, riefen einige, die sich besonders groß und stark vorkamen. »Kannst wohl ohne Mami nichts mit dir anfangen?« Natürlich fanden sich für diesen Zwischenruf genügend Lacher.

»Dann können wir doch endlich mal auf die Pauke hauen«, ergänzte ein anderer Zwischenrufer.

»Genau!«, brüllte ein Dritter. »Wenn es sicher ist, dass die Alten weg sind – weißt du, was ich dann mache?« Die umstehenden Schüler gafften den kreischenden Mitschüler erwartungsvoll an. Hatte da jemand etwa eine gute Idee? Genüsslich legte der Schreihals eine Kunstpause ein, damit seine Worte auch die richtige Wirkung erzielten. Dann holte er tief Luft und grölte: »Ich gehe in die Stadt und hole mir, was ich brauche. Ohne Geld. Denn es gibt ja keine Verkäufer mehr!«

Das war das endgültige Aus für Bens Rede. Ein ohrenbetäubendes Freudengeschrei hallte über den Schulhof. Plötzlich brach Panik aus, so als würde die Schule brennen. Hunderte von Schülern stürmten zum Schultor. Jeder wollte als Erster in der Stadt sein.

»Nein, nein!«, schrie Ben sich die Lunge aus dem Leib. Aber niemand hörte ihn. Ein großer, dicker Strom von Schülern ergoss sich über die Straße in Richtung Innenstadt. Einige blieben noch einmal kurz stehen, sammelten schnell ein paar Steine vom Boden auf und schleuderten sie gegen die Fensterscheiben der Klassenräume. Ben hielt sich die Ohren zu, Tränen standen ihm in den Augen. Um ihn herum klirrte das berstende Glas, brüllten seine Mitschüler, lachten, warfen noch ein paar Steine und rannten dem wilden Haufen aufgebrachter Schüler hinterher, der loszog um die Stadt zu plündern. Auf dem Dach des Pavillons hockte Ben sich in die Knie, heulte leise vor sich hin und blickte schließlich noch einmal über den Schulhof.

Da standen Miriam, Jennifer und Frank nebeneinander an die Schulmauer gelehnt, noch immer mit großen Augen und offenen Mündern. Sie sprachen kein Wort. Zwischen ihnen und Ben tippelten noch etwa zwanzig Schüler, sprachen kurz miteinander, gingen dann im Kreis und traten wieder von einem Bein aufs andere. Sie waren völlig verwirrt und wussten nicht, was sie tun sollten. Ihre Augen waren gerötet, vermutlich hatten sie die halbe Nacht geweint, weil ihre Eltern nicht gekommen waren. Jetzt in der Schule erhofften sie sich Aufklärung über das, was passiert war, und waren deshalb froh über Bens Vorschlag gewesen sich in der Aula zu treffen. Aber dann waren alle anderen weggelaufen und nun wussten sie nicht, was sie tun sollten.

Ben kletterte vom Dach hinunter. Frank stürmte auf ihn zu und schrie wütend: »Klasse! Das hast du ja wahnsinnig gut hingekriegt. Ich dachte, wir sprechen jeden Schritt vorher ab? Aber du musst ja den großen Mann markieren. Jetzt siehst du, was du davon hast! Was glaubst du wohl, was jetzt in der Stadt los ist?« Jennifer und Miriam waren dazugekommen.

»Ach, komm«, sagte Jennifer. »Meinst du, irgendjemand hätte sie davon abhalten können, in die Stadt zu laufen? Ich hab das mal in einem Film gesehen. Da ging ein Schiff unter. Aber anstatt sich zu überlegen, wie sie sich retten können, wurden die meisten Passagiere panisch und machten nur Unsinn.«

»Ja«, pflichtete Miriam bei. »Den Film habe ich auch gesehen. Das war echt scharf in der Szene, als ...« Frank würgte Miriam abrupt ab. »Das ist jetzt wohl kaum das Thema, Miriam!«, schnaufte er ärgerlich.

Miriam verstummte. Jennifer versuchte weiter zu besänftigen. »Dein Einfall, erstmal eine Versammlung abzuhalten, war schon in Ordnung, Ben. Aber es wäre wirklich besser gewesen, du hättest uns in deinen Plan eingeweiht.«

»Na ja«, schluchzte Ben. »Die Idee mit der Versammlung kam mir so plötzlich, dass ich gar nicht mehr daran gedacht habe, mit euch zu reden. Außerdem: Wenn ich lange überlegt hätte, hätte ich mich gar nicht mehr getraut eine Rede zu halten. Das kam alles einfach so über mich.«

»Schon in Ordnung«, beruhigte Jennifer ihn, während Frank noch immer beleidigt vor sich hin brummelte.

Miriam verstand das alles nicht. »Sagt mal«, fragte sie in die Runde, »was ist eigentlich so furchtbar daran, erst mal in die Stadt zu gehen? Also ehrlich gesagt, ich habe auch schon lange davon geträumt, mich in einem großen Kaufhaus mal so richtig austoben zu können. Und jetzt, wo die Großen nicht da sind, geht das doch. Ich meine, das kann man doch mal ausnutzen, oder?«

»Mensch, Miriam!«, platzte es aus Frank heraus. Erst machte Ben einen Alleingang und verpatzte damit jede Chance sich gegenseitig zu helfen und jetzt begriff Miriam wieder nichts. Das war zu viel für ihn. Gerade wollte er mit hochrotem Kopf anfangen ihr eine ordentliche Standpauke zu halten, da kam wieder Jennifer dazwischen.

»Bevor wir wieder anfangen zu streiten«, sagte sie schnell, »gehen wir doch einfach in die Stadt und sehen uns an, was da los ist. Dann wird auch Miriam verstehen, was wir meinen.«

»Dann wird auch Miriam verstehen, was wir meinen«, äffte Miriam ihre Freundin nach. »Tut bloß nicht immer so klug, nur weil ich mal was frage. Ich wette, ihr habt auch schon mal davon geträumt, euch in einem Kaufhaus nach Herzenslust bedienen zu können. Ihr wollt es bloß nicht zugeben.« Und schon wieder stand ein neuer Streit bevor. Doch da tauchte plötzlich eine Stimme von hinten auf.

»Was ist denn nun?«, fragte sie. Die vier drehten sich um. Thomas stand vor ihnen. Er war einer der noch rund zwanzig übrig gebliebenen Schüler, die nicht mit in die Innenstadt gelaufen waren.

»Ich denke, wir wollen besprechen, wie's weitergeht?«, fragte Thomas, als sei auf dem Schulhof nichts passiert.

»Pass auf«, antwortete Jennifer, die jetzt endlich mal etwas tun wollte, anstatt nur herumzustehen und zu reden. »Wir treffen uns alle heute Nachmittag um sechzehn Uhr vor der Aula. Sag den anderen Bescheid, die daran teilnehmen wollen! Bis dahin soll sich jeder umschauen, was eigentlich in unserer Stadt los ist. Heute Nachmittag sammeln wir dann alle Informationen und überlegen, was zu tun ist. Wir gehen jetzt ins Einkaufszentrum in der Innenstadt und schauen uns dort um. In Ordnung? Also los!«

Schon hatte sich Jennifer umgedreht und marschierte entschlossen die Straße entlang. Ben und Frank standen nur da und guckten verwundert hinter Jennifer her. Miriam grinste übers ganze Gesicht.

»Frau Präsidentin hat gesprochen. Also gehen wir oder wollt ihr hier Wurzeln schlagen?«

Dann hakte sie sich unter die Arme der beiden Jungs, zog sie mit sich und schlenderte hinter Jennifer her. Thomas rief nur noch ein kurzes »Okay, wird gemacht«, aber da waren die vier schon weit weg.

➡

# Chaos bricht aus

Ben hatte schon so manches Schlachtfeld gesehen und es oft mit rauen Gestalten und verwegenen Gaunern zu tun gehabt – in seinen Computerspielen. Niemals aber hätte er sich träumen lassen, dass er einmal in Wirklichkeit so etwas miterleben müsste. Jetzt stand er mittendrin in der Schlacht. Und das nicht etwa in einem grausamen Abenteuerspiel mit mystischen Zauberwäldern oder geheimnisvollen UFO-Landeplätzen, sondern in dem schnöden Einkaufszentrum seiner Stadt, knappe zwanzig Minuten von seinem gemütlichen Zuhause entfernt.

Der Fußboden in der Einkaufsgalerie war übersät mit Glasscherben von zertrümmerten Schaufenstern, aus denen Schaufensterpuppen mit abgehackten Armen oder Beinen hingen. An den Wänden klebten Sahnetorten und manche Eingangstüren waren so mit Ketchup beschmiert, dass sie den Eindruck machten, hier wäre gerade ein Italowestern gedreht worden. In dem Gemüsegeschäft waren rund dreißig Jungen damit beschäftigt, mit Eiern, Tomaten, Pfirsichen und Melonen einen Großangriff gegen den Fischladen zu starten. Die dort hinter Gurkenfässern verschanzten Gegner beantworteten die Offensive mit einer Salve Makrelen und eingelegten Sardinen.

Kreischend zogen einige Mädchen in samtblauen, roten oder golden glitzernden Abendkleidern und hochhackigen Schuhen übers Schlachtfeld. Sie konnten gerade noch rechtzeitig beiseite springen, da donnerte schon eine Horde in schwarzen Ledercombis auf nagelneuen Mopeds an ihnen vorbei und raste auf das Eiscafé zu. Dort lieferten sich etwa dreißig Jungen mit zwanzig Mädchen eine Sahneschlacht.

Aus dem Elektronikmarkt schleppte ein Ameisenhaufen von Schülern kistenweise Hi-Fi-Anlagen durch die Gegend, begleitet von hunderten fliegender CDs mit deutscher Volksmusik, die eine kleine Gruppe größerer Jungen als Frisbee-Scheiben benutzte. Die CDs waren als Wurfgeschosse bei weitem nicht so gefährlich wie die harten Bälle, die aus dem Sportcenter geschossen wurden, in dem einige ein Baseballfeld eröffnet hatten. Und selbst an die hätte Ben sich noch gewöhnen können, wenn sich ihre Flugbahnen nicht ständig mit den Holzpfeilen gekreuzt hätten, die über ihren Köpfen durchs Einkaufszentrum sausten, weil ein paar Wahnsinnige mit Pfeil und Bogen »Robin Hood« spielten.

»Die spinnen wohl!«, rief Frank. Noch ehe Ben sich nach ihm umdrehen konnte, war Frank schon ins Sportcenter gespurtet. Im Laufen schnappte er sich einen Golfschläger und stürmte auf die Bogenschützen zu.

»Ihr Vollidioten!«, brüllte er und schwang den Schläger wild um sich. »Legt sofort die Bogen hin oder ich hau euch in Grund und Boden. Wollt ihr uns umbringen oder was?«

Die meisten Bogenschützen ließen vor Schreck sofort ihre Geschütze fallen und gingen in Deckung. Drei von ihnen aber grinsten Frank nur an und legten sich neue Pfeile zurecht.

»Wenn du Angst hast, bleib doch zu Hause. Du hast uns jedenfalls gar nichts zu sagen. Wir können hier machen, was wir wollen«, sagte einer, der Kolja hieß.

Kolja war eine Klassenstufe höher als Frank, der zusammen mit Ben, Jennifer und Miriam in der siebten Klasse war. Doch Frank kannte Kolja gut. Wenn es irgendwo auf dem Schulhof eine Schlägerei gab, war Kolja mit Sicherheit darin verwickelt. Und nicht selten war es Frank, mit dem Kolja sich dann gerade prügelte. Kolja nämlich ließ keine Gelegenheit aus andere Schüler zu ärgern, sie zu beklauen oder sie unter Androhung von Schlägen dazu zu zwingen, für ihn irgendwelche Dienste zu leisten: Mal mussten sie ihm die Hausaufgaben schreiben, mal vom nahe gelegenen Kaufmann Süßigkeiten oder Alkohol für ihn kaufen, von ihrem eigenen Geld selbstverständlich. Niemand wagte es, sich Kolja zu widersetzen. Zu oft hatte er seine Stärke dadurch demonstriert, dass er in aller Öffentlichkeit einen Schüler grün und blau prügelte.

Nur Frank hatte keine Angst vor ihm. Das brauchte er auch nicht. Denn Frank war nicht nur der begeistertste, sondern wohl auch der begabteste Sportler an der Schule. Jede Minute Freizeit nutzte Frank für den Sport: montags und mittwochs ging er zum Karatetraining, dienstags hatte er Leichtathletik, den Donnerstagnachmittag verbrachte er im

Schwimmverein, freitags war Rudern dran und am Wochenende hatte er stets in mindestens einer dieser Sportarten einen Wettkampf.

Jetzt stand Frank mit erhobenem Golfschläger vor Kolja, der gerade wieder einen Pfeil quer durchs Einkaufszentrum schießen wollte. Noch ehe er den Bogen richtig gespannt hatte, hörte Kolja einen kurzen heulenden Windstoß. Er spürte, wie das krachende Holz in seiner Hand vibrierte und blickte verdutzt auf den abgeknickten Flitzebogen in seiner Faust. Mit einem gezielten Hieb hatte Frank den Bogen in zwei Teile zerlegt. Auch die letzten beiden Schützen legten nun brav ihre Bogen beiseite, gingen ein paar Schritte zurück und schauten gespannt auf Kolja und Frank, die sich starr gegenüber standen und finster anblickten. Koljas Gesicht verzog sich plötzlich wieder zu einem überlegenen Grinsen.

»Na, du kleiner Polizist«, frotzelte er. »Willst du ab jetzt immer hinter mir herlaufen und aufpassen? Dann viel Spaß dabei. Ich habe nämlich noch viele Ideen.«

Mit einer Handbewegung rief er seine Freunde und lief lachend mit ihnen im Schlepptau aus dem Laden. Inzwischen waren auch Ben, Jennifer und Miriam im Sportcenter. Sie hatten das ganze Schauspiel mit Spannung beobachtet. Frank drehte sich zu Miriam.

»Deshalb war ich auf dem Schulhof gegen das Plündern von Kaufhäusern. Ich habe mich zu oft mit Kolja geprügelt um nicht sofort daran zu denken, dass er uns jetzt noch größere Schwierigkeiten machen wird als sonst auf dem Schulhof.«

»Das habe ich inzwischen auch begriffen«, seufzte Miriam. »Überhaupt ist alles ganz anders, als ich es mir immer vorgestellt hatte. Ich habe oft davon geträumt, wie schön es sein muss, in einem Kaufhaus eingeschlossen zu sein und sich nehmen zu können, was man will. All die schönen Spielsachen, die schöne Kleidung, die ganzen Wünsche von unzähligen Wunschzetteln aller Weihnachten und Geburtstage zusammen. Man braucht nur hinzulangen und es zu nehmen. Und es ist für alle genug da – das heißt: wenn man die Hälfte davon nicht aus dem Fenster wirft und zerstört.«

»Aber hier führen sich alle auf wie die Verrückten und raffen zusammen, was sie bekommen können, als ob die Erwachsenen in der nächsten Stunde wieder da wären und dem Spuk ein Ende machten«, ergänzte Jennifer.

»Ich wünschte, es wäre so«, schluchzte Miriam. »Da verzichte ich lieber auf meinen Traum. Aber wer weiß, ob unsere Eltern jemals zurückkommen?«

Ben, Jennifer und Frank wurden kreideweiß im Gesicht. Schweigend sahen sie sich an.

»Ja, wer weiß, ob die überhaupt jemals zurückkommen?«, griff Ben schließlich den Gedanken von Miriam auf.

Frank hatte sofort verstanden, was Ben damit meinte: »Das heißt, wir müssen vielleicht für eine längere Zeit alleine überleben. Aber im Moment sind unsere lieben Mitschüler dabei, alle Vorräte durch die Gegend zu werfen.« So, als wollte sie die Äußerung von Frank mit ihrer Tat unterstützen, klatschte in diesem Moment eine fleischige Tomate an Bens Hinterkopf: ein Querschläger aus der Schlacht der Gemüse- gegen die Fischarmee, deren Kampfplatz sich kurzzeitig ins Sportgeschäft verlagert hatte.

»Wir müssen etwas unternehmen«, schimpfte Ben, während er sich mit einem Tennishemd zu DM 79,80 den Hinterkopf säuberte. »Kommt mit ins Kaufhaus. Ich habe eine Idee.«

Am Ende der Einkaufsgalerie mit ihren vielen einzelnen Fachgeschäften auf beiden Seiten machte ein großes, vierstöckiges Kaufhaus die Einkaufszone zur Sackgasse. Hier galt es, nach einem Bummel durch die Galerie entweder umzukehren oder in den weit geöffneten Schlund des riesenhaften Geldmagneten einzutauchen. Nach einem Irrlauf durch unzählige enge Gänge zwischen Kleidungsständern und Grabbeltischen, verspiegelten Minilabyrinthen und dröhnenden Videoshows, vorbei an parfümierten Verkäuferinnen und grellen Angebotsschildern erreichte man schließlich in der Regel einen falschen Ausgang ohne einen einzigen Pfennig in der Tasche. Jedenfalls war es Ben oft genug so gegangen, wenn er dieses Kaufhaus einmal betreten hatte.

Aber jetzt war alles anders: Die parfümierten Verkäuferinnen fehlten, die Videomonitore schwiegen, die meisten Spiegel lagen als Glasscherben auf dem Fußboden, die Kleidungsständer waren umgekippt oder leer geplündert, die Berge der Grabbeltische über die ganze Etage verstreut und die Rolltreppen zu Teststrecken für Mountainbikes umfunktioniert.

»Wir müssen das Büro suchen«, forderte Ben seine Freunde auf.

»Welches Büro?«, fragte Frank.

»Jedes Kaufhaus hat irgendwo ein Büro für die Verwaltung«, antwortete Ben. »Und ich wette, in diesem Büro liegen die Schlüssel für die Lagerräume. Was du hier im Kaufhaus siehst, ist ja nur die Auslage für die Kunden. Und wenn irgendetwas ausverkauft ist, muss es nachgepackt werden. Das heißt, irgendwo liegt alles, was du hier siehst, noch einmal in Kisten verpackt in den Lagerräumen. Wenn wir Glück haben, ist noch niemand auf die Idee gekommen und wir können zumindest die Lagerbestände sichern, vor allem von den Lebensmitteln.«

»Eine Superidee«, gab Miriam anerkennend zu. »Und ich weiß, wo das Büro ist.«

»Du weißt, wo das Büro ist?«, staunte Jennifer.

»Ja«, gestand Miriam. »So'n blöder Hausdetektiv hat mich mal erwischt, nur weil ich eine Stoffente für meinen kleinen Bruder eingesteckt hatte. Und da haben die mich ins Büro ...« Mitten im Satz brach Miriam ab. Sie wurde auf einmal ganz blass um die Nase und schlug sich mit der flachen Hand auf die Stirn.

»Mein Gott«, stöhnte sie.

»Miriam, was ist los?«, fragte Jennifer besorgt.

»Mein Bruder!«, schrie Miriam. »Ich habe meinen Bruder vergessen!«

»Du hast einen Bruder?«, fragte Frank erstaunt.

»Mein kleiner Bruder ist drei Jahre alt«, erklärte Miriam. »Er geht in die Kinderkrippe. Meine Eltern holen ihn immer nach der Arbeit ab und kommen mit ihm dann nach Hause. Aber gestern Abend kamen meine Eltern ja nicht. Und ich habe meinen Bruder vergessen!«

»Ach du Schreck«, stöhnte Jennifer laut auf. »Wir müssen sofort zur Kinderkrippe. Wer weiß, wie viele Kinder da noch hocken? Gestern sind bestimmt auch alle Erzieher verschwunden.«

»Geht ihr beide zur Kinderkrippe«, sagte Ben zu Jennifer und Miriam. »Frank und ich kümmern uns um die Lagerhalle. Wir treffen uns dann um vier in der Aula.«

Jennifer und Miriam rasten in die Sportabteilung des Kaufhauses, schnappten sich zwei Rennräder und brausten los zur Kinderkrippe. Frank und Ben machten sich auf den Weg zum Büro, den Miriam den beiden noch schnell erklärt hatte. *Was wird noch alles auf uns zukommen?,* fragte sich Ben. *Aber jetzt ist keine Zeit, darüber zu grübeln. Erst das Nächstliegende und das ist das Lagerhaus. Heute Nachmittag werden wir weitersehen. Hoffentlich.*

## Noch mehr böse Überraschungen

Miriam und Jennifer waren auf das Schlimmste gefasst. Die beiden rasten auf den Rennrädern durch die leeren Straßen und stellten sich das Grauen vor, das in der Kinderkrippe herrschen musste. Miriam sah in Gedanken ihren kleinen Bruder schreiend am Fenster stehen, entsetzt darüber, dass er vergessen wurde. Um ihn herum wuselten die anderen Kinder, denen es nicht besser ging. Schon von weitem müsste man das klägliche Jammern der vergessenen Kinder eigentlich hören können, dachte Miriam. Ein Gemisch von Schweiß und Tränen lief ihr über das Gesicht, während sie noch einmal ihre ganze Kraft zusammennahm um noch stärker in die Pedale zu treten. Noch nie war Miriam so schnell auf einem Fahrrad gefahren, schon gar nicht auf einem fremden Rennrad.

Auch Jennifer war ganz flau im Magen. Nicht wegen des Tempos, das Miriam mit dem Rennrad vorlegte; das konnte sie locker mithalten. Sie war schon immer die Sportlichere von beiden gewesen. Auch jetzt sauste sie ohne Schwierigkeiten dicht hinter Miriam her. Aber Jennifer dachte ebenfalls an das Furchtbare, das ihnen bevorstand: schreiende und weinende Babies und Kleinkinder, die auf Hilfe warteten. Was sollten sie machen, wenn sie im Kindergarten angekommen waren? Sie konnten die Kleinen ja unmöglich sich selbst überlassen. Irgendjemand musste ihnen helfen. Aber wie? Sie konnten doch nicht alle Kinder mit nach Hause nehmen und dort versorgen! Und das Schlimmste: längst nicht alle Kinder der Stadt waren in der Kinderkrippe. Was war mit all den Babies und Kleinkindern, die allein zu Hause zurückgelassen wurden? Wie sollte man denen helfen? Wie sollte man sie überhaupt finden? Wer wusste schon genau, in welchen Familien es kleine Kinder gab? Jennifer wurde immer elender zu Mute, je mehr sie darüber nachdachte. Trotzdem fuhr sie unbeirrt weiter. Erst einmal dort sein; alles weitere würde sich vor Ort schon ergeben – irgendwie.

Da war die Kinderkrippe bereits in Sicht. Noch war von schreienden und wimmernden Kindern nichts zu hören. Nur noch wenige Meter. Miriam und Jennifer bremsten scharf. Die Hinterräder rutschten zur Seite. Die beiden Mädchen stützten sich mit den Füßen auf der Straße ab um das Gleichgewicht nicht zu verlieren. Endlich standen sie und starrten sich ungläubig an. Alles war ruhig. Zu ruhig. Was war geschehen? Wieso hörte man nichts? Langsam stiegen die Mädchen von ihren Rädern ab und lehnten sie gegen die Hausmauer. Einen Augenblick verharrten sie und lauschten: nichts! Nicht das kleinste Geräusch war zu hören.

»Meik?«, rief Miriam mit zitternder Stimme. Der Name blieb ihr im Halse stecken, so dass nur ein heiseres Gurgeln aus der Kehle drang. Jennifer ahnte nichts Gutes. *Mein Gott, was ist hier passiert?*, dachte sie bei sich, wagte aber nicht es auszusprechen. Sie wollte ihre beste Freundin nicht noch mehr ängstigen.

»Meik! Bist du hier?«, rief Miriam, diesmal entschlossener und mit festerer Stimme, die allmählich in lautes Rufen überging, in das Jennifer mit einfiel.

»Meiheik! Meiheik!«, schrien die beiden Mädchen jetzt aus vollem Halse. Aber nichts rührte sich.

Jennifer drehte sich langsam um die eigene Achse und suchte das ganze Gelände sorgfältig mit den Augen ab. Kein Kind weit und breit. Auf dem leeren Spielplatz vor dem Hauptgebäude pendelte die alte Schaukel leise quietschend vor sich hin. In der Sandkiste lagen Sandeimer, Plastikschaufeln, Spielzeugautos und sogar ein hellblauer Anorak wild durcheinander. Wer hier gespielt hatte, der hatte die Sandkiste fluchtartig verlassen. Niemand hatte sich mehr um das Aufräumen gekümmert. Auf der kleinen Spielwiese bot sich Jennifer ein ähnliches Bild. Einige Bälle lagen über den Rasen verteilt. Dazwischen ein umgestürzter Roller, ein paar angebissene Butterbrote. Aber kein Kind.

»Jennifer!«, rief es aus dem Haus heraus. Miriam steckte den Kopf aus dem Fenster im ersten Stock. »Ich habe alles abgesucht. Es ist nichts! Verstehst du? Niemand ist hier! Alles leer! Wo ist mein Bruder? Wo sind die alle hingelaufen? Jennifer, was soll ich denn jetzt machen?«

Jennifer wollte es mit eigenen Augen sehen. Sie wusste, dass es eigentlich Blödsinn war. Sicher hatte Miriam wirklich alles abgesucht. Aber trotzdem musste Jennifer selbst noch einmal einen Blick in das Gebäude werfen.

Natürlich hatte Miriam Recht. Die Gänge, die einzelnen Zimmer, die Küche, selbst auf dem Klo – es war kein Kind zu sehen.

»Genau wie draußen«, stellte Jennifer schließlich fest, als sie auf Miriam zuging. »Alle weg.«

»Und jetzt?«, schluchzte Miriam. Ihr standen Tränen in den Augen. Sie hatte ihren kleinen Bruder vergessen und nun war er verschwunden. Das würde sie sich niemals verzeihen. Wer weiß, wo er in diesem Moment saß und vor sich hin wimmerte, weil er sich hoffnungslos verlaufen hatte?

»Wir müssen die ganze Stadt absuchen«, sagte Miriam. »Ich muss meinen Bruder wiederfinden.«

Jennifer stimmte ihr zu. Ja, den kleinen Steppke durften sie auf keinen Fall im Stich lassen. »Ich weiß auch, wo wir anfangen«, antwortete sie. »Wir fahren ins Krankenhaus.«

»Wieso denn ins Krankenhaus?« Miriam verstand den Vorschlag absolut nicht. Überall würde sie ihren kleinen Bruder vermuten: auf einsamen Straßen, in leeren Geschäften, vielleicht auch im Park oder sonstwo, aber mit Sicherheit nicht im Krankenhaus.

»Hör zu«, erklärte Jennifer. »Bisher wissen wir eigentlich gar nichts. Es sieht so aus, als wären alle Erwachsenen verschwunden, und im Einkaufszentrum herrscht Chaos. Das ist alles; mehr wissen wir nicht. Was auch immer passiert ist, wir haben es mit einer Notsituation zu tun, mit irgendeiner Katastrophe. Und wo sammelt sich alles bei einer Katastrophe? Im Krankenhaus! Ich will deinen Bruder auch finden. Ich will aber auch endlich wissen, was hier los ist. Also komm!«

Das leuchtete Miriam ein. Aber sie hätte ohnehin keine Chance gehabt zu widersprechen. Jennifer war längst auf dem Weg zu ihrem Rennrad. Also lief Miriam hinterher und beide machten sich auf den Weg ins Krankenhaus.

Zur gleichen Zeit hatten Ben und Frank sich den Schlüssel für das Lager aus dem Kaufhausbüro besorgt. Auch das Lager hatten sie sehr schnell gefunden. Schließlich waren die Kaufhäuser alle nach dem gleichen Prinzip gebaut. Zum Lager mussten die Lastwagen einen möglichst direkten Zugang haben. Also brauchten die beiden Jungen nur auf die Straße zu laufen und nachzuschauen, wo es eine LKW-Zufahrt gab.

Der Schlüssel passte, das große Tor zum Lager ließ sich leicht öffnen. Da standen Ben und Frank inmitten riesiger Regale.

»Bestimmt vier Meter hoch«, staunte Frank. Und so weit sie blicken konnten, nichts als Regale, voll gestopft mit unzähligen braunen Kartons.

»Jetzt heißt es suchen«, sagte Ben. »Was von all dem Zeug sind Lebensmittel? Gibt es hier denn kein Kühlhaus?«

»Hier wird man ja wahnsinnig, so groß ist das hier«, antwortete Frank. »Am besten, wir suchen getrennt. In einer halben Stunde treffen wir uns wieder genau an diesem Punkt.«

Eine schlaue Idee, fand Ben. Und so nahm Ben sich den Weg nach links vor, Frank ging nach rechts.

Der Gang schien kein Ende zu nehmen. Bestimmt hundert oder hundertfünfzig Meter, schätzte Ben. Und das war nur die Hälfte der Lagerbreite. Die andere Hälfte schritt Frank ja ab. Alle drei Meter zweigte ein weiterer Gang in Längsrichtung ab. Jeder einzelne von ihnen war bestimmt auch noch mal gute fünfzig Meter lang. Aber nirgends gab es eine Tür, nirgends war ein Durchgang zu sehen, der zu einem Kühlhaus hätte führen können. Immer nur Regale mit unendlich vielen braunen Kisten, die mit kleinen weißen Schildchen und einer Reihe von Zahlen versehen waren.

Nie hätte Ben gedacht, dass es in einem Lager, in dem die ganzen schönen Dinge seiner Wünsche aufgestapelt waren, so langweilig aussehen könnte. Er stand mittendrin im Zentrum seiner vielen, vielen Geburtstags- und Weihnachtswünsche und suchte einfach nur nach Essbarem – das aber war nirgends zu sehen.

»Verflixt!«, fluchte Ben vor sich hin. *Irgendwo in diesem Lager müsste doch ein Kühlhaus stecken. Wo sonst sollten all die Würste, das Fleisch, der Käse, die Milch aufbewahrt werden?* Wohin Ben auch blickte, am Ende eines jeden Ganges stand immer nur diese eine graue Wand. So massiv und undurchdringlich, dass es von vorneherein aussichtslos erschien die langen Gänge abzugehen. *Es hat keinen Sinn,* erkannte Ben. Vor Wut stieß er mit dem Fuß gegen einen der Kartons, die im unteren Regal lagerten. Ben stieß mit solch einer Wucht zu, dass er ein Loch in den Karton trat. Aus dem Karton rieselte ein feines Rinnsal weißen Pulvers. Ben bückte sich um sich das komische Zeug genauer anzusehen. Er nahm etwas von dem Pulver in die Hand und zerrieb es zwischen Daumen und Zeigefinger. *Das kenne ich doch. Das ist doch …* Plötzlich fiel es ihm ein – und damit dämmerte ihm etwas noch viel Schrecklicheres. Er griff in die linke Hosentasche, wo er immer das gute Schweizer Taschenmesser aufbewahrte, das ihm sein Vater vergangene Weihnachten geschenkt hatte. Zwei gezielte Schnitte. Der Karton klaffte auseinander. »Verdammt!«, fluchte Ben, drehte sich auf dem Absatz um und spurtete zu dem mit Frank vereinbarten Treffpunkt.

»Fraahaank!«, schrie Ben im Laufen. »Fraaaank! Hör auf zu suchen. Es hat keinen Sinn!«

»Was hat keinen Sinn?« Frank steckte seinen Kopf um die Ecke des dritten Ganges, da stand Ben schon bei ihm.

»Das Suchen nach dem Kühlhaus«, schimpfte Ben. »Mann, waren wir doof!« Ben mochte sich gar nicht mehr beruhigen.

»Wieso nicht mehr suchen? Wieso sind wir doof?« Frank verstand nur Bahnhof.

»Weil wir eben doof sind«, schimpfte Ben weiter. »Was meinst du wohl, was ich eben gefunden habe?«

»Das Kühlhaus?«, fragte Frank. Er hielt das für die nahe liegendste Frage. Ben quiekte laut auf.

»Ich habe Packungen mit Kartoffelpüree gefunden!«

»Na und?«

»Das weiße Pulver in den Packungen, aus dem man Kartoffelpuffer machen kann oder Kartoffelpüree.«

»Lecker!«, meinte Frank und schmatzte genießerisch mit der Zunge.

Ben nahm sich so gut zusammen, wie er konnte, um Frank nicht an die Gurgel zu springen. Dreimal holte er tief Luft, dann fragte er: »Frank, hast du jemals in diesem Kaufhaus Fleisch gekauft oder frische Milch?«

»Nee, meine Eltern kaufen immer ein.«

Ben japste nach Luft.

»In diesem Kaufhaus gibt es kein frisches Fleisch!«, brüllte Ben. »Und keine frische Milch und keine frische Wurst, nicht mal frisches Gemüse! Hier gibt es nur Fertigpackungen und Konserven. Und deshalb gibt es hier auch kein Kühlhaus!«

Noch ehe Frank etwas dazu sagen konnte, fuhr Ben fort: »In diesem ganzen Einkaufszentrum gibt es nur kleine Einzelläden: den Fischhändler, den Käseladen, den Gemüsehändler und so weiter. Für keinen dieser Läden lohnt es sich, ein großes Kühlhaus zu haben. Ihre ganze Ware liegt in den Kühltruhen, die sie im Laden stehen haben. Und genau vor diesen Kühltruhen da oben stehen im Moment etwa hundert oder zweihundert Kinder, die nichts Besseres zu tun haben, als sich mit diesen Lebensmitteln zu bewerfen. Den letzten und einzigen frischen Lebensmitteln, die es in diesem Einkaufszentrum überhaupt gibt. Und wir stehen hier unten zwischen Dosen und Packungen und suchen ein Kühlhaus!«

Bens Stimme überschlug sich vor Wut. Er dachte an den stets gefüllten Kühlschrank zu Hause, an seine Mutter, die ihm jeden Morgen das Frühstück bereitete. Er dachte sogar an das Abendessen pünktlich um 18.00 Uhr. Wie gerne würde er jetzt alles stehen und liegen lassen um auf die Minute genau bei seiner Mutter zu erscheinen und sich mit einem leckeren, warmen Abendessen verwöhnen zu lassen. Stattdessen stand er hier in einem riesigen Lagerhaus, auf der Suche nach frischen Lebensmitteln, die es nicht gab. Ben kullerten die Tränen übers Gesicht, seine Hände zitterten, der Kopf war rot angelaufen und die Halsschlagader dick angeschwollen. Endlich begriff auch Frank die Lage. Aber er fühlte sich hilflos, wusste nicht, was er sagen sollte. So nahm er seinen Freund Ben einfach nur in den Arm und fluchte leise vor sich hin.

# Die Versammlung

Pünktlich um 16.00 Uhr standen Frank und Ben vor der Aula in ihrer Schule. Sie waren die Einzigen, die dort standen. Mehr aus Gewohnheit rüttelte Frank an der Tür.

»Wieso ist die auf?«, wunderte er sich. Prompt kam die Antwort von drinnen. Thomas stand direkt hinter der Tür; gerade wollte er nachsehen, wo Ben und seine Freunde blieben.

»Ich habe sie aufgeschlossen«, sagte Thomas stolz. »Wisst ihr, eine Putzfrau hatte mal ihren Schlüsselbund im Flur vergessen. Jedenfalls ließ ich so viele schöne Schlüssel natürlich nicht einfach so herumliegen. Denn das Entscheidende ist, dass es ...«

»... umsonst ist und man es nur zu nehmen braucht«, ergänzte Ben den allseits bekannten Satz von Thomas.

»Aber heißt das«, schickte Ben gleich eine Frage hinterher, »du besitzt alle Schlüssel dieser Schule?«

»So ist es!«, bestätigte Thomas, der spürte, dass seine Sammlerleidenschaft sich noch als sehr nützlich erweisen könnte.

»Gut, sehr gut«, murmelte Ben.

»Wer ist denn sonst noch zur Versammlung erschienen?« Frank besann sich, weshalb sie überhaupt in die Aula gekommen waren.

Thomas antwortete: »Im Moment sind zwölf Leute da. Mit euch vierzehn. Aber ein paar wollten noch kommen. Ich denke, Jennifer und Miriam kommen auch?«

»Was, die sind noch nicht hier?«, staunte Ben. Mit schnellem Schritt ging er in den großen Saal der Aula um sich selbst davon zu überzeugen. Dort saßen zwölf Schüler, die sich aufgeregt ihre Beobachtungen vom Vormittag mitteilten. Jennifer und Miriam waren tatsächlich nicht darunter. Nervös strich Ben sich mit der Hand durchs Haar. *Hoffentlich sind die nicht auch noch verschwunden*, schoss es ihm durch den Kopf. Ohne die beiden Mädchen wären sie vollkommen aufgeschmissen. Ihm fiel es so schon schwer genug die Lage zu überblicken, sich zu überlegen, was getan werden musste, die Ruhe zu bewahren und die ständige Angst zu überwinden, allein in dieser Stadt nicht zurechtzukommen. Aber wenn jetzt auch noch zwei seiner drei besten Freunde verschwunden wären, wäre alles aus. Ben schüttelte diesen schrecklichen Gedanken schnell von sich ab.

»Okay«, begann er sogleich, mehr um sich selbst abzulenken, aber auch, weil irgendjemand ja etwas tun musste. »Wir fangen schon mal an. Ich schlage vor, dass wir der Reihe nach erzählen, was wir herausbekommen haben. Danach überlegen wir, wie's weitergeht.«

Niemand hatte Ben zwar zum Anführer – oder »Präsidenten«, wie Miriam es genannt hatte – auserkoren, aber alle waren viel zu gespannt darauf, wie es weitergehen sollte. Da kam ihnen die Aufforderung von Ben gerade recht endlich mit der Versammlung anzufangen.

»Die Fernseher funktionieren nicht«, begann ein Junge, den Ben nicht kannte. Er musste aus einer der unteren Klassen sein. Ben schätzte sein Alter auf acht, bestenfalls neun Jahre. »Ich hab's den ganzen Tag probiert, auf allen Kanälen und mit verschiedenen Apparaten, aber immer bleibt das Bild schwarz.«

»Ja, klar. Das wissen wir. Es ist halt niemand da, der das Programm macht«, würgte Frank den Kleinen ab. Der zog sich sofort beleidigt zurück. Hatte er den ganzen Tag vor den Fernsehapparaten gesessen und sich abgemüht um etwas herauszufinden, was alle anderen schon wussten und vollkommen logisch fanden? Das hätte ihm auch jemand sagen können, fand der Kleine. Die anderen beachteten ihn aber nicht weiter.

»Also los, was gibt es *Neues?*«, fragte Ben eine Spur ungeduldiger.

»Meine Pferde sind noch da!«, freute sich Kathrin. Sie war zwölf und ging in Bens Parallelklasse. »Ich habe sie gestriegelt und gefüttert. Aber bald brauche ich neuen Hafer für sie. Wisst ihr, wo ich Hafer herbekomme?« Fragend blickte sie in die Runde. Niemand hatte eine Idee. Frank sah bedeutungsvoll zu Ben hinüber.

*Tiere! Auch das noch. Es gab doch bereits genug Probleme. Wer sollte sich jetzt auch noch um die Tiere kümmern? Wie viele Tiere mochte es in der* ➡

*Stadt geben? Was lief hier alles herum außer Pferden, Hunden und Katzen?*

Obwohl Frank kein Wort gesagt hatte, verstand Ben dessen Mimik sofort.

»Hast du dich nur um deine Pferde gekümmert oder noch andere Tiere gesehen?«, fragte er Kathrin.

»Andere Tiere? Nein, ich war nur bei meinen Pferden. Ich musste mich doch um sie kümmern. Ich dachte mir, wenn die Erwachsenen weg sind, dann fehlt auch mein Tierpfleger. Und so war's auch«, erzählte Kathrin.

»Mein Hund ist zu Hause!«, rief ein Junge namens Philipp dazwischen.

Damit brach er eine Lawine los:

»Ich hab 'nen Wellensittich zu Haus. Der ist auch noch da«, rief ein anderer.

»Meine beiden Katzen auch. Denen geht's gut.«

»Ich hab einen Hund. Der ist sooo groß und macht immer …«

»Ja ja!«, versuchte Frank die Runde zu beruhigen. »Offensichtlich habt ihr alle Tiere zu Hause – außer Ben und mir.«

»Ich auch nicht«, rief Thomas, der noch immer an der Innenseite der Tür stand und die ganze Versammlung von weitem verfolgte. »Ich frage mich nur, was mit dem Zoo ist?«

»Oh Gott!«, quietschte Kathrin los. »Die armen Tiere! Wer pflegt die denn?«

»Lasst uns das nachher klären«, entschied Ben. »Ich möchte erstmal hören, was sonst noch passiert ist. Ich glaube, es kommen noch einige Probleme mehr auf uns zu.«

Wie Recht er hatte! Denn kaum wollte Ben anfangen seine Erlebnisse aus dem Einkaufszentrum, der Suche im Lager und dem nicht vorhandenen Kühlhaus zu erzählen, schrie Thomas in den Saal hinein: »Blaulicht! Da kommt ein Unfallwagen mit Blaulicht!«

Sofort stürmten alle dreizehn Kinder zu Thomas an die Eingangstür.

*Das konnte doch gar nicht sein. Es gab keine Erwachsenen, also konnten auch keine Unfallwagen durch die Gegend fahren, schon gar nicht mit Blaulicht. Oder hieß das, die Erwachsenen waren zurück?*

Ben wünschte sich in diesem Augenblick nichts sehnlicher.

In diesem Moment kam der Unfallwagen schon vorgefahren. Direkt vor die Aula. Ben traute seinen Augen nicht: Am Steuer saß Miriam!

Sie stieg aus, als sei es das Selbstverständlichste von der Welt, einen Rettungswagen mit Blaulicht durch die Gegend zu kutschieren. Regungslos gafften alle Kinder auf den Unfallwagen. Thomas hatte sich als Erster wieder gefangen.

»Seit wann kannst du Auto fahren?«, stammelte er.

»Hab ich mal auf 'ner heißen Party gelernt. Erzähl ich dir später«, gab Miriam keck zurück. »Jetzt müssen wir uns erstmal um die Kranken kümmern.«

»Die Kranken?«, rief Frank. Da öffnete sich die

Seitentür des Unfallwagens und Jennifer sprang heraus.

»Wir waren im Krankenhaus«, sagte sie. »Zum Glück waren nur drei Kinder dort. Zweien haben sie vor kurzem die Mandeln herausgenommen und einem den Blinddarm. Der liegt auf der Trage im Auto.« Und dann erzählte Jennifer die ganze Geschichte: wie Miriam sich plötzlich an ihren Bruder erinnerte, sie zu zweit in die Kinderkrippe geradelt waren, dort aber alles leer vorfanden. Sie berichtete von ihrer Idee, dass vielleicht im Krankenhaus etwas los sei und wie sie mit Miriam dorthin fuhr. Dort aber herrschte ebenfalls gähnende Leere.

Die Säuglingsstation war leer und auch auf allen anderen Stationen war niemand. Jennifer und Miriam durchstöberten die ganze Klinik, bis sie schließlich in der Hals-Nasen-Ohren-Abteilung auf die beiden Vierzehnjährigen mit den Mandeloperationen trafen und – eine weitere halbe Stunde später – Georg fanden, dem sie vor acht Tagen den Blinddarm herausgeholt hatten und der dann ganz allein im Zimmer liegen blieb.

»Jetzt erkläre mir mal, Ben, wo die kleinen Kinder sind«, beendete Jennifer ihre Erzählung.

Ben grübelte.

»Ich weiß es nicht«, sagte er schließlich. »Es ist nur so: Obwohl das Computerspiel von Kindern handelt – Kinder müssen ja die Stadt retten –, kommen im gesamten Spiel keine kleinen Kinder vor. Die Erwachsenen verschwinden. Aber kleine Kinder tauchen gar nicht erst auf. Wahrscheinlich hängt es damit zusammen. Ich vermute, sie sind gemeinsam mit den Erwachsenen verschwunden.«

»Was faselt ihr da dauernd von einem Computerspiel?«, fragte Thomas. Damit sprach er den anderen Kindern aus dem Herzen. Dass die Erwachsenen weg waren, hatten sie schließlich alle mitbekommen. Aber was das mit einem Computerspiel zu tun haben sollte, davon hatten sie noch nichts gehört.

»Ich habe das Gefühl, ihr wisst mehr als wir!«, schaltete Kathrin sich ein. »Ich denke, allmählich solltet ihr mal damit rausrücken.«

Das fanden Ben, Frank, Miriam und Jennifer auch. Jetzt war es an der Zeit, die anderen einzuweihen. Damit auch die Kranken alles mitbekommen konnten, setzten sich alle Kinder vor die offene Tür des Unfallwagens und Ben erzählte die ganze Geschichte von Beginn an, vom Computerspiel, das er mit Frank getauscht hatte, von dem Fehler, den das Spiel offensichtlich hatte, vom Verschwinden der Erwachsenen, vom Treffen morgens auf dem Schulhof, das die anderen bis auf die Kranken ja auch miterlebt hatten, vom Chaos in dem Einkaufszentrum, von der Begegnung mit Kolja, der offensichtlich noch mehr Unsinn vorhatte, und schließlich von der vergeblichen Suche nach einem Kühlhaus.

»Ja, und von der Suche nach Miriams Bruder und dass wahrscheinlich auch alle anderen kleineren Kinder weg sind, hat Jennifer ja eben berichtet«, schloss Ben seine langen Ausführungen.

Alle Kinder schwiegen. Jetzt war die Lage klar:

Die Kinder waren allein in der Stadt und wussten nicht, wie sie funktionierte. Die Lebensmittel gingen zur Neige, weil Hunderte aufgebrachter Kinder sich damit große Schlachten lieferten. Ein großes Lebensmittellager sowie ein Kühlhaus schien es nicht zu geben. Mittendrin in dem ganzen Chaos tobte irgendwo ein durchgedrehter Kolja herum, vor dem alle Angst hatten und der androhte, noch viel mehr Unsinn zu treiben. Die Tiere waren noch da, einschließlich eines ganzen Zoos, und niemand wusste, woher das Futter für die Tiere kommen sollte. Und jetzt gab es auch noch drei Kranke unter ihnen. Aber das Schlimmste von allem: die Ungewissheit, wie lange das alles noch dauern sollte. Würden die Erwachsenen überhaupt jemals wiederkommen?

Es war der kleine Junge, der diese entscheidende Frage stellte. Während der Erzählungen fing er lauthals an zu weinen und legte schluchzend seinen Kopf an Miriams Schulter. »Kommen meine Eltern nie wieder?«, wimmerte er. »Ich will aber zu Mami und Papi!«

Frank konnte das nicht mit ansehen. »Die Lage ist nicht hoffnungslos«, versuchte er zu trösten.

Alle Kinder sahen verblüfft auf Frank. Alle anderen hatten gerade eben das Gegenteil gedacht. Frank ließ sich durch die verdutzten Gesichter nicht beirren.

»Wisst ihr«, fuhr er fort, »bei mir im Sport ist es oft so: Da denke ich, jetzt habe ich verloren. Keine Chance mehr. Und immer dann, wenn ich das gerade denke, stehen meine Trainer am Rande und rufen: *Super, Frank, jetzt schaffst du es!* Das ist beim Karate genauso wie in der Leichtathlethik. In dem Moment fallen mir meine Stärken wieder ein. Ich will dann einfach nicht aufgeben. Und oft habe ich die Wettkämpfe noch gewonnen.«

»Herzlichen Glückwunsch«, spottete Miriam. »Nur zu dumm, dass wir jetzt keinen Trainer zur Hand haben.«

»Was willst du denn jetzt machen?«, schnauzte Frank zurück, »Däumchen drehen und verhungern?«

Kaum hatte er das ausgesprochen, begann der kleine Junge wieder zu weinen.

»Idiot!«, fluchte Miriam in Richtung Frank. »Vielleicht sollten wir uns erstmal überlegen, wie die Erwachsenen wiederkommen.« Jetzt staunten alle Miriam an.

»Und wie willst du das anstellen, wenn ich fragen darf?«, frotzelte Frank. Miriam wurde blass um die Nase und zuckte mit den Schultern. Darauf hatte sie auch keine Antwort.

Ben kam ihr zur Hilfe. »Also, ich kann euch nur sagen, wie es im Computerspiel ist«, begann er vorsichtig. »Dort müssen die Kinder zusammenhalten, sich gegenseitig helfen und in der Stadt überleben. Dadurch erreichen sie die jeweils höhere Ebene. Und irgendwann gewinnt man das Spiel und die Stadt ist wieder wie vorher. Steht jedenfalls in der Spielbeschreibung. Ich bin ja noch nie so weit gekommen.«

»Du meinst, wir müssen jetzt alle Abenteuer des

Spiels bestehen, damit die Erwachsenen wiederkommen?«, fragte Jennifer nach.

»Richtig!«, bestätigte Ben.

»Aber niemand weiß, wie das geht?«

»Richtig.«

»Na super!«

»Genau das meinte ich doch!«, rief Frank. »Ich wollte sagen, wir sollten uns jetzt auf unsere Stärken besinnen. Niemand wusste zum Beispiel, dass du Auto fahren kannst, Miriam. Und plötzlich kommst du hier ankutschiert wie Niki Lauda und bringst die Kranken her, damit sie nicht allein im Krankenhaus liegen müssen. Wer weiß, was die Einzelnen von uns noch alles können?«

Miriam wusste zwar nicht, wer Niki Lauda war, fühlte sich aber geschmeichelt. Ja, Frank hatte Recht. Das mit dem Unfallwagen hatte sie gut gemacht. Das hätte der große, starke, mutige, sportliche Frank nicht hinbekommen. Einfach in den Wagen setzen und losfahren!

»Okay«, grinste Miriam frech. »Was kannst du denn?«

»Ich könnte mich zum Beispiel um Kolja kümmern, wenn der wieder Mist bauen will«, antwortete Frank sofort.

»Ach, den habe ich übrigens vor 'ner guten Stunde noch gesehen«, sagte Thomas. »An der Tankstelle. Die haben sich ein paar dicke Autos geklaut. Sie haben getankt, dann sind sie mit quietschenden Reifen abgezischt. Wahrscheinlich machen sie ein Rennen. Ich möchte nicht wissen, was dabei herauskommt. Bestimmt können die nicht so gut fahren wie Miriam.«

Miriams Ansehen in der Runde war sichtbar gestiegen, seit sie mit dem Unfallwagen vorgefahren war.

»Um den brauchen wir uns also im Moment nicht zu kümmern«, bemerkte Ben. »Die Idee, uns aufzuteilen, ist aber gut. Kathrin, wenn du dich sowieso um deine Pferde kümmerst, vielleicht kannst du den Zoo übernehmen? Erst mal gucken, wie dort die Lage ist und was wir tun müssen.«

»Gerne!«, strahlte Kathrin. Tiere waren ihre Leidenschaft. Auch ohne Bens Aufforderung wäre sie gleich nach der Versammlung zum Zoo gefahren um den armen Geschöpfen dort zu helfen.

»Ich komme mit«, forderte der kleine Junge. Er wollte nicht noch einmal eine solche Pleite erleben wie mit den Fernsehapparaten. Da schloss er sich lieber einer der Größeren an. In den Zoo war er schon immer gerne gegangen.

»Toll!«, freute sich Miriam. »Genauso machen wir's! Wir teilen uns die Aufgaben auf und gewinnen dieses verdammte Spiel, damit der Spuk ein Ende hat!«

Die anderen stimmten freudig ein. »Also los!«, forderte Kathrin. »Wo wollen wir uns denn wieder treffen?«

Alle Kinder überlegten.

»Am besten wäre so etwas wie ein Hauptquartier«, fand Jennifer. »So ein Treffpunkt, wo man immer hinkann und erfährt, was los ist.«

»Klar, das ist die Schule«, fiel Miriam wieder ein. »Die Schule ist der Treffpunkt für alle Neuigkeiten.«

»Super!«, fand auch Ben. »Im Schulbüro, da haben wir alles, was wir brauchen. Und Thomas hat die Schlüssel dazu!«

»Ja, das wird unser Hauptquartier!«, rief Thomas, der sich freute, dass seine Schlüssel schon wieder so gute Verwendung fanden. »Außerdem ist direkt daneben die Wohnung des Hausmeisters. Die steht ja leer. Da können wir es uns gemütlich machen.«

»Und die Kranken unterbringen. Dann sind sie in unserer Nähe und haben es trotzdem nett«, ergänzte Jennifer.

»Aber für die Hausmeisterwohnung haben wir keinen Schlüssel, oder, Thomas?«, fragte Frank.

»Das dürfte kein Problem sein«, erwiderte Thomas. »Zu Hause habe ich noch eine Menge anderer Schlüssel. Irgendeiner wird schon passen. Wenn nicht, nehmen wir einen Dietrich. Habe ich natürlich auch zu Hause.« Thomas wurde immer stolzer, dass seine oft belächelte Sammlung von allen möglichen Dingen immer wichtiger wurde. Sogleich erklärte er sich auch bereit die Stellung im neu erkorenen Hauptquartier zu halten.

»Was ist sonst noch zu tun?«, fragte Miriam. Es schien doch alles gut zu funktionieren; da wollte sie auch eine Aufgabe haben.

»Miriam, du kannst als Einzige Auto fahren. Wir beide könnten durch die Stadt fahren und alle Lebensmittel zusammenkarren, die die Verrückten bei ihren Schlachten noch übrig gelassen haben«, schlug ihr Jennifer vor. »Hier in der Schule können wir daraus ein eigenes Lager errichten. Schließlich hat Thomas von allen Räumen und Hallen die Schlüssel.«

Beim Thema Essen fielen Kathrin wieder die Tiere ein. »Ich gehe jetzt mit dem Kleinen in den Zoo. Ich weiß ja jetzt, wo ich euch wiederfinde.« Schon nahm sie den Knirps an die Hand und marschierte los.

»Ich heiße Max«, protestierte der Kleine endlich dagegen, immer »Kleiner« genannt zu werden.

Thomas machte sich auf den Weg um seine Schlüssel-Sammlung zu holen, damit er die Hausmeisterwohnung öffnen konnte. Miriam fuhr zusammen mit Jennifer und zwei weiteren Kindern mit dem Unfallwagen los um Lebensmittel einzusammeln.

»Und was machen wir, Ben?«, fragte Frank.

»Wir gehen los und holen meinen Computer«, schlug Ben vor. »Schließlich hat mit diesem Computerspiel alles begonnen. Vielleicht können wir es damit auch wieder beenden ohne alle Abenteuer durchspielen zu müssen.«

Ben hatte keine Ahnung, wie das gehen sollte. Aber er war entschlossen alles auszuprobieren, was die Erwachsenen in diese Stadt zurückbringen könnte.

# Feuer!

Frank und Ben waren gerade ein paar Straßen weiter auf dem Weg zu Bens Wohnung, als die beiden ein lautes Krachen hörten.

»Das war 'ne Scheibe«, sagte Frank, dachte sich aber weiter nichts dabei. In der Schule war es nichts Besonderes, wenn mal wieder eine Fensterscheibe zu Bruch ging. Mindestens einmal pro Woche kam das vor; außer dem Hausmeister, der dabei regelmäßig rot anlief und einen Wutanfall bekam, kümmerte es niemanden mehr. Dafür war es zu alltäglich.

Aber jetzt war es etwas anderes. Es waren nur noch Kinder in der Stadt. Wenn jetzt was passierte, mussten die Kinder das auch alleine regeln. Es gab keine Hausmeister mehr, die sich darum kümmerten, keine Putzfrauen, die die Scherben wieder wegräumten, überhaupt keine Erwachsenen, die danach guckten, ob nichts Schlimmeres passiert sei.

Wenn jetzt irgendetwas los war, war es ihre ureigenste Angelegenheit, die Sache der Kinder.

Ben sagte nichts, aber er bog schnurstracks ab und lief in die Richtung, aus der das Krachen kam. Frank ging verwundert hinterher.

Ben brauchte nicht weit zu laufen um die Ursache des Krachens zu finden. Die Gaststätte, nur einige hundert Meter entfernt, hatte keine Fensterscheiben mehr. Drinnen ging der Lärm weiter. Es schepperte und krachte, es klirrte und knallte, als würde in der kleinen Kneipe der härteste Actionfilm des Jahrhunderts gedreht. Vor der Tür der Gaststätte parkten fünf 300er Mercedes. Auf den Dächern und Kühlerhauben der Wagen saßen einige Jungen, umgeben von etlichen Bierflaschen. Sie grölten und lachten, nahmen zwischendurch einige Schlucke aus einer der Bierflaschen und schleuderten die halb leeren Buddeln durchs Fenster der Gaststätte.

Kein Zweifel: Das war Koljas Bande auf Vergnügungstour.

Ben blieb auf der anderen Straßenseite stehen und betrachtete das Schauspiel. Frank kam hinzu. Er sah, wie Kolja aus der Kneipe kam, noch mit einer zerbrochenen Stuhllehne in der Hand.

»Der Arsch wird sich wundern, wenn er zurückkommt«, schrie Kolja und meinte den Wirt der Gaststätte. »Dreimal hat mich der Idiot aus seiner Kneipe geschmissen, weil ich noch zu klein bin. Jetzt kann er mal sehen, wie klein ich bin. Da hat er lange zu tun, das wieder aufzuräumen!«

»*Wenn* er zurückkommt…«, wiederholte Ben leise vor sich hin. Dann wandte er sich an Frank. »Vielleicht kommt der Wirt niemals zurück – wie alle anderen Erwachsenen auch. Kolja scheint das immer noch nicht begriffen zu haben.«

»Ach, der ist doch dumm wie Toastbrot«, antwortete Frank, »wer weiß, was …«

Weiter kam Frank nicht.

»Lass das, du Vollidiot!«, schrie Ben plötzlich aus Leibeskräften rüber zu Kolja. Der ging gerade mit einem brennenden Lappen in der Hand wieder in die Kneipe zurück.

Frank stockte der Atem.

»Der will doch nicht etwa die Bude anstecken?« Ohne weiter zu überlegen, raste Frank auf die andere Straßenseite. Sofort sprangen vier Jungen von ihren Autos herunter und hielten ihn fest. Ben lief los um seinem Freund zu helfen. Aber auch er geriet sofort in Gefangenschaft. Es waren einfach zu viele. Zehn Jungen hielten Ben und Frank fest und sahen lachend zu, wie die ersten Flammen aus der Kneipe schlugen. Kolja kam herausgerannt und kicherte teuflisch vor sich hin. Dann fiel sein Blick auf die Gefangenen.

»Sieh mal an«, feixte er. »Die Hilfspolizisten sind auch wieder da.« Langsam setzte er sich auf den einzigen weißen Mercedes – offenbar der Wagen, der allein Kolja vorbehalten war, während alle anderen sich die Wagen teilten.

»Verpasst den kleinen Spitzeln einen Denkzettel!«, befahl er. Das ließen sich die Jungen nicht zweimal sagen. Sofort begannen sie auf Frank und Ben einzuprügeln. Gegen die Überzahl von Koljas Schlägern hatten die beiden nicht die geringste Chance. Weil ihre Hände noch immer festgehalten wurden, versuchten sie sich so gut es ging mit den Füßen zu wehren und wenigstens einige Schläge abzufangen.

Das Ganze dauerte nur zwei, drei Minuten – auch wenn es Ben vorkam, als seien es mehrere Tage –, dann lagen Ben und Frank keuchend, stöhnend und blutend auf dem Bürgersteig. Kolja gab das Kommando zum Aufbruch. Alle Jungen verschwanden in den Limousinen und fuhren davon. Ben und Frank rappelten sich langsam wieder auf. Direkt vor ihnen stand die Gaststätte schon in Flammen.

»Wir müssen Hilfe holen«, stöhnte Ben.

»Woher denn?«, wollte Frank wissen, der zumindest schon wieder auf den Knien saß, sich aber noch den Magen festhielt.

Daran hatten sie nicht gedacht. Alle hatten sich auf der Versammlung gefreut, dass sie jetzt ein Hauptquartier besaßen. Aber niemand war auf die Idee gekommen, sich auch die Telefonnummer der Hausmeisterwohnung oder der Schule zu notieren. Außerdem war Thomas vermutlich noch gar nicht mit den Schlüsseln zurück.

Und selbst wenn: Was hätte Thomas in dem schönen Hauptquartier überhaupt machen können? Auch er hätte nicht gewusst, wie er jemanden von den anderen hätte erreichen können. Auf Fälle wie diese waren sie einfach nicht vorbereitet. Überhaupt hatten sie Notfälle nicht eingeplant. *Was ist, wenn Miriam doch nicht so gut Auto fährt, wie alle dachten, und sie einen Unfall baut? Was erlebt Kathrin gerade im Zoo? Braucht sie nicht vielleicht auch Hilfe?* Aber alle diese Überlegungen, die Ben durch den Kopf schossen, nützten jetzt gar nichts.

»Wir müssen erst mal hier weg!«, krächzte Ben, dem sämtliche Knochen schmerzten, vor allem der linke Arm. *Hoffentlich ist der nicht gebrochen!*

Das Feuer hatte inzwischen solche Ausmaße angenommen, dass es Frank und Ben auf dem Gehsteig schon gefährlich heiß wurde. Frank richtete sich vorsichtig auf und stützte Ben unterm Arm, als er sah, dass der offenbar noch schwerer mit seinen Verletzungen zu kämpfen hatte.

Sie humpelten auf die andere Straßenseite. Was sollten sie bloß tun? Sie konnten doch nicht einfach nur dastehen und zuschauen, wie das Feuer sich weiter ausbreitete. Zurück zur Schule zu laufen hatte keinen Sinn. Dort waren nur die drei kranken Kinder und bestenfalls Thomas, falls er schon zurück war. Alle anderen waren unterwegs.

»In unserer Parallelklasse sind zwei Jungen, die sind bei der freiwilligen Jugendfeuerwehr«, fiel Frank ein. »Wenn man nur wüsste, wo die jetzt sind?«

Ben witterte eine Chance.

»Wenn wir nicht wissen, wo die sind, dann müssen wir ihnen eben zeigen, wo wir sind!«, antwortete er aufgeregt. »Hier laufen zwei- oder dreihundert Kinder durch die Stadt. Wenn wir es schaffen, dass ein Großteil hierher kommt, haben wir zusammen vielleicht eine Chance, das Feuer zu löschen!«

»Wie willst du denn das machen?«, fragte Frank. In diesem Augenblick stürzte ein brennender Türbalken auf die Straße.

»Einige werden von selbst kommen«, vermutete Ben. »Sieh dir mal den dunklen Rauch an. Den sieht man doch in der ganzen Stadt! Und für die anderen müssen wir irgendetwas finden um auf uns aufmerksam zu machen.«

Ben und Frank sahen die Straße hinab in der Hoffnung, irgendetwas zu entdecken, was ihnen weiterhelfen könnte.

»Ich habe etwas!«, rief Frank plötzlich. »Ist zwar nicht besonders wirksam, aber besser als nichts.«

Bevor Ben fragen konnte, war Frank schon losgelaufen. Obwohl laufen eigentlich nicht das richtige Wort dafür war, fand Ben. Eher hopste Frank auf merkwürdige Weise seitwärts die Straße entlang. *Wie ein Krebs auf Sprungfedern,* dachte Ben. Dabei streckte Frank auch noch seinen Kopf so komisch hervor, als wollte er sich jeden Moment in einen zu groß geratenen Flummiball verwandeln. Auf einmal blieb Frank stehen, ging kurz in die Hocke und machte einen mächtigen Sprung auf die Kühlerhaube eines Autos.

Sofort fing das Auto an unablässig zu hupen.

Jetzt war Ben alles klar:

Frank hopste an den parkenden Autos vorbei und suchte nach kleinen Aufklebern an den Autoscheiben, auf denen stand:

*Warnung!*
*Dieses Fahrzeug ist alarmgesichert!*

Während Ben begriff, was Frank da trieb, war der schon ein zweites Mal erfolgreich gewesen. Wieder sprang er auf einen Wagen und löste so die Alarmanlage aus. Jetzt hupten schon zwei Autos. Blitzschnell hopste Frank weiter; eine dritte Hupe ging los und eine vierte. Es dauerte nur wenige Minuten und Frank hatte bei zehn oder elf Wagen den Alarm ausgelöst. Ein ohrenbetäubendes Hupkonzert dröhnte durch die Straße. Das musste zumindest einige Häuserblocks weiter noch gut zu hören sein. In Kombination mit den Rauchschwaden, die immer schwärzer wurden, musste man doch merken, dass hier irgendetwas los war.

Hechelnd kam Frank zurück.

»Mehr fällt mir im Moment nicht ein!«, keuchte er. Mit dem Ärmel wischte er sich das Blut aus dem Gesicht. Er war so mit seinem Alarmeinsatz beschäftigt gewesen, dass er völlig vergessen hatte, wie stark seine Lippe und die Nase noch immer bluteten. Das halbe Gesicht war rot verschmiert. Ben blickte Frank entsetzt an. Aber der lächelte nur.

»Sieht schlimmer aus, als es ist«, beruhigte er Ben. »Ist mir beim Karatetraining auch schon öfter passiert.«

Ben fand das trotzdem überhaupt nicht beruhigend. Mit der rechten Hand hielt er sich abwechselnd den geprellten – *oder gebrochenen?* – linken Arm und die blutende Nase. Beides tat ihm entsetzlich weh, von den Prellungen und blauen Flecken am Körper ganz zu schweigen. Er hatte das Gefühl, dass sein Knie immer dicker wurde. Am liebsten hätte Ben sich in ein Bett verkrochen und losgeheult. Um ihn herum dröhnten die Hupen. Die Gaststätte brannte nun lichterloh. Es würde nicht mehr lange dauern, bis die Flammen auf die Drogerie übergriffen.

*Die Drogerie! Das war die Idee!*

»Wir müssen in die Drogerie!«, schrie Ben.

»Bist du bescheuert?«, schrie Frank erstaunt zurück. »Die brennt doch auch gleich!«

»Deswegen müssen wir uns beeilen! Komm!« Und schon humpelte Ben auf den Laden zu. Dort angekommen, griff er sich die kaputte Stuhllehne, die Kolja auf der Straße liegen gelassen hatte, steckte seine ganze verbliebene Kraft in den gesunden rechten Arm und zerschlug die Schaufensterscheibe der Drogerie.

»Was willst du denn da drinnen?«, schrie Frank, der Ben hinterher gelaufen war.

»Raketen!«, brüllte Ben zurück.

»Waas?« Frank begriff noch immer nicht.

»In diesem Laden kaufe ich immer meine Silvesterraketen«, krächzte Ben zurück. Das Schreien gegen das Hupkonzert machte allmählich seiner Stimme zu schaffen. »Ich wette, die haben nicht alles verkauft und bewahren den Rest bis zum Jahresende auf. Mit den Raketen können wir den anderen Bescheid geben.«

»Dass ich darauf nicht gekommen bin!«, staunte Frank. »Bleib du hier!«, befahl er Ben. »So wie du humpelst, bist du viel zu langsam. Das Feuer kommt schon näher. Stell lieber schon mal Flaschen für die Raketen auf. Es liegen ja noch genug auf der Straße. Ich hole das Feuerwerk!«

Frank verschwand durch das zerbrochene Schaufenster in der Drogerie. In Windeseile durchstöberte er die Schränke hinterm Verkaufstresen. *Nein, hier wurde das Feuerwerk bestimmt nicht aufbewahrt. Wahrscheinlich gibt es einen Keller.* Frank rannte in das Hinterzimmer des Ladens. Sein erster Blick fiel gleich auf ein Schlüsselbrett neben der Hintertür. *Gut, dass Erwachsene immer so ordentlich sind,* dachte Frank. Denn an dem Schlüsselbrett hingen mehrere Schlüssel nebeneinander, jeder fein säuberlich beschriftet. Frank griff sich die beiden Schlüssel, auf denen *Tür hinten* und *Keller* stand. Er hörte, wie nebenan in der Gastwirtschaft gerade irgendetwas knisternd zu Boden stürzte. Mit zittrigen Händen öffnete Frank die hintere Tür, mit einem Satz stand er draußen auf dem Hof. Frank blickte auf drei schwere Stahltüren. *Eine von ihnen muss die Kellertür der Drogerie sein.* Hier gab es leider keine Schildchen. Frank entschied sich für die erste. *Natürlich falsch!* Die nächste: Auch dort passte der Kellerschlüssel nicht.

Vorne auf der Straße hatte Ben mittlerweile fünfzehn Flaschen in einer langen Reihe aufgestellt. Nervös blickte er hinüber zur Drogerie. *Hoffentlich schafft Frank das.* Ben machte sich große Sorgen um seinen Freund. Aus der Gastwirtschaft schlugen immer größere Flammen. Sie schwärzten nun schon ein Stück der Außenwand der Drogerie.

»Was ist denn hier los?«, riefen in diesem Moment einige Kinder. Ben drehte sich um und sah, wie fünf Kinder auf ihn zugelaufen kamen. In wenigen Worten erklärte Ben ihnen die Lage, noch ehe die Kinder richtig bei ihm angekommen waren. Ben erzählte ihnen auch, dass es in der Stadt einige Kinder geben müsse, die bei der Jugendfeuerwehr mitmachten.

»Klar«, antwortete einer, von dem Ben glaubte, dass er Torben hieß. Sie hatten irgendwann einmal auf einer Wiese zusammen Fußball gespielt.

»Ein Nachbarjunge macht bei der Feuerwehr mit«, berichtete Torben. »Er heißt Norbert. Vorhin habe ich ihn noch gesehen. Ich glaube, er wollte sogar zur Feuerwache um endlich mal die großen Laster auszuprobieren. Als die Erwachsenen noch da waren, durften die Jüngeren da nie ran.«

»Super!«, freute sich Ben. »Wie kann man ihn denn da erreichen? Er muss sofort herkommen. Am besten mit seinen Freunden von der Feuerwehr.«

»Klar, wir holen ihn!«, sagte Torben sofort. »Wer kommt mit?«

Ein anderer Junge und ein Mädchen erklärten sich sofort bereit. Ohne zu zögern rannten die drei los.

Ein Junge und ein Mädchen blieben bei Ben. »Was können wir tun?«, wollten sie wissen.

»Im Moment können wir nur warten, bis Frank aus der Drogerie zurückkommt«, antwortete Ben. »Höchstens noch ein paar Flaschen aufstellen.«

Frank war durch die dritte Tür endlich in den Keller gekommen.

Eine Reihe von Kisten, Tüten und Kartons standen kreuz und quer in dem engen Raum. Die wenigen Regale waren überfüllt, der große Rest bedeckte den Fußboden. *Von wegen Ordnung der Erwachsenen,* schoss es Frank durch den Kopf. *Dort, wo man* ➡

*nicht hinguckt, sind die genauso schlampig, wie sie es uns immer vorwerfen.* Er stakste durch die Kartons vorwärts, warf hier und da einen Blick in offene Kartons und überflog die Aufkleber auf den Kisten und Paketen: Eau de Toilette, Deodorants, Seife, Zahnpasta, Mückenspray, Parfums, Haarfärbemittel, Badeschaum, sogar Lakritzbonbons fand Frank. Aber keine Knallkörper. Frank blieb stehen. *... Die bewahren sie bestimmt auf bis zum Jahresende,* erinnerte er sich an Bens Worte. *Das heißt, ein ganzes Jahr. Wenn die da ein Jahr lang nicht ranmüssen, stehen sie bestimmt irgendwo in der letzten Ecke.* Frank dachte angestrengt nach, wo er in diesem Keller etwas hinlegen würde, was er ein Jahr lang nicht brauchte. *Ganz oben im Regal!,* war seine Antwort.

Der Keller war zwar ziemlich klein, aber keineswegs niedrig. Für Frank jedenfalls zu hoch. Er konnte nicht sehen, was auf den obersten Borden lag. Schnell griff er sich zwei der Kisten, die am stabilsten aussahen, stapelte sie übereinander und stellte sich darauf. Jetzt konnte er auf die obersten Päckchen eines Regals schauen. Aber auch da waren keine Feuerwerkskörper. *Auf zum nächsten. Nein, zum letzten Regal.* Ganz hinten, ganz oben in der äußersten Ecke wollte Frank es versuchen. Er schleppte die beiden Kisten hinter sich her, stapelte sie wieder, sprang darauf, schaute und ...

»Da ist es!« Frank stieß einen Freudenschrei aus. Er sah zwei Kartons, in denen eindeutig Feuerwerkskörper lagen. Die bunten Aufkleber ließen keinen

Zweifel. Er *sah* die Kartons zwar, aber er kam mit den Händen nicht heran. Ausgerechnet vor diesem Regal türmten sich Kisten, Kartons und Tüten wild durcheinander. Frank hatte weder Zeit noch Lust, den ganzen Kram beiseite zu räumen um dann ordentlich zwei Kisten aufeinander zu stapeln. Stattdessen sprang er mit einem Satz auf den wilden Kartonhaufen, rutschte auf einer glatten Tüte etwas zurück, klammerte sich jedoch schnell mit einer Hand am Regal fest und krabbelte den restlichen Meter hinauf auf die Spitze des Karton- und Tütenbergs. Oben angekommen richtete Frank sich vorsichtig aus der gebückten Haltung auf, wobei er sich mit der linken Hand am Regal festhielt und mit der rechten schon an den ersten Karton mit dem Feuerwerk heranreichte. Noch ein kleines Stückchen; jetzt hatte er den Karton endlich richtig zu fassen bekommen.

Frank zog den Karton vom Regal herunter. Er war leichter, als er gedacht hatte. Dadurch zog Frank mit solch einem Schwung, dass ihm der Karton ins Gesicht flog. Frank schreckte zurück, sein rechter Fuß verlor den Halt, worauf der linke wegknickte und sich sein Rücken automatisch nach hinten bog. In einem letzten Rettungsversuch ließ Frank das Regal los und ruderte mit dem linken Arm durch die Luft. Aber es nützte nichts. Frank verlor das Gleichgewicht; er stürzte kopfüber in den Kartonberg hinunter, riss mit den Füßen ein zweites Regal um, das mit lautem Geschepper über ihm zusammenkrachte, und landete schließlich mit dem Kopf zuerst in einem Karton mit Klopapier.

*Wenigstens einigermaßen weich gelandet,* dachte Frank. Dann spürte er, wie ihm etwas Glibschiges kalt über den Rücken floss. Frank tastete mit der Hand den Rücken ab und fühlte etwas Schmieriges in seinen Fingern. Mühsam hob er seinen Kopf aus dem Klopapier heraus, schob mit der schmierigen Hand einige Schachteln beiseite, krabbelte vom Kartonberg weg und stand auf. Er stellte einen eigenartigen Geruch an sich fest: süßlich, nein, doch eher herb, irgendwie frisch, und doch etwas muffig. Es war alles zusammen. *Parfum!,* dachte Frank entsetzt und sah jetzt, wie dort, wo er gerade noch gelegen hatte, ein durchweichter Karton mit werweißwievielen zerbrochenen Parfumflaschen vor sich hin matschte. Direkt daneben waberte eine dickflüssige, weiße Masse aus einem zerrissenen Eimer, auf dem »Schmierseife« geschrieben stand.

»Uuuöörg!«, machte Frank, dem bewusst wurde, dass sich dieses eklige, breiige Gemisch aus glibberiger Schmierseife und Parfummixtur gerade ungeniert auf seinem Körper ausgebreitet hatte, während er noch mit dem Kopf im Klopapier steckte.

Aber immerhin: Vor seinen Füßen lag auch der Karton mit Feuerwerkskörpern. Der andere Karton stand noch immer oben auf dem Regal. Frank verspürte nicht die geringste Lust, den auch noch zu holen. Schnell prüfte er den Inhalt des vor ihm liegenden Kartons: *Glück gehabt, da sind die Raketen drin. Mindestens fünfzig Stück!* Frank jubelte, klemmte sich den Karton unter den Arm und machte, dass er rauskam. *Wenn er überhaupt noch raus kam! Wer weiß, wie weit dort oben das Feuer schon gekommen war!*

Als Frank wieder oben im Laden stand, wusste er, dass es höchste Zeit war: Die Hälfte der Drogerie stand bereits in Flammen; und er hatte einen Karton mit fünfzig Raketen unterm Arm!

Frank holte einmal tief Luft, so gut man in dem Ruß und Rauch und bei der Hitze eben Luft holen konnte, senkte den Kopf leicht nach vorne – wie ein Stier in Angriffsposition – und spurtete durch die Drogerie. Mit einem mutigen Sprung durch das zerschlagene Schaufenster beendete Frank sein Abenteuer und stand wieder auf der Straße; er hatte es geschafft!

Frank sah, dass auch Ben nicht untätig gewesen war.

Zehn Kinder standen auf der anderen Straßenseite und jubelten Frank begeistert und erleichtert zu. Neben ihnen stand ein großer, knallroter Feuerwehrwagen! Frank staunte nicht schlecht und lief zu den anderen hinüber.

»Puuh! Du stinkst wie alle meine Tanten zusammen an Weihnachten!«, begrüßte ihn Ben.

»Sehr witzig«, maulte Frank. Er mochte den Geruch seiner unfreiwilligen Parfumdusche selbst nicht gerne riechen. Aber daran war nun nichts zu ändern. »Erzähl mir lieber, was hier draußen los war.«

In aller Schnelle berichtete Ben, wie die fünf Kinder um die Ecke gekommen waren, dass einer von ihnen Norbert von der Jugendfeuerwehr kannte und sofort losgelaufen war um ihn zu holen.

Norbert war tatsächlich mit weiteren drei Freunden im Feuerwehrhaus gewesen. Sie hatten sich endlich einmal in Ruhe mit dem großen Feuerwehrwagen vertraut machen wollen, hätten sich aber nie träumen lassen, dass sie so schnell zu ihrem ersten ernsten Einsatz gerufen würden.

Aufgeregt waren die vier Jungs in ihre Feuerwehrkleidung gesprungen und mit dem Laster zu Ben gerauscht. Zum Glück hatte Martin, einer der vier Feuerwehrjungs, erst vor einem halben Jahr seinen Zugführer überreden können auf dem Übungsplatz der Freiwilligen Feuerwehr in einem alten, ausgedienten, viel kleineren Feuerwehrwagen das Fahren ausprobieren zu dürfen. Zwar war die Fahrt hierher viel schwieriger und noch holperiger gewesen als damals, aber irgendwie hatte es geklappt – jetzt, wo es darauf ankam.

»Wunderbar!«, freute sich Frank. »Aber dann hätte ich die Raketen ja gar nicht zu holen brauchen!«

»Na, und ob«, klärte Norbert ihn auf. »Wir vier wissen zwar, was zu machen ist und haben die Löschschläuche sogar schon am Hydranten angeschlossen, aber was meinst du, was da alles zu tun ist. Wir müssen so viele Leute wie möglich hierher kriegen, die alle mit anpacken.«

»Also los!«, sagte Frank und begann die Raketen zu verteilen.

Über vierzig Flaschen hatten Ben und die anderen inzwischen aufgestellt. In jede der Flaschen steckten sie eine Rakete, während ein Mädchen, das Marina hieß, über die Straße zur Drogerie lief. Sie wickelte ihr Halstuch ab und hielt es vorsichtig in die Flammen. Als ein Zipfel des Tuches Feuer gefangen hatte, kam sie mit dem brennenden Tuch zurück.

»Oder hätte jemand von euch Feuer gehabt?«, fragte sie in die Runde.

Sie ging mit dem brennenden Halstuch die Reihe der Flaschen ab und zündete die Raketen an. Eine nach der anderen zischte gen Himmel. Wie bei jedem Feuerwerk standen auch jetzt die Kinder in einer Gruppe zusammen, die Köpfe in den Nacken gelegt, und begleiteten jede bunte Explosion einer Rakete mit einem lauten »Aaaah« und »Ooohh«.

Für einen Moment schien alles andere vergessen.

»Da, die blaue, die hatten wir letztes Jahr zu Silvester auch!«, rief Marina und streckte ihren Zeigefinger in die Höhe.

»Warte mal ab, gleich kommt die zu 9 Mark 75«, erwiderte Rolf, der bis dahin noch gar nichts gesagt hatte. »Die holt sich mein Vater jedes Jahr. Die sieht total stark aus: so mit kleinen silbernen Funkelsternchen, aus denen es dann grün herausblitzt.«

»Ich finde die roten Leuchtkugeln am besten«, warf ein Mädchen namens Silvia ein. »Die beleuchten immer den ganzen Stadtteil.«

»Oh Mann, das sind doch keine Raketen. Das

sind Leuchtpistolen.« Norbert, der Jugendfeuerwehrmann, kannte sich aus und das wollte er auch zeigen.

Aber Silvia ließ sich nicht beeindrucken.

»Schade!«, sagte sie nur und zuckte mit den Schultern.

Es war ein Bild, bei dem jedem Erwachsenen vor Entsetzen sofort das Herz stehen geblieben wäre: In der einst kleinen gemütlichen Einkaufsstraße kokelten die kümmerlichen Reste einer Gaststätte in der Dämmerung vor sich hin. Unmittelbar daneben brannte eine Drogerie, während gegenüber zehn begeisterte Kinder vor einem ungenutzten Feuerwehrwagen ihrem selbst entfachten Feuerwerk hinterherstaunten. Dazwischen parkten vom Ruß geschwärzte Autos, die das Schauspiel noch immer mit lautem Hupkonzert begleiteten.

Aber der Plan funktionierte.

Von allen Seiten kamen Kinder herbeigelaufen. Zwanzig, dreißig, ach, bestimmt fünfzig Kinder kamen innerhalb von wenigen Minuten zusammen, schätzte Ben.

»Was ist denn hier los?«

»Wer macht hier Feuerwerk?«

»Wieso sagt uns denn niemand was?«

»Hat das gerade erst angefangen?«

Alle Kinder schrien durcheinander.

»Es brennt!«, antworteten Ben und die anderen jedes Mal nur kurz.

Die meisten Kinder nahmen erst danach wahr, was in der Straße eigentlich los war. Zuerst hatten sie alle immer nur mit hochgereckten Köpfen auf das Feuerwerk geachtet und gar nicht bemerkt, dass ein Laden brannte und die Gastwirtschaft den Flammen bereits vollends zum Opfer gefallen war.

Norbert und seine drei Kumpels standen in der Mitte der Straße und gaben kurze Anweisungen an alle Neuankömmlinge.

Die Kinder waren viel zu aufgeregt um irgendwelche weiteren Fragen zu stellen. Sofort ließen sie sich willig einteilen, stürmten zu ihren Posten und übernahmen die Aufgaben, die ihnen übertragen wurden. Für die meisten hieß das: Schlauch halten!

»Jetzt!«, brüllte Norbert und ließ seine hocherhobene Hand durch die Luft nach unten sausen. Martin drehte am Hydranten das Wasser auf. Sofort schwoll der schlappe, flache Schlauch zu einer dicken, fetten, runden Riesenschlange an, die sich in alle Richtungen zu winden versuchte. Knapp fünfzig Kinder umschlangen mit ihren Armen das widerspenstige Ungetüm, das in alle Richtungen ausbrechen wollte.

»Festhalten!«, schrie Norbert »Nicht loslassen!«

Peter und Marc, zwei weitere Jungs von der Jugendfeuerwehr, umklammerten so fest sie konnten den Kopf der zuckenden Schlange, aus dem in weitem Bogen ein rauschender Wasserfall auf die brennende Drogerie niederprasselte.

Zwei Stunden lang dauerte der Kampf mit den Flammen, dann hatten die Kinder gesiegt. Die Gaststätte war ohnehin schon vollkommen niedergebrannt und auch die Drogerie hatten sie nicht mehr retten können. Aber alle anderen Geschäfte blieben unversehrt. Zwar waren die Wände des Fischhändlers schwarz vor Ruß, aber der Laden selbst war in Ordnung. Das Feuer war gelöscht!

Erschöpft ließen sich alle Kinder zu Boden sinken, dort, wo jeder Einzelne gerade stand. Kaum jemand sagte etwas; dazu hatte die Aktion einfach zu viel Kraft gekostet. Nass bis auf die Knochen waren sie durch den Sprühregen des Wasserstrahls, dreckig und erlahmt vor Erschöpfung, aber glücklich und stolz. Das hatten sie geschafft, und zwar allein – ohne dass auch nur ein einziger Erwachsener dabei geholfen hätte.

»Wisst ihr was?«, fragte Frank plötzlich in die Runde. »Jetzt gehen wir alle ins Schwimmbad und danach in unser Hauptquartier.«

Das war die Idee des Tages: ins Schwimmbad!

Alle fünfzig kreischten vor Begeisterung und trotz Erschöpfung sprangen sie auf und gingen fröhlich gestimmt los. Auf dem Weg zum Schwimmbad erzählten Ben und Frank den anderen von der Einrichtung ihres Hauptquartiers in der Schule.

Ben und Frank schauten sich zufrieden an. Dieser Tag war ein voller Erfolg gewesen. Sie hatten nicht nur das von Kolja gelegte Feuer gelöscht, sondern durch die gemeinsame anstrengende Aktion war ihre Gruppe mit einem Schlag von vierzehn auf über sechzig Kinder angewachsen. Sie alle zusammen würden die Probleme in dieser Stadt in den Griff bekommen. Ganz bestimmt. Davon waren die beiden überzeugt. *Im Computerspiel würde es für diese Tat jetzt auf einen Schlag 17.000 Punkte geben*, dachte Ben.

Aber das war lange, sehr lange her, dass **Die Stadt der Kinder** noch ein Spiel war – ganze vierundzwanzig Stunden.

# Erst mal entspannen

In zehn Minuten hatten die Kinder das städtische Hallenbad erreicht. Sie hatten Glück, die Erwachsenen waren zu einem Zeitpunkt verschwunden, als das Bad noch geöffnet hatte. So waren alle Türen offen und das Licht und alle notwendigen Geräte nach wie vor eingeschaltet.

Die Kinder stürmten in die Halle und liefen an den Umkleidekabinen vorbei direkt zu den Duschen.

Jedes Mal, wenn sie hier schwimmen gegangen waren, hatte sie der penibel überwachte Duschzwang genervt. Aber heute war das etwas anderes. Nach ihrer Feuerlöschaktion kam es ihnen wie eine Erlösung vor, sich unter der warmen Dusche Dreck und Ruß von den Leibern zu schrubben. Sie nahmen sich nicht mal mehr die Zeit sich auszuziehen. Besonders Frank genoss es, endlich die schleimige Schmierseife und den widerlichen Geruch etlicher Parfumsorten loszuwerden. Natürlich machten sie unter den heißen Duschen erst einmal eine anständige Wasserschlacht. Sie stellten die Duschen auf extrakalt, schöpften von dem eisigen Wasser eine Handvoll ab und gossen sie dem Duschnachbarn über den Rücken, wenn der gerade woanders hinguckte. Herrlich, wie die Entsetzensschreie der Getroffenen durch den gekachelten Raum hallten! Fünfzig Kinder quiekten und quietschten, schrien und kreischten durch die Duschhalle.

Schade, dass jetzt kein Bademeister da war. Der hätte sich schön geärgert. Aber richtig vermisste ihn natürlich niemand.

Nach knapp zehn Minuten hielt es keinen mehr unter der Dusche. Und da war es auch schon, das heiß ersehnte Schwimmbecken, das wie ein seidener Teppich still dalag und nur darauf zu warten schien, dass fünfzig tobende Schüler den friedlichen See in ein tosendes Wellenmeer verwandelten. Komisch, dass noch niemand von den anderen Kindern der Stadt auf die Idee gekommen war, hier schwimmen zu gehen, dachte Ben, aber sie waren tatsächlich die Ersten.

Frank stürmte sofort auf den Zehn-Meter-Turm, Ben begnügte sich mit dem Dreier. Man muss es auch nicht übertreiben, sagte sich Ben. Ein Sprung aus drei Metern Höhe war ihm Vergnügen genug. Alle drei Türme – der Dreier, der Fünfer und der Zehner – waren mit einem rotweiß gestreiften Band abgesperrt, wie immer. Aber das interessierte heute niemanden, denn Herr Timm war ja nicht da.

Herr Timm, ein mächtiger Kerl, mindestens 1,90 Meter groß und breitschultrig, war der Bademeister des Schwimmbades.

Alle Kinder der Stadt kannten und hassten ihn. Deshalb hatten sie seinen Nachnamen zum Vornamen erklärt und nannten ihn mit allergrößter Verachtung »Tim Teufel«.

»Geduscht?«, lautete stets seine erste Frage, sobald man auch nur die Nase aus dem Umkleideraum steckte. Hatte man diese erste Hürde genommen, indem man Herrn Timm in aller Ausführlichkeit sein nasses Haar präsentierte und sich dann dem Bassin näherte, musste man das zweite Grunzen hinnehmen: »Verboten!«, hieß das und meinte, dass man nicht vom Beckenrand aus ins Wasser springen sollte. Springen war ausschließlich von den Sprungtürmen erlaubt. Doch wer auch nur entfernt Blickkontakt mit den herrlichen Sprungtürmen aufzunehmen wagte, dem rotzte Tim Teufel sofort ein lautes, aber undeutliches »zu!« hinterher, was bedeuten sollte: Die Sprungtürme sind im Moment geschlossen. Und der Moment war eigentlich immer.

»Ein bisschen vermisse ich ja Tim Teufel!«, rief Frank vom Zehner hinunter zu Ben, der auf dem Brett des Drei-Meter-Turmes stand. Zu gern hätte Frank Herrn Timm dabei beobachtet, wenn er zusah, wie die fünfzig Kinder nach Herzenslust gegen alle von Tim Teufel erfundenen Verbote verstießen.

»Achtung, Bombe!«, grölte Frank vom Zehner um anzukündigen, dass er nun demonstrativ das heiligste Verbot brechen wollte: der Sprung ins Wasser mit dem Hintern zuerst, wobei die Knie an den Bauch gezogen und mit beiden Händen umklammert wurden. Der Effekt war einfach großartig: Beim Eintauchen ins Wasser spritzte eine riesige Wasserfontäne über den Beckenrand und schlug als große Welle über alle am Rand herumstehenden Personen. Dass dies in der Regel nur Herr Timm war, machte den besonderen Reiz dieses Sprunges aus. Deshalb war er auch besonders streng verboten und wurde in der Regel mit zwei Wochen Badeverbot geahndet.

Aber das machte nichts. Alle Kinder bekamen bei jeder Gelegenheit von Tim Teufel eine Woche Badeverbot, was zur Folge hatte, dass er sich nie merken konnte, welches Kind nun gerade baden durfte und welches er mit einem Verbot belegt hatte. Also schwammen stets alle Kinder, wann sie wollten.

Frank sprang, die Fontäne schlug über den Beckenrand und sofort folgten ihm fünf weitere Jungen mit der gleichen Übung. Schon stand am Beckenrand das Wasser zentimetertief und machte den Übergang zwischen Beckenrand und eigentlichem Wasserbecken fast unsichtbar. Ach, wenn das Herr Timm sehen könnte! Fünfzig Kinder kreischten vor Begeisterung. Allesamt waren sie mit ihrer ganzen Kleidung ins Wasser gesprungen: der zweite Verstoß gegen ein heiliges Verbot. Baden war nämlich nur in ordnungsgemäßer Badekleidung und mit Badekappe erlaubt. Natürlich hatte nach der Feuerwehraktion keines der Kinder sein Badezeug dabei gehabt, und einfach nackt zu baden, das hatten sie sich doch nicht getraut; weder die Jungen noch die Mädchen mochten sich vor den jeweils anderen ganz ausziehen. Da waren sie eben alle so ins Wasser gesprungen, wie sie waren. Im übrigen wurde unter der Dusche die Kleidung gleich mitgewaschen. Beim Feuereinsatz war sie schließlich auch schmutzig geworden. Ben hatte noch nie verstan- ➡

den, wieso die Erwachsenen immer so umständlich waren alles einzeln zu waschen.

Ben sah auf seine Armbanduhr, die zeigte, dass es in New York 15 Uhr 10, in Tokio 5 Uhr 10, in Moskau 23 Uhr 10 und im Schwimmbad 21 Uhr 10 war.

»Ach, herrje!«, stöhnte Ben. »Das Hauptquartier!«

»Die anderen warten«, rief er Frank zu.

»Stimmt«, gab Frank ihm Recht und stieg aus dem Wasser. »Schließlich wollten wir eigentlich nur deinen Computer holen.«

»Also, komm, ab ins Hauptquartier«, sagte Ben.

»AAAlleee ins Hauptquaarrtier!«, schrie Frank so laut durch die Halle, dass es alle hören konnten.

»Aber wir können doch nicht so zur Schule laufen«, wandte Norbert ein, der gerade platschend in nassen Socken, nasser Jeans und nassem Wollpullover wie ein Pinguin auf Ben und Frank zuwatschelte.

»Wenigstens die Socken hättest du ausziehen können«, erwiderte Frank, der als Einziger barfuß und mit nacktem Oberkörper geschwommen war. Seine Kleidung war durch die Schmierseife einfach zu dreckig gewesen um sie am Körper zu behalten. Alle anderen hatten überhaupt nicht daran gedacht, dass sie zumindest Teile der Kleidung hätten retten können, und waren mit allem Drum und Dran ins Wasser gesprungen. Das erschwerte das Schwimmen zwar erheblich, aber andererseits war es auch ein schönes und prickelndes, weil verbotenes Gefühl.

Alle anderen Kinder waren nun ebenfalls aus dem Wasser gestiegen. Es floss, leckte und tropfte so an ihnen herunter, als wäre jeder Einzelne ein wandelnder Wasserfall.

»Hier um die Ecke ist doch ein Kaufhaus. Die haben nur Klamotten«, fiel Martin ein. »Da finden wir bestimmt trockene Sachen, die uns passen.«

Wie eine riesige schleimige Schnecke, die auf ihrem Weg eine nasse Spur hinterlässt, zogen die fünfzig Kinder in einem großen Pulk ins Kaufhaus.

Ben suchte sich eine blaue Jeans, dazu ein knallbuntes T-Shirt und einen schwarzen Pullover mit grellbunten Graffiti-Verzierungen. Frank spurtete in die Sportabteilung und schnappte sich den neuen, atmungsaktiven Jogginganzug für 598 Mark, den er sich nie von seinen Eltern zu wünschen gewagt hatte. Und auch all die anderen Kinder wurden nach kurzem Suchen fündig. Jeder wusste genau, was er schon immer mal haben wollte. Zum ersten Mal konnten sie so richtig zulangen und sich die Kleidung ihrer Träume anziehen, ohne dass hinter ihnen ihre Eltern standen, die auf Grund der Preise in entsetztes Stöhnen ausgebrochen wären. Innerhalb einer halben Stunde waren alle fünfzig Kinder komplett neu eingekleidet. Trotzdem wollte niemand auf seine bisherige Kleidung verzichten. An der Hauptkasse besorgten sie sich Plastiktüten, in die sie ihre nasse Wäsche stopften.

»So!«, rief Ben. »Jetzt aber los in unser Hauptquartier!«

Jennifer stand schon aufgeregt am Schultor.

»Himmel«, stöhnte sie auf, als sie die fünfzig Kinder ankommen sah. »Wo kommen denn die ganzen Leute her? Was war denn los? Wir warten schon seit Stunden auf euch!«

»Langsam, langsam«, versuchte Ben Jennifer zu beruhigen. »Drinnen erzählen wir euch alles.«

»Wir gehen in die Pausenhalle. Dort machen wir gerade Essen«, antwortete Jennifer. Tatsächlich: In der Pausenhalle roch es köstlich nach gekochten Nudeln und Tomatensauce.

»Gerade rechtzeitig«, freute sich Frank. »Ich habe einen Bärenhunger.« Aber da musste er sich noch etwas gedulden. Die anderen Kinder in der Pausenhalle stürmten auf Ben und Frank zu und bedrängten sie mit ihren Fragen.

Frank und Ben erzählten die ganze Geschichte von Kolja und der Kneipe, von den Prügeln, die Frank und Ben von Koljas Bande bezogen hatten, von dem Feuer, Franks heldenhafter Aktion, das Feuerwerk zu besorgen, ihrer großartigen Rettungsaktion und dem anschließenden Spaß im Schwimmbad.

»Was?«, rief Thomas entrüstet dazwischen. »Wir schuften hier um ein Lebensmittellager einzurichten, stellen uns in die Schulküche um zu kochen und ihr amüsiert euch im Schwimmbad?«

»Ach, halt doch den Schnabel«, raunzte Miriam ihn an. »Nach dem, was die erlebt haben, wäre ich auch erst einmal schwimmen gegangen. Schade, dass ich nicht dabei war. Aber ihr hättet ja wenigstens anrufen können.«

Das war ein gutes Stichwort. Ben erklärte den anderen, dass sie sich zwar alle gemeinsam ein schönes Hauptquartier eingerichtet hatten, aber niemand daran gedacht hatte, sich auch die Telefonnummer zu notieren und ein Warnsystem zu installieren, mit dem man in Notfällen blitzschnell Hilfe herbeiholen konnte. Ben berichtete, wie er mit Frank blutend auf der Straße lag und wie das Fehlen eines solchen Hilferufsystems den beiden beinahe zum Verhängnis geworden wäre.

»Ich hab eine Idee!«, sagte Norbert, als Ben mit seiner Erklärung fertig war. »Bei der Feuerwehr haben wir Funkgeräte. Wir können eines hier im Hauptquartier stationieren. Und einzelne Gruppen, die losziehen, bekommen immer eins mit. Leider haben wir dort aber wahrscheinlich nicht genug. Höchstens zehn oder so. Und bestimmt sind davon noch einige kaputt.«

»Aber das ist besser als nichts«, fand Jennifer.

»Im Krankenhaus!«, rief einer der Jungen, den Jennifer und Miriam aus der Klinik mitgebracht hatten. Thomas und einige andere Kinder hatten Matten aus der Turnhalle in die Pausenhalle geschleppt und den drei Kranken darauf ein Bett errichtet, damit sie beim Essen nicht allein in der Wohnung des Hausmeisters liegen mussten. Peter, der Junge, dem sie vor einer Woche den Blinddarm herausoperiert hatten, war es, der jetzt das Wort ergriffen hatte: »Im Krankenhaus haben die Ärzte immer solche Piepser bei sich. Die tragen sie im Kittel. Und wenn jemand den Arzt dringend braucht, piepst es und er weiß Bescheid, dass er sich melden soll. Bei meinem Arzt piepste es meistens, wenn ich ihn gerade etwas gefragt hatte, und dann musste er immer weg. Zum Beispiel wollte ich wissen, wie die Piepser funktionieren. Der Arzt hat nicht einmal Zeit gehabt, mir das zu erklären. Das hätte mich wirklich interessiert, wo doch sonst alles so langweilig war in der Klinik. Aber leider weiß ich es bis heute nicht.«

»Aber ich weiß es«, warf Thomas ein. »Ich habe mal ein solches Teil auf dem Sperrmüll gefunden. Es war leider kaputt. Ich wusste nicht, was es ist, und habe es erst einmal mitgenommen. Denn das Entscheidende ist ...«

»... dass es umsonst ist und man es nur zu nehmen braucht«, sangen Ben, Frank, Jennifer, Miriam und fünfzehn weitere Kinder im Chor, die Thomas und seine zentrale Lebensweisheit sehr gut kannten.

»Könntest du bitte beim Thema bleiben!«, ermahnte ihn Jennifer ungeduldig.

Thomas stutzte kurz, redete dann aber unbekümmert weiter. Sollten sie doch lästern! Wer hatte denn alle Schlüssel dieser Schule und damit die Voraussetzung für das Hauptquartier geschaffen? Da war seine Sammlung willkommen!

»Na ja, ich habe es also mitgenommen und meinen Vater gefragt, was es ist. Und der hat es mir dann erklärt. Mehr wollte ich gar nicht sagen«, erwiderte Thomas gegen den gehässigen Chor.

Jennifer trommelte ungeduldig mit dem Finger auf einer Stuhllehne. »Und?«, fragte sie gereizt. »Wolltest du uns nicht vielleicht auch noch erzählen, wie die Piepser funktionieren? War es nicht vielleicht sogar das Einzige, was du uns gerade mitteilen wolltest?« Jennifer schüttelte fassungslos den Kopf. *Manchmal sind Thomas' Gedanken zerstreuter als der ganze Müll der Stadt, den er so mühsam zusammensammelt,* dachte sie. Thomas fühlte sich ertappt und lief rot an.

»Ja, stimmt«, stammelte er. »Also, es muss eine Zentrale geben – so ähnlich wie eine Telefonzentrale – und die sendet die Signale aus, die die Piepser empfangen. Mehr ist das eigentlich gar nicht. Ich weiß aber auch nicht, wie groß solche Dinger sind. Vielleicht ist es nur ein kleiner Kasten und wir können das ganze System aus dem Krankenhaus hierher bringen.«

»Können wir das nicht nachher klären?«, meldete sich nun Frank. »Ich habe Riesenhunger!«

»Da ist nur das kleine Problem, dass wir nicht wussten, dass ihr mit so vielen Leuten hier ankommt«, wandte Miriam ein. »Wir müssen jetzt viel mehr kochen.«

»Hat jemand eine Ahnung, wie viele Nudeln wir nehmen müssen?«, rief ein Junge, der am Herd stand.

»Und wie man so viel Tomatensoße macht?«, fügte ein Mädchen hinzu, das daneben stand.

»Ehrlich gesagt, ich glaube, wir haben gar nicht genug«, sagte Thomas. »Ich habe alles genau notiert: Wir haben 40 Packungen Nudeln.«

»Was, nur 40 Packungen?«, fragte Martin, der

bei der freiwilligen Jugendfeuerwehr schon oft auf Schützenfesten geholfen hatte mit einer Gulaschkanone die Festgemeinde zu versorgen. Deshalb hatte er eine ungefähre Ahnung davon, wie viel Essen große Menschengruppen verdrücken konnten. »Wieso denn nur 40 Packungen?«

»Wieso denn nur 40 Packungen!«, raunzte Miriam. »Weil uns 40 Packungen Nudeln enorm viel vorkamen. Wir sind ja ohnehin mit all dem anderen Zeug, das wir geholt haben, schon dreimal gefahren. Wer soll denn den ganzen Mist schleppen?«

»Schon in Ordnung«, versuchte Frank zu schlichten. »Für heute wird das wohl langen. Aber morgen müssen wir unbedingt Nachschub besorgen. Immerhin sind wir jetzt knapp achtzig Leute.«

»Ja, Frank hat Recht. Das können *wir* morgen machen«, bot Martin sich an. »Wir nehmen uns dann wieder einen Laster von der Feuerwehr. Den packen wir voll.«

»Wie viel denn nun?« Die Frage kam wieder vom Herd.

»Ach, schmeiß doch alles rein. Das werden wir schon aufkriegen!«, rief Frank zurück.

Die Kinder am Herd nahmen die größten Töpfe, die sie in den Schulschränken fanden, füllten sie halb voll mit Wasser und schütteten zu den 6 Packungen Nudeln, die gerade kochten, die restlichen 34 Packungen hinzu. Das gleiche taten sie mit der Tomatensoße. 10 Konserven fertige Tomatensoße hatten sie bisher aufgewärmt. Jetzt packten sie noch

50 Dosen hinzu. Vier riesige Töpfe standen auf dem großen Herd der Pausenhalle, in der normalerweise freiwillige Eltern für die Schüler Mittagessen kochten: zwei Töpfe mit Nudeln und zwei mit Tomatensoße. Alle vier Töpfe waren bis zum Rand gefüllt. Es dauerte nur knapp fünf Minuten, da begannen die ersten beiden Töpfe überzukochen. Brodelnd und röchelnd spritzte siedendes Wasser aus den Nudeltöpfen, ergoss sich über den Herd und lief schäumend die Schränke hinunter auf den Fußboden, auf dem ein Junge und ein Mädchen zwischen den sechzig leeren, klebrigen Dosen der Tomatensoße hin- und hersprangen.

»Hilfe!«, schrie der Junge, der Matthias hieß. »Uns kommen die Nudeln gleich entgegen. Au, verdammt, ist das heiß!«

»Und die Tomatensoße blubbert auch schon so komisch!«, kreischte das Mädchen und schon schoss ein erster großer Blubb Tomatensoße aus dem Topf heraus und segelte quer über die anderen Töpfe hinweg direkt auf den Pullover des Mädchens, das Marion hieß. Matthias und Marion sprangen quiekend zurück, überließen die klappernden, brodelnden und spritzenden Töpfe sich selbst und machten, dass sie wegkamen.

»Mensch, stellt den Herd aus. Das wird doch immer heißer!«, brüllte Martin und stürzte mutig wie bei einem Feuerwehreinsatz auf die Knöpfe des Herdes zu. Aber so leicht ließ die Tomatensoße sich nicht außer Gefecht setzen. Genau im richtigen Augenblick feuerte sie den nächsten Blubb ab, der direkt auf Martins linkem Auge landete. Martin schrie auf, hielt sich die Hände vor die Augen, trat dabei auf eine der Konservendosen, rutschte aus und krachte mit dem Hintern gegen den Herd, worauf ein Topf Nudeln mit lautem Geschepper umkippte. Zum Glück fiel der Topf seitwärts auf den Schrank und nicht kopfüber direkt auf Martin. Glück gehabt! Aber es langte Martin, denn einige heiße Spritzer des Nudelwassers bekam er natürlich trotzdem ab. Er schrie kurz auf, ließ sich aber dennoch nicht davon abhalten, alle Schaltknöpfe des Herdes auf Null zu drehen. Was ein echter Feuerwehrmann war, der nahm seine Aufgabe ernst. Gerade wollte er ein erleichtertes »Geschafft!« zu den anderen rufen, da traf ihn eine Dusche mit eiskaltem Wasser. Martin kreischte, spuckte und röchelte und hielt seine Arme schützend über den Kopf.

»Max!«, hörte er die anderen Kinder von hinten rufen.

Max stand knapp einen Meter vor Martin. Während alle anderen mit angehaltenem Atem Martins Kampfeinsatz gegen die Tomatensoße verfolgten, hatte niemand bemerkt, wie Max handelte: Er hatte sich einen herumstehenden Wassereimer gegriffen – wieso der eigentlich da stand, wusste hinterher auch niemand mehr so genau – und ihn auf Martin geschüttet.

»Ich wollte ihm doch nur helfen«, wehrte sich der kleine Max. »Bei Verbrennungen hilft kaltes Wasser, hat meine Mutter gesagt.«

»Danke, Max«, sagte Martin anerkennend, »aber durch deine Hilfe wäre ich eher ertrunken als verbrannt.«

Alle Kinder kringelten sich vor Lachen, Martin rappelte sich langsam wieder auf und Norbert nahm Max auf seine Schultern. »Hiermit kröne ich dich zum stellvertretenden Feuerwehrhauptmann«, schrie Norbert. »Zumindest für alle Brandopfer, die auch einen Freischwimmer haben!«

»Ich schlage vor, wir gehen das Kochen etwas planmäßiger an«, sagte Jennifer in das Gelächter hinein. »Wir dürfen die Töpfe nur halb voll machen und auf kleiner Flamme kochen. Das heißt, wir kochen in zwei Etappen. Zuerst essen alle, deren Nachnamen mit den Buchstaben A bis K anfangen, danach alle von L bis Z. Aber zuerst räumen wir den Dreck weg, damit man sich überhaupt vor dem Herd bewegen kann.«

»Jawohl, Frau Präsidentin!«, rief Frank. »Einverstanden, auch wenn ich Zöllner heiße und als Letzter den Rest essen darf. Aber bei dem Chaos bleibt mir wohl nichts anderes übrig.«

»Genau«, lächelte Jennifer, die es immer wieder verstand, selbst das größte Durcheinander durch ein paar energisch vorgetragene Vorschläge, die schon fast wie Befehle daherkamen, aufzulösen. So machten sich alle daran, den Plan von Jennifer auszuführen.

»Was ist mit den Nudeln auf dem Schrank und auf dem Fußboden?«, fragte Miriam.

»Zurück in den Topf!«, entschied Jennifer. »Das

machen die im Restaurant auch immer. Da sieht's bloß keiner.«

Miriam kicherte und schaufelte die Nudeln vom Fußboden zurück in den Topf.

# Wasser!

Ben war als Erster wach. Er blickte sich in der großen Turnhalle um. Rund achtzig Kinder um ihn herum schliefen noch tief und fest. Niemand hatte am Abend zuvor Lust gehabt, nach Hause zu gehen und dort allein zu schlafen. Es war viel schöner, gemeinsam in der Turnhalle zu übernachten. Irgendwie fühlten sich dabei alle sicherer und vor allem würden ihnen auf diese Weise keine neuen Informationen entgehen. Die Schule war jetzt wirklich wieder so, wie Miriam immer sagte: der Treffpunkt für alle Neuigkeiten. Also hatten die Kinder nach dem Essen die ganze Turnhalle mit Matten ausgelegt, waren nur kurz nach Haus gefahren um sich ihre Schlafsäcke zu holen und hatten sich dann alle gemeinsam in die große Halle gelegt. Bis weit nach Mitternacht hatte es gedauert, ehe letztlich alle eingeschlafen waren. Überall kuschelten sich die Kinder zu kleinen Gruppen zusammen und erzählten sich noch einmal die Geschehnisse des Tages.

Ben sah auf seine Uhr. Es war gerade sieben Uhr morgens. Trotzdem konnte er nicht mehr schlafen, obwohl er sicher nicht vor vier Uhr eingeschlafen war. Es stand zu viel auf dem Plan, was erledigt werden musste. Um zehn Uhr sollte wieder eine Versammlung stattfinden um die nächsten Aufgaben einzuteilen. Was war zu tun? Erst einmal mussten noch einige Berichte gehört werden, von Kathrin aus dem Zoo, von der Lebensmittelbeschaffung und so weiter. Am Abend zuvor hatten sie einfach keine Lust mehr gehabt, sich Gedanken zu machen. Sie hatten es genossen, in der großen Runde zu essen, und waren dann doch eine lange Zeit damit beschäftigt gewesen, ihre Sachen zu holen und die Turnhalle ein bisschen gemütlich einzurichten. Wer mochte schon bei dem grässlichen Neonlicht in der Halle einschlafen? Aber vollkommen dunkel mochte es auch niemand haben. Also hatten sie Klemmlampen und Verlängerungskabel besorgt. Einige hatten ihre tragbaren Kassettenrekorder mitgebracht und ihre Lieblingsmusik abgespielt. Ein paar Kinder hatten sogar bis zwei Uhr nachts getanzt. Thomas und Miriam waren an das eingerichtete Lebensmittellager gegangen und hatten die Runde mit Erdnussflips und Salzstangen versorgt.

Ben sah aus dem Fenster auf den Schulhof. Sechzig Pullover und Hosen baumelten an Wäscheleinen, die quer über den Schulhof gespannt waren. Die Wäsche aus dem Schwimmbad müsste schon bald wieder trocken sein.

»Ey, Ben, bist du auch schon wach?«, flüsterte Jennifer, die zwei Plätze weiter vor Frank und Miriam lag. Sie krabbelte mitsamt ihrem Schlafsack zu Ben heran.

»Was meinst du, Ben, wie es heute weitergeht? Ich meine, wie es überhaupt weitergeht?«, fragte sie.

»Ich weiß nicht«, antwortete Ben. »Ich glaube, dass wir uns eine Zeit lang gut selbst versorgen können – mit Essen und Trinken und so. Aber wie es auf Dauer weitergehen soll, weiß ich auch nicht. Wahrscheinlich werden wir in die letzte Ebene des Computerspiels kommen. Das ist unsere einzige Chance. Aber ich kenne die Spielregeln in dem Stadium auch nicht. Ehrlich gesagt, das macht mir manchmal Angst.«

»Das ist schon komisch«, sagte Jennifer. »Immer wieder habe ich mich über meine Eltern aufgeregt, auch wenn die eigentlich sehr nett waren. Trotzdem wollte ich möglichst wenig mit ihnen zu tun haben und allein gelassen werden. Und jetzt bin ich ganz allein auf mich gestellt und das ist auch irgendwie blöd.«

»Und wie!«, bestätigte Ben. »Erst jetzt merkt man, was die Erwachsenen alles für einen tun. Dass die ganze Stadt so funktioniert, wie sie funktioniert, ist schon wahnsinnig. Also, dass Strom da ist und Wasser und genügend Lebensmittel und so etwas alles. Bei uns bricht schon das Chaos aus, wenn wir nur Nudeln kochen.«

Jennifer nickte bedächtig mit dem Kopf. »Ja, ständig für alles verantwortlich zu sein, macht einen ganz schön fertig. Du hättest gestern Miriam und mich sehen sollen, wie wir plötzlich an alles denken sollten, was wir zum Essen brauchen. Himmel, an was man da alles denken muss! Das war echt ätzend, kann ich dir sagen.«

»Das glaube ich. Dazu hätte ich auch keine Lust gehabt. Ehrlich gesagt, ich wäre lieber heute als morgen wieder bei meiner Mutter. Auch wenn ich immer um sechs beim Abendbrot sein muss. Im Moment würde ich das liebend gerne machen, wenn ich mich dafür um nichts kümmern müsste«, gab Ben zu.

»Uns fehlen eben doch noch ein paar Jahre, bis wir erwachsen sind«, stellte Jennifer fest.

Beide schwiegen. Hier und da in der Turnhalle räkelte sich ein Schlafsack, streckte sich ein Kopf aus einer Decke, hallte ein kurzes, geflüstertes »Guten Morgen« durch die Halle, kuschelten sich jeweils zwei, drei Kinder noch mal kurz zusammen und unterhielten sich leise.

»Weißt du, Ben«, begann Jennifer wieder. »Ich wollte dir noch sagen, dass du und Frank das wirklich toll gemacht habt, gestern, mit dem Feuer und Kolja, und dass ihr die ganzen Kinder hergebracht habt und so.«

»Ihr wart genauso toll«, erwiderte Ben etwas verlegen. »Also wie du gestern Abend das Chaos beim Kochen in den Griff bekommen hast, das war schon spitze.« Ben sah Jennifer kurz aus den Augenwinkeln ins Gesicht und blickte schnell wieder hinunter auf seine Knie.

Jennifer lächelte. »Ich mag dich, Ben«, flüsterte sie ihm ins Ohr.

Ben lief rot an und lächelte ebenfalls. »Ich mag dich auch«, stammelte er. Ihm fiel in diesem Moment nicht ein, was er noch hätte sagen können. Aber er brauchte auch nichts zu sagen.

»Interessant, was einem morgens alles so entgeht, wenn man zu lange schläft«, platzte nämlich

Miriam dazwischen. Jennifer und Ben drehten sich erschrocken um.

»Guten Morgen, ihr beiden Turteltäubchen«, gluckste Miriam.

»Lass bloß deine blöden Sprüche, Miriam«, sagte Jennifer schnell. »Da ist doch wohl nichts dabei, oder?«

»Nee, überhaupt nicht«, grinste Miriam. »Aber du weißt ja, dass mich solche Sachen brennend interessieren. Geht das schon lange mit euch beiden?«

»Was geht mit uns schon lange?«, fragte Ben, der das Gefühl hatte, dass er gerade in etwas hineingezogen wurde, was er nicht so ganz begriff. Er war froh, dass sich Frank neben ihm jetzt räkelte.

»Ist irgendetwas los?«, fragte sein Freund in die Spannung hinein, die in der Luft lag.

»Alles in Ordnung, Frank!«, sagte Ben. »Was ist, wollen wir uns um das Frühstück kümmern? Ich habe allmählich ziemlichen Hunger.«

»Klar!«, antwortete Frank und sah zu Miriam und Jennifer, die ja die Lebensmittel besorgt hatten. »Was gibt's denn?«

»Leckere Sachen«, klärte Miriam Frank auf. »Zum Beispiel Cornflakes, Nuss-Nugat-Creme, Müslis, Marmeladen und jede Menge Schokoriegel.«

»Schokoriegel?«, fragte Frank völlig verblüfft.

»Klar, Schokoriegel!«, strahlte Miriam. »Ich esse morgens immer Schokoriegel. Du nicht?«

Frank verzog das Gesicht. »Gibt es kein Rührei?«, fragte er.

»Rührei?«, fragte Miriam verständnislos zurück.

»Ja, Rührei«, betonte Frank. »Ich hätte jetzt total Lust auf Rührei. Habt ihr keine Eier mitgebracht?«

»Nee!« Miriam schaute Frank an, als sei er ein Außerirdischer. Wie konnte man denn morgens Rührei essen?

»Zum Glück!«, ergänzte Jennifer. »Oder hättest du Lust, jetzt mal eben rund achtzig Portionen Rührei zu braten? Mir langt das Kochen von gestern Abend.«

»Da hast du auch wieder Recht.« Frank gab sich geschlagen. Er würde wohl eine Weile ohne Rührei am Morgen auskommen müssen. Es war schon ein hartes Leben so ganz ohne Eltern.

Eine Stunde später saßen die achtzig Kinder wieder in der Pausenhalle und mampften genüsslich Cornflakes mit H-Milch, Müslis und Brote mit Marmelade und Nuss-Nugat-Creme. Miriam und Jennifer hatten leider vergessen Butter oder Margarine mitzubringen. Aber das fand niemand besonders schlimm. Dafür wurde die Schicht Nuss-Nugat-Creme etwas dicker aufgetragen, das war mehr als ein guter Ersatz. Es war ja niemand da, der sie ermahnte nicht immer so viel davon zu essen.

»Sag mal, Kathrin, was ist denn nun eigentlich im Zoo los?«, fragte Thomas plötzlich quer über den Tisch und eröffnete damit ganz unbewusst die Versammlung.

»Noch ist da alles in Ordnung«, antwortete Kathrin. »Aber wir müssen uns darum kümmern. Die zwei Tiger laufen schon so komisch unruhig hin und her und haben bestimmt einen Bärenhunger.«

»Wieso haben Tiger Bärenhunger?«, fragte Max, der neben Kathrin saß.

»Ach, Max. Das hat doch nichts mit Bären zu tun. Das sagt man eben so«, erklärte Kathrin, obwohl ihr der Ausdruck jetzt, als sie darüber nachdachte, auch ein wenig albern vorkam. Aber sie machte mit ihrem Bericht sofort weiter: »Ich habe eine genaue Liste der Tiere im Zoo aufgestellt. Jetzt können wir gemeinsam überlegen, wie wir die Tiere versorgen. Aber wie gesagt, bei den Tigern sollten wir schnell handeln und denen dringend etwas zum Fressen bringen.«

»Katzenfutter«, sagte Max.

»Was?«, fragte Kathrin.

»Katzen brauchen solches Zeug aus der Dose, sagen sie immer im Fernsehen«, erklärte Max. »Und Tiger sind doch auch so etwas wie Katzen, oder nicht?«

»Du gehst mir allmählich auf die Nerven mit deinem Fernsehen«, brauste Kathrin auf. »Die ganze Zeit im Zoo ging das schon so: Biene Maja hier, Balu der Bär dort und Flipper der Delphin und Kimba der Löwe und was weiß ich noch alles. Hast du auch noch mal was anderes im Kopf als Fernsehen, du Matschbirne?«

Max biss beleidigt in sein Brot mit Erdbeermarmelade.

Das wurde Miriam jetzt aber zu viel. Immer, wenn der Kleine etwas sagte, fielen sie über ihn ➜

her. Außerdem konnte Miriam nicht verstehen, was Kathrin gegen Fernsehen hatte. Miriam guckte sich zwar nicht Tier- und Comicfilme an wie Max, aber wenn sie alle Musik-Videoclip-Sendungen zusammenzählte, die sie anschaute, kämen auch etliche Stunden in der Woche zusammen. Genau genommen war der Fernseher in ihrem Zimmer niemals aus, wenn sie da war.

»Gut«, sagte Miriam zu Kathrin. »Was schlägst du denn vor, was wir den Tigern geben sollten?«

Max hob den Kopf.

»Frischfleisch natürlich!«, sagte Kathrin bestimmt. »So eine blöde Frage! Tiger brauchen Frischfleisch.«

»Okay«, antwortete Miriam und stand auf. »Gehen wir.«

Max schaute von Miriam zu Kathrin und zurück.

»Gehen?« Kathrin war erstaunt. »Wohin wollen wir gehen?«

»Na, zu deinen Pferden!«, schoss es aus Miriam heraus.

Kathrin verstand noch immer nicht. »Wieso zu meinen Pferden?«

Miriam machte ein paar Schritte in Richtung Ausgang. Dann blieb sie stehen und drehte sich lässig um.

Max hörte auf zu kauen.

»Wir schlachten ein oder zwei von deinen Gäulen«, sagte Miriam in ernstem Ton. »Das ist jedenfalls das einzige Frischfleisch, das wir im Moment zur Verfügung haben!«

Kathrin sprang auf und kreischte. »Lass meine Pferde in Ruhe. Bist du verrückt geworden? Wir können doch nicht wegen dieser blöden Tiger meine Pferde....« Kathrin mochte das Wort nicht einmal aussprechen.

»Also doch Katzenfutter?«, fragte Miriam listig.

»Ja natürlich!«, antwortete Kathrin hastig. »Tausendmal lieber als meine Pferde!«

»Na also!« Miriam setzte sich wieder und zwinkerte mit einem Auge hinüber zu Max.

Der strahlte übers ganze Gesicht und biss noch einmal kräftig in sein Brot.

»Ich schlage vor, wir teilen die Aufgaben für heute auf«, begann Ben nun endlich offiziell die Versammlung, ohne dass das Frühstück deshalb unterbrochen wurde. Frank schüttete sich noch einen großen Teller voll mit Cornflakes. Miriam schnappte sich ihren fünften Schokoriegel.

»Als Erstes«, begann Ben, »wer will sich um die Tiere im Zoo kümmern?«

»Was ist denn da zu tun?«, wollte jemand wissen.

Kathrin wusste die Antwort: »Das Fressen ist erst mal nicht so entscheidend. Die Tiere halten durchaus einige Tage ohne Fressen aus, obwohl wir die Tiger vielleicht wirklich beruhigen sollten. Aber alle Tiere brauchen etwas zu trinken. Ich gehe wieder in den Zoo. Kommst du auch wieder mit, Max?« Versöhnlich schaute sie auf den Kleinen.

»Ist gut«, antwortete Max. Zehn weitere Kinder meldeten sich.

»Wir besorgen jetzt schnell die Funkgeräte, bevor überhaupt jemand losgeht«, schlug Norbert vor. »Nicht, dass jemandem so etwas passiert wie Ben und Frank gestern.« Norbert und Martin standen sofort auf und verließen die Versammlung um rechtzeitig zurück zu sein.

»Also, hier im Hauptquartier müssten wir vielleicht auch ein bisschen Ordnung schaffen«, schlug Thomas vor. Mit ausgestreckten Armen zeigte er auf das herumstehende Geschirr. Achtzig Teller, Gläser, Löffel, Gabeln und vier riesenhafte Töpfe mit angetrockneten Nudeln und Tomatensoße vom Vorabend standen noch wild durch die Pausenhalle verteilt herum, teilweise zu großen Haufen zusammengeschoben um Platz für das Frühstücksgeschirr zu machen. »Obwohl ich auch nicht weiß, wer den Riesenberg abwaschen soll«, fügte Thomas niedergeschlagen hinzu. So viel schmutziges Geschirr auf einen Haufen hatte er noch nie gesehen.

»Ehrlich gesagt: Ich finde, das sollten in der ersten Schicht die Schlaubolzen machen, die im Einkaufszentrum die Lebensmittel durch die Gegend geworfen haben«, schaltete sich Jennifer ein.

Ungefähr fünfzig Kinder, die dazugehörten, schauten verlegen in die Gegend. Mittlerweile hatten sie erkannt, welch verheerende Folgen ihre Schlacht im Einkaufszentrum hatte. Aber es war zu verlockend gewesen; außerdem hatten ja fast alle mitgemacht. Aber das half nichts; es traute sich auch niemand, gegen diesen Vorschlag Einspruch zu erheben.

»Nur gut, dass es hier eine Spülmaschine gibt«, sagte ein Junge namens Christopher.

»Wo ist die denn?«, wollte Thomas wissen, der noch keine entdeckt hatte.

»Keine Ahnung«, gab Christopher zu. »Aber meine Mutter gehört zu den Eltern, die in der Schulkantine helfen. Und die hat erzählt, dass es eine gibt. Ich werde sie suchen und den Abwasch organisieren. Wer macht mit?«

Zögernd meldeten sich acht bis neun Kinder.

Weitere fünf wollten mit Norbert zusammen neue Lebensmittel besorgen, wenn der wieder zurück war mit den Funksprechgeräten.

Ben und Frank wollten nun endlich Bens Computer holen, wozu sie wegen des Feuers ja nicht gekommen waren. Miriam und Jennifer erklärten sich bereit wieder mit dem Krankenwagen loszufahren und das Katzenfutter für die Tiger zu besorgen. Nach und nach übernahmen so alle Kinder einzelne Aufgaben. Norbert und Martin waren mittlerweile mit den Funkgeräten zurück und verteilten sie an die einzelnen Gruppen, die gut gelaunt loszogen um ihre Arbeiten zu verrichten. Thomas bezog Stellung im Schulbüro. Er hatte es übernommen, alle Informationen der einzelnen Gruppen über Funk zu sammeln und sie gegebenenfalls an die anderen weiterzugeben.

Christopher hatte die Spülmaschine gefunden und begann damit, die Teller vorher unter dem Wasserhahn abzuduschen. »Das macht man so: zuerst den groben Dreck abspülen, dann in die Spülmaschine«, sagte der ›Fachmann‹ für Spülmaschinen. Aber es klappte nicht so, wie sich das der ›Fachmann‹ Christopher vorgestellt hatte; aus dem Wasserhahn kam kein Wasser. Christopher drehte den Wasserhahn zu und wieder auf: immer noch kein Wasser.

*Das gibt's doch nicht,* dachte er. Er stützte die Hände in die Hüften und sah den saftlosen Wasserhahn verzweifelt an. Er überlegte eine Minute, aber ihm fiel nichts anderes ein, als ihn ein weiteres Mal aufzudrehen; der Wasserhahn allerdings blieb stur und behielt das Wasser für sich. Torben krabbelte unterdessen schon auf dem Fußboden herum und suchte den Hauptwasserhahn. Nach einer Weile fand er ihn und drehte daran. »Daran kann's nicht liegen«, sagte er. »Der Haupthahn ist aufgedreht.«

Christopher zuckte mit den Schultern. »Ohne Wasser kein Abwasch«, stellte er fest. »Ich gehe zu Thomas und melde, dass wir kein Wasser haben.«

Thomas notierte sich den Vorfall in ein großes Buch, das er im Schulbüro gefunden hatte. Er hatte die beschriebenen Seiten herausgerissen und das Buch neu eröffnet, indem er auf den Buchdeckel mit dickem, rotem Filzstift »Besondere Vorkommnisse« geschrieben hatte.

»Gruppe vier ruft Hauptquartier«, quäkte es plötzlich aus dem Funkgerät, das vor Thomas auf dem Schreibtisch lag. Thomas legte seinen Stift beiseite und drückte die Sprechtaste am Funkgerät.

»Hier Hauptquartier. Gruppe vier, bitte melden.«

Gruppe 4 waren sechs Kinder, die einiges Spielzeug sammeln sollten. Denn Astrid hatte auf der Versammlung vorgeschlagen, die kleineren Kinder im Alter von sechs bis neun Jahren sollten in einem Klassenraum ein Spielzimmer bekommen. So wären die Kleineren auf einem Haufen zusammen, die größeren Kinder müssten nicht ständig auf sie aufpassen und vor allem würden die Kleinen nicht stören, wenn die Großen wichtige Aufgaben zu erledigen hatten. Die Jüngeren hatten zunächst energisch gegen diesen Vorschlag protestiert. Sie wollten dabei sein, wenn *wichtige Aufgaben* gelöst wurden. Vor allem Max hatte in der Versammlung darauf hingewiesen, wie sehr er am Vortage beim Zählen der Tiere im Zoo geholfen und so zur Erstellung von Kathrins Liste beigetragen hatte. Achtmal hatte er zum Beispiel die Schimpansen zählen müssen um letztendlich herauszubekommen, wie viele es nun eigentlich waren. Denn die Affen waren immer so wild durch ihr Gehege gesprungen, dass er nie wusste, welchen Schimpansen er schon gezählt hatte und welchen nicht. Kathrin bestätigte zwar, wie sehr Max sich bemüht hatte, erwähnte aber auch, wie anstrengend es für sie gewesen war, zwischendurch immer wieder Max suchen zu müssen. Mal versuchte er mit einem Papageien zu reden, als er eigentlich die Bergziegen zählen sollte, mal beobachtete er gespannt, wie lange eine Vogelspinne regungslos auf einem Stein sitzen konnte, während Kathrin eigentlich dachte, er würde am anderen Ende des Zoos nach den Zebras sehen.

Nach Kathrins Bericht jedenfalls war die Versammlung mehrheitlich der Auffassung gewesen, dass ein Spielzimmer für die Jüngeren eine gute Sache wäre. Das war auch kein Wunder, denn von den 80 Kindern waren nur 25 jünger als zehn Jahre. Schließlich versprachen die Älteren den Jüngeren, dass das Spielzimmer ausschließlich mit nagelneuem Spielzeug aus den Kaufhäusern eingerichtet werden würde; spätestens da konnten die Kleineren nicht mehr widerstehen und stimmten dem Spielzimmer zu. Gleichzeitig aber wurde ihnen das Recht eingeräumt, mindestens 3 Stunden pro Tag an den Aufgaben der Großen teilnehmen zu dürfen – wobei die Kleineren dabei natürlich an solche Einsätze wie das Feuerlöschen, die Größeren aber eher an Aufgaben wie Abwaschen oder Aufräumen dachten.

»Hier Gruppe vier«, sprach wieder Astrid aus dem Funkgerät, nachdem Thomas sich gemeldet hatte. »Auf dem Weg zum Einkaufszentrum hatten wir uns kurz aufgeteilt um unsere Haustiere zu versorgen. Jetzt sind wir wieder alle zusammen. Alle haben gemeldet, dass bei ihnen zu Hause kein Wasser mehr kommt.«

»Komisch«, antwortete Thomas. »Bei uns im Hauptquartier gibt es auch kein Wasser. Zumindest in der Pausenhalle nicht.«

»Was sollen wir denn jetzt tun?«, fragte Astrid.

Thomas schaute in sein großes Buch um festzustellen, mit welcher Aufgabe die Gruppe 4 überhaupt losgegangen war. *Spielzeug sammeln*, las er und gab über sein Funkgerät durch: »Na ja, erstmal eure Aufgabe erfüllen: Spielzeug sammeln.«

Dann überlegte er einen Augenblick.

»Gruppe 4, hört ihr mich noch?«, fragte er schließlich.

»Ja, wir sind noch dran«, kam Astrids Antwort.

»Vielleicht ist es keine schlechte Idee«, begann Thomas wieder, »alle Wasserhähne zu testen. Könntet ihr auf dem Weg einige Wasseranschlüsse prüfen?«

»Klar könnten wir das«, gab Astrid zurück. »Wir werden in den einzelnen Läden mal gucken, ob die einen Wasseranschluss haben, und testen, ob dort das Wasser läuft. Ende«

»Gut. Ich werde es den anderen Gruppen auch vorschlagen. Meldet euch dann wieder. Ende«, beendete Thomas die Funkverbindung zwischen ihm und der Gruppe 4.

Thomas drückte die entsprechende Taste, wie Norbert es ihm gezeigt hatte. Jetzt müsste er eine Verbindung zu allen Gruppen gleichzeitig haben.

»Hier Hauptquartier, hier Hauptquartier. An alle Gruppen, an alle Gruppen!«, begann Thomas seinen Aufruf an alle Gruppen.

Die einzelnen Gruppen meldeten sich.

»Dies ist eine Generalüberprüfung. In der Schule und in einzelnen Häusern gibt es kein Wasser. Bitte überprüft alle Wasserleitungen, an denen ihr auf dem Weg vorbeikommt. Ich wiederhole: Bitte überprüft alle Wasserleitungen!«

»Das haben wir doch gerade gesagt, dass wir das machen!«, meldete sich wieder Astrid.

»Ich weiß«, sagte Thomas.

»Und warum funkst du uns dann an und erzählst, wir sollen alle Leitungen überprüfen?«, fragte Astrid.

»Weil das ein Funkspruch an alle war«, antwortete Thomas genervt.

»Ja, aber wir wissen das doch schon«, bohrte Astrid nach.

»Ich weiß, dass ihr das wisst«, versuchte Thomas geduldig zu erklären. »Aber wenn ich die Taste ›An Alle‹ drücke, dann seid ihr eben mit dabei.«

»Ist das nicht ein bisschen albern?«, fragte Astrid zurück.

Thomas wusste nicht mehr, was er noch sagen sollte. Dann fiel ihm ein, was die Erwachsenen in solchen Fällen immer sagten.

»Das ist eben technisch bedingt«, gab er zufrieden an Astrid durch. Das musste selbst Astrid akzeptieren.

»Doofe Technik!«, rief Astrid durchs Funkgerät. »Also, wir überprüfen jetzt die Wasserleitungen. Ende.«

»Hab ich doch gesagt«, sagte Thomas.

»Wir wissen, dass du das gesagt hast«, sagte Astrid.

Thomas stöhnte laut auf. »Ende!«, jammerte er und drückte schnell die Taste ›Ruhe‹. Einen Moment lang konnte das Funkgerät nun keine Funksprüche mehr empfangen.

Eine halbe Stunde später überschlugen sich die

Funkmeldungen im Hauptquartier. Gruppe 1, das war Kathrins Gruppe aus dem Zoo, berichtete aufgeregt: »Ey, Thomas, hier im Zoo läuft nirgends das Wasser. Wir wollten doch den Tieren zu trinken geben. Aber es läuft nichts: Alle Wasserhähne bleiben trocken. Selbst in den Aquarien ist die Frischwasserzufuhr gestoppt. Eine Katastrophe!«

Ebenso der Bericht von Gruppe 2, Jennifer und Miriam: »Wir sind am Brunnen auf dem Marktplatz vorbeigekommen. Der steht auch still. Wir bringen jetzt das Katzenfutter in den Zoo. Dann können wir zumindest die Tiger füttern, bis sich das Problem mit dem Wasser vielleicht geklärt hat. Außerdem versuchen wir noch aus der Zoohandlung Futter für die Vögel und ähnliches Zeug mitzubringen. Mal schauen, was wir dort noch finden.«

Thomas nahm die Meldung entgegen und leitete die Information weiter an die Gruppe 1 im Zoo. Kathrin und die anderen Kinder waren froh, dass sie wenigstens einigen Tieren ein bisschen würden weiterhelfen können. Am interessantesten aber war der Bericht der Gruppe 3. Das waren Norbert und die anderen Kinder, die die Lebensmittel besorgen sollten.

»Hallo Thomas! Wir haben kurz an einem Hydranten gehalten und probiert, ob er funktioniert. Selbst der spuckt kein Wasser aus. Weißt du, was das heißt?«

Thomas wusste es nicht. Norbert erklärte es ihm:

»Wenn aus einem Hydranten kein Wasser kommt, dann gibt es in der ganzen Gegend kein

Wasser. In der ganzen Stadt ist die Wasserzufuhr gestoppt. Hier handelt es sich nicht um einen Fehler von einzelnen Wasserleitungen, sondern es kann nur so sein, dass im städtischen Wasserwerk die Wasserversorgung für die Stadt unterbrochen wurde!«

Thomas verstand, was das bedeutete: die ganze Stadt ohne Wasser, damit war ihr Überleben ernsthaft gefährdet! Ohne Wasser konnte niemand auskommen!

Thomas sprang von seinem Schreibtisch auf und lief aufgeregt im Schulbüro hin und her. Was sollte er tun? Sollte er diese Information an alle Gruppen weitergeben und damit möglicherweise eine wilde Panik auslösen? Andererseits konnte er das Problem nicht alleine lösen. Wenn es überhaupt zu lösen war, mussten alle zusammen darüber nachdenken. Thomas funkte Ben an, *Gruppe 5 – Computer holen.*

»Hier Gruppe 5, Ben«, meldete sich Ben.

Thomas schilderte ihm die Beobachtungen der einzelnen Gruppen aus der Stadt und erzählte ihm von Norberts Vermutung.

»Moment«, antwortete Ben. Er stellte das Funkgerät aus und informierte Frank. Frank schaute Ben an ohne etwas zu sagen.

»Du denkst das Gleiche wie ich, nicht wahr?«, fragte Ben.

Frank nickte.

»Das kann ja heiter werden«, murmelte Ben vor sich hin. Er schaltete das Funkgerät wieder ein und rief: »Thomas, gib eine Meldung an alle Gruppen durch: Wir treffen uns zu einer wichtigen Sonderversammlung. In einer Stunde in der Aula. Egal, was die Gruppen gerade machen. Sie sollen alles stehen und liegen lassen und in die Aula kommen, Frank und ich kommen dann auch; vermutlich mit neuen interessanten Informationen. Ende.«

Thomas verstand nicht, was da nun wieder dahinterstecken könnte, dachte aber auch nicht lange darüber nach, sondern führte seinen Auftrag sofort aus und informierte alle Gruppen. *Hoffentlich*, dachte Thomas, *haben Ben und Frank wirklich eine gute Idee. Denn ohne Wasser sind wir am Ende.*

➡

# Schon wieder Kolja

In der Aula herrschte aufgeregtes Durcheinander. Norbert hatte den anderen von seinem Verdacht erzählt, in der ganzen Stadt gäbe es kein Wasser mehr. Kathrin machte sich lautstark Sorgen um die Tiere im Zoo, Thomas schilderte in düsteren Farben, dass sie seiner Meinung nach alle am Ende wären, wenn das Wasserproblem nicht schnellstens gelöst würde.

»Ich trinke sowieso lieber Saft und waschen finde ich nicht so wichtig«, rief Max dazwischen.

»Mensch, Max«, erwiderte Thomas. »Trotzdem brauchen wir Wasser. Denk nur mal an das Feuer, das Kolja gelegt hat. Stell dir vor, wir hätten kein Wasser gehabt. So etwas kann jederzeit wieder passieren. Und womit willst du denn kochen, mit Orangensaft? Zum Beispiel unsere Nudeln gestern, die haben wir doch mit Wasser gekocht. Genauso ist es mit Reis und Kartoffeln. Das kannst du nicht mit Cola zubereiten. Selbst für Kartoffelpüree aus der Packung brauchen wir Wasser. Wir haben zwar auch H-Milch, aber auch die ist einmal zu Ende. Vom Abwaschen ganz zu schweigen.«

»Trotzdem hat Max nicht ganz Unrecht«, wandte wieder Miriam ein. »Wenn wir alle Getränkemärkte plündern, werden wir zumindest mit dem Mineralwasser eine Zeit lang auskommen. Allerdings nur eine Zeit lang.«

»Bis dahin sind die Tiere verdurstet«, jammerte Kathrin. »Du kannst doch den Tigern und Zebras und Bergziegen und so weiter nicht jedem eine Flasche Mineralwasser hinstellen. Die trinken viel mehr. Dafür reicht das Mineralwasser niemals. Und die Fische und die Seehunde. Wir können doch deren Schwimmbecken nicht mit Sprudel füllen!«

»Ich sage euch, wir haben ein echtes Problem«, fing Thomas wieder an.

»Allerdings, das haben wir!«, rief Ben von hinten, der gerade zusammen mit Frank die Aula betrat.

»Na endlich! Wo bleibt ihr denn?«, fragte Jennifer. »Wir warten schon seit einer Viertelstunde auf euch. Habt ihr neue Informationen?«

»Ja, aber keine guten«, begann Frank zu erzählen. »Wir kommen so spät, weil wir beim Wasserwerk waren. Und ratet mal, was wir dort gesehen haben?«

»Nun macht es doch nicht so spannend«, drängelte Miriam.

»Einige Autos, die direkt davor parkten«, antwortete Frank.

»Na und?«, hallte es aus der Versammlung. »Überall stehen Autos, sogar mitten auf den Straßen.«

»Lass mich ausreden«, erwiderte Frank. »Eines der Autos war ein weißer Mercedes. Erinnert ihr euch nicht mehr, was wir euch von dem Feuer erzählt haben?«

»Kolja!«, fluchte Jennifer.

»Genau!«, bestätigte Ben. »Kolja sitzt mit seiner

Bande im Wasserwerk. Er hat die Haupthebel für die städtische Wasserversorgung gefunden und sie abgedreht.«

»Der hat sie wohl nicht mehr alle!«, schimpfte Norbert.

»Habt ihr Kolja getroffen?«, fragte Jennifer dazwischen.

»Ja, natürlich sind wir reingegangen. Oder besser: Wir wollten es«, berichtete Frank. »Aber sie haben das Eingangstor streng bewacht. Alle Leute von Kolja tragen Baseballschläger und manche Verrückte sogar Gaspistolen. Die haben sich bis an die Zähne bewaffnet.«

»Und wozu?«, fragte Norbert.

»Ganz einfach«, erklärte Ben. »Kolja will über die Stadt herrschen. Er kam ans Tor und erzählte uns, jetzt, wo keine Erwachsenen da sind, wäre seine große Chance gekommen. Er wäre der wahre Herr über die Stadt. Und wenn wir das nicht einsehen und ihn als Präsidenten der Stadt anerkennen würden, könnten wir von ihm aus verdursten. Das hat er gesagt.«

In der Aula brach ein Geschrei der Empörung aus.

»Niemals!«

»Hat der zu viele Western gesehen, oder was?«

»Ich fand den ja schon immer beknackt.«

»Wenn ich den zwischen die Finger bekomme ...«

Alle brüllten durcheinander.

»Seid doch mal ruhig«, schrie Jennifer. »Wenn

wir alle durcheinander brüllen, kommen wir überhaupt nicht voran. Lasst uns doch mal überlegen, was wir jetzt tun.«

»Jennifer hat Recht«, stimmte Ben zu.

»Also, überrumpeln können wir Kolja und seine Bande nicht. Die sind so stark bewaffnet, das ist zu gefährlich. Kolja mit einer Waffe in der Hand, dem traue ich alles zu.«

Die anderen nickten. Ja, Kolja war wirklich alles zuzutrauen.

»Wie viele gehören denn überhaupt zu Kolja?«, fragte Thomas.

»Das wissen wir nicht. Vor der Kneipe, die er angezündet hat, waren es noch etwas mehr als zehn. Im Wasserwerk haben wir aber mindestens zwanzig gesehen. Wir wissen nicht, wie viele da noch drinnen waren«, berichtete Ben.

»Koljas Bande hat sich mittlerweile bestimmt auf vierzig oder fünfzig Kinder vergrößert«, meinte Frank.

»Wie viele Kinder gibt es denn überhaupt noch in der Stadt?«, grübelte Norbert laut vor sich hin.

Ben erinnerte sich, wie er auf dem Dach des Pavillons gestanden und versucht hatte eine Rede an seine Mitschüler zu halten. »Also, auf dem Schulhof am Anfang waren es bestimmt zweihundert«, schätzte er.

»So viele waren es bestimmt auch im Einkaufszentrum«, sagte Miriam. »Wenn nicht mehr.«

Jetzt meldete sich Jennifer wieder zu Wort.

»Wir sind etwa achtzig. Wie viele sind wir

eigentlich genau? Vielleicht sollten wir das endlich mal zählen? Sagen wir mal, Kolja und seine Bande sind fünfzig. Dann läuft über die Hälfte der Kinder noch völlig ziellos durch die Stadt. Was treiben die eigentlich?«

Viele in der Versammlung zuckten mit den Schultern.

»Ich habe einige gesehen, als wir unterwegs waren«, erzählte Norbert. »Einige auf dem Fahrrad, andere suchten wohl in Restaurants und Supermärkten nach etwas Essbarem.«

»Ja, im Einkaufszentrum tobten auch noch einige herum, als wir das Katzenfutter geholt haben.«

»Ich finde, wir sollten alle Kinder informieren, dass es hier ein Hauptquartier gibt, und möglichst viele Kinder zu uns holen, bevor die auch noch zu Kolja laufen.«

Die Runde stimmte zu.

»Ja«, fiel Martin ein. »Wir haben doch die Feuerwehrlaster und den Krankenwagen. Die haben Lautsprecher an Bord. Damit können wir herumfahren und alle durch die Lautsprecher informieren.«

Die Kinder klatschten Beifall. Das war eine Superidee! Miriam und Martin würden die Autos fahren. Martin und Christopher fanden sich sofort bereit die Durchsagen zu übernehmen.

»Gut, aber das löst noch nicht unser Problem mit Kolja.« Jennifer hatte sich wieder Gehör verschafft. »Auch wenn wir hundertfünfzig Leute sind, behält Frank Recht: Wir können das Wasserwerk nicht stürmen. Koljas Bande ist zu groß.«

»Dann müssen wir sie eben überlisten«, warf Ben ein.

Die Menge verstummte. Alle überlegten – das war leicht gesagt. Sie kannten Kolja als ziemlich gerissen. Das Wasserwerk zu besetzen, das war zwar hinterhältig und gemein, aber es gab ihm auf jeden Fall Macht über sie.

»Wie willst du denn dreißig Leute auf einmal überlisten?«, fragte Frank.

»Diese verdammten Hornochsen«, fluchte Miriam vor sich hin. Sie ärgerte sich, dass ihr keine Lösung einfiel. Da half es zumindest ein wenig, sich den Ärger von der Seele zu schimpfen.

»Ich denke«, sagte Ben langsam, während er noch weiter grübelte, »es ist nicht so entscheidend, wie viele Leute bei Koljas Bande sind, sondern wer.«

»Wieso wer?«, wunderte sich jetzt auch Frank.

Miriam verstand Bens Idee noch immer nicht so richtig, aber sie überlegte, wen sie von Koljas Bande kennen könnte.

»Ich wette, Siggi ist auch bei denen«, sagte sie schließlich.

»Siggi?«, fragte Jennifer. »Der, mit dem du mal gegangen bist?«

»Ich bin überhaupt nicht mit dem gegangen!«, verteidigte sich Miriam.

»Natürlich bist du das. Das weiß ich doch«, behauptete Jennifer.

»Aber nur ganz kurz«, räumte Miriam ein, doch Jennifer ließ nicht locker.

»Mindestens drei Wochen«, beharrte sie.

Ben verdrehte die Augen. »Ist das entscheidend, mit wem du wie lange gegangen bist?«, nörgelte er Miriam an.

»Ich denke, wir sollen überlegen, wer zu Koljas Bande gehört«, schnauzte Miriam zurück. »Und Siggi, die hohle Nuss, ist bestimmt dabei. Das schwöre ich euch. Der ist zwar schon fast fünfzehn Jahre alt, hat aber ein Hirn wie ein Neunjähriger.«

»Sehr witzig«, motzte Max vor sich hin.

»Entschuldigung«, sagte Miriam schnell. »So war das nicht gemeint. Du bist zehnmal schlauer als Siggi, ehrlich.«

»Deshalb ist Miriam ja auch drei Wochen mit ihm gegangen«, kicherte Jennifer, aber da spürte sie schon einen festen Schlag auf dem linken Oberarm.

»Lass die dummen Sprüche«, fauchte Miriam. »Der war auch mal ganz nett – dachte ich zumindest.«

»Oh Mann«, stöhnte Ben. »Könnt ihr das nicht mal lassen? Miriam, sag lieber noch mal: Wie alt ist Siggi?«

»Fast fünfzehn«, antwortete Miriam und zuckte mit den Schultern. »Na und? Die gleichaltrigen Jungs sind ja alles Pfeifen, die sich nie etwas trauen. In der Liebe, meine ich.«

Ben verlor fast die Geduld. »Miriam! Genau! Sag mir genau, wie alt Siggi ist.«

Miriam sah ihn verständnislos an. »Siggi ist vierzehn und wird übermorgen fünfzehn Jahre alt, wenn du's ganz genau wissen willst.«

Bens Augen weiteten sich. Er sprang vom Stuhl auf, auf dem er die ganze Zeit gesessen hatte, stürzte auf Miriam zu, packte sie an beiden Schultern und schüttelte sie. »Ehrlich, weißt du das ganz sicher?«, brüllte er Miriam aufgeregt an.

Miriam war erschrocken zusammengezuckt und schubste Ben zurück. »Ja, das weiß ich ganz sicher. Siggi ist nämlich immer noch ein bisschen hinter mir her«, gab sie zu. »Und deshalb hat er mich zu seiner Geburtstagsfeier eingeladen. Übermorgen um siebzehn Uhr in seinem Partykeller. Ich hab natürlich sofort abgesagt. Aber so wie es jetzt aussieht, findet die Party ja sowieso nicht statt.«

»Das ist es!«, rief Ben begeistert. »Das ist es!«

»Was ist was?« Frank und Jennifer sahen sich ratlos an. Was war denn plötzlich mit Ben los? Auch die anderen Kinder wurden allmählich ungeduldig.

»Mensch, Frank«, sprudelte Ben los. »Erinnerst du dich nicht, was wir vor der Kneipe erlebt haben?«

»Doch«, sagte Frank. »Das wissen wir doch alle. Kolja hat die Bude angezündet.« Die anderen nickten. Das waren doch alte Kamellen; eine Geschichte, die sie alle kannten.

»Nein, nein. Davor!«, rief Ben. »Ich meine das, was davor war. Es war so: Kolja zertrümmerte erst die Einrichtung von der Kneipe. Dann kam er heraus und sagte: ›Der wird sich wundern, wenn der wiederkommt!‹ Und damit meinte er den Wirt.

Ich habe dann noch zu dir gesagt: ›Na ja, wenn der Wirt überhaupt jemals wiederkommt, wie alle anderen Erwachsenen!‹ So war's doch, Frank, nicht wahr? So war es doch?«

»Ja«, gab Frank zu, der nicht wusste, worauf Ben hinauswollte. »Na und?«

Einige Kinder in der großen Runde grinsten. Andere stierten noch immer fragend auf Ben.

»Aber das ist es doch!«, freute sich Ben. »Kolja hat noch immer nicht die leiseste Ahnung, was hier in der Stadt eigentlich passiert! Er weiß nur, die Erwachsenen sind plötzlich weg. Und aus!«

»Wissen wir denn mehr?«, schaltete sich nun Norbert wieder ein.

»Natürlich wissen wir mehr«, antwortete Ben. »Ich hab doch erzählt, dass das alles irgendwie mit meinem Computerspiel zusammenhängt. Wie, wissen wir nicht. Aber wir können mittlerweile davon ausgehen, dass es so ist. Jedenfalls kommt alles hin: Die Erwachsenen sind weg, die wichtigsten Dinge in dieser Stadt funktionieren noch, die kleinen Kinder und die Babys sind verschwunden, die Tiere sind noch da. Alles wie im Computerspiel **Die Stadt der Kinder!**«

»Selbst, wenn das so ist«, fragte Jennifer, die sich ein wenig darüber ärgerte, dass schon wieder alles auf das Thema Computer hinauslief, »was haben wir davon?«

Ben richtete sich auf, streckte den Zeigefinger aufrecht nach vorn und erklärte gewichtig wie ein Staatspräsident bei einer Ansprache: »Wir kennen die Regeln! Kolja nicht, weil er gar nicht ahnt, dass alles mit diesem Spiel zusammenhängt!«

Ben setzte sich auf einen Stuhl um in Ruhe die Reaktion auf seinen Einfall zu genießen. Sie war enttäuschend. Um ihn herum standen achtzig Kinder, die ihn fragend anblickten.

»Und was besagen die Regeln?«, fragte Jennifer in die Ratlosigkeit hinein.

Ben sprang auf den Stuhl, beugte sich vornüber wie ein Schauspieler beim Abschied von der Bühne, knallte sich die flache Hand vor die Stirn und rief: »Denkt doch mal nach, Herrgott nochmal! Eine Regel besagt: Es gibt keine Erwachsenen in der Stadt.«

Ben legte eine kleine Kunstpause ein, damit seine Worte ihre Wirkung diesmal wirklich nicht verfehlen würden, dann wiederholte er: »... keine Erwachsenen in der Stadt, keinen, der das fünfzehnte Lebensjahr vollendet hat! Merkt ihr nicht, was das heißt? Siggi wird morgen um Mitternacht, zu Beginn seines Geburtstages, verschwinden. Und Kolja weiß das nicht, aber wir wissen das!«

Miriam versuchte dem komplizierten Gedankengang von Ben zu folgen. Es gelang ihr nicht so richtig.

»Und das heißt?«, fragte sie vorsichtig. Sie sah sich um und spürte, wie froh die anderen waren, dass sie diese Frage gestellt hatte.

»Das heißt«, begann Ben wieder, wobei er sich um größtmögliche Geduld bemühte, »wir werden Siggi verschwinden lassen. Jedenfalls werden wir das Kolja gegenüber so sagen. Wir tricksen Kolja aus, indem wir zu ihm gehen und fordern, dass er das Wasserwerk verlässt. Macht er es nicht, so drohen wir ihm damit, seine Bande verschwinden zu lassen – einen nach dem anderen. Kolja wird uns für verrückt erklären und uns auslachen. Und dann wird um Mitternacht der Erste seiner Bande verschwinden, nämlich Siggi! Kolja wird denken, dass wir das waren.«

In der Aula brach ein ohrenbetäubender Jubelschrei aus. Welch ein genialer Plan! Damit würden sie Kolja schlagen! Keines der achtzig Kinder zweifelte daran. »Hoch lebe Ben!«, »Hurra!«, »Kolja, wir kommen!«, riefen alle durcheinander. Norbert holte sich von Thomas den Schlüssel für den Lagerraum, schnappte sich ein paar Jungs und schleppte Cola, Brause und Erdnussflips in die Aula. Christopher spurtete los um einen Kassettenrekorder aus der Turnhalle zu holen. Die Feier konnte beginnen. Die Siegesfeier eines Kampfes, der noch lange nicht gewonnen war, aber daran dachte an diesem Abend niemand.

# Der große Bluff

Am nächsten Morgen machten sich die Kinder sofort daran, die anderen Kinder, die noch orientierungslos durch die Stadt liefen, zu informieren. Miriam und Norbert fuhren mit dem Krankenwagen los und wollten den südlichen Teil der Stadt abfahren; Martin und Christopher übernahmen mit dem Rettungswagen der Feuerwehr den nördlichen Teil.

Kaum war Miriam um die Ecke gefahren, begann Norbert sogleich mit Begeisterung durch das Mikrophon zu sprechen: »*Ey, Leute! Kommt alle zur Schule. Da ist unser Treffpunkt. Okay? Also, kommt alle!*«

»Na toll!«, moserte Miriam. »Das war ja eine tolle Durchsage. Was sollen die Leute denn damit anfangen? Du musst auch sagen, warum die alle kommen sollen und was wir in der Schule machen und was mit Kolja los ist und all das.«

»Du kannst es ja selber machen, wenn du alles besser kannst«, erwiderte Norbert beleidigt.

»Mimose!«, murmelte Miriam nur und schnappte sich das Mikrophon.

»*Achtung, Achtung!*«, begann Miriam. »*Alle mal herhören! Es ist unheimlich wichtig, dass ihr alle in die Schule kommt. Also, die Schule ist unser Treffpunkt. Und wir müssen überlegen, wie wir wieder an Wasser herankommen, wegen Kolja. Also, kommt am besten alle schnell zur Schule. Und bringt Schlafsäcke mit!«*

Norbert kringelte sich vor Lachen. »Das war aber eine Superansage«, gluckste er. »Meinst du, jetzt hat irgendjemand etwas kapiert? Ich lach mich kaputt.«

Miriam streckte Norbert die Zunge heraus.

»Das war auf jeden Fall besser als dein Müll«, sagte sie sauer.

»Ich glaube, das war beides völlig blöd. Halte doch einfach mal an. Dann überlegen wir zusammen, was wir durchsagen wollen und schreiben es uns vorher auf«, schlug Norbert zur Versöhnung vor.

Miriam trat auf die Bremse, zog die Handbremse an, nahm den Gang heraus und ließ die Gangschaltung im Leerlauf stehen. Sie drehte den Zündschlüssel nach links, der Motor ging aus. Sie parkte mitten auf der Straße. Es war ja egal, andere Autos waren ohnehin nicht unterwegs – abgesehen von Martin und irgendwo Koljas Bande natürlich – und es standen sowieso eine Reihe von Wagen mitten auf der Straße.

»Also gut«, begann Miriam, »was müssen wir denn sagen?«

Sie nahm sich den Kugelschreiber, der in der Lüftungsklappe des Armaturenbretts steckte, und schnappte sich den Block, der neben dem Funkgerät im Handschuhfach lag.

»Ich würde anfangen mit *An alle*«, sagte Norbert. Miriam notierte.

»Nee, warte«, unterbrach Norbert sich selbst. »Es

ist doch besser zu sagen: Alle mal herhören! Und dann sagen wir ...«

»... am besten erstmal, wer wir sind«, platzte Miriam dazwischen. »Wie sollen die uns denn irgendwas glauben, wenn die nicht wissen, wer zu ihnen spricht?«

Das leuchtete Norbert ein, aber er fragte sich, wie sie sich bezeichnen sollten? Schließlich konnten sie in der Durchsage nicht alle achtzig Namen der Kinder durchgeben.

»Wie wär's mit *Kinderverwaltung*?«, schlug Norbert nach einigem Überlegen vor.

Miriam zog eine Grimasse.

»*Kinderverwaltung*? Wir sind doch hier nicht bei deiner Feuerwehr! Wie das klingt!«, meckerte sie. »Außerdem hat uns niemand dazu bestimmt, ihre Verwaltung zu sein. Das klingt ja fast wie von Kolja, der sich für unseren Präsidenten hält. Lass es uns doch einfach so sagen, wie es ist: *Hier sprechen Miriam und Norbert.*«

Norbert war verblüfft über die einfache Lösung. Miriam notierte.

»Und dann sagen wir ...«, überlegte Norbert weiter, »dass wir insgesamt achtzig Kinder sind und alle anderen auch kommen sollen.«

Miriam notierte. Dann hielt sie inne. »Sollten wir nicht erst einmal sagen, worum es geht?«

Norbert stimmte zu. Länger als eine Stunde saßen die beiden so im Auto und überlegten und diskutierten, welchen Text sie durch die Lautsprecheranlage durchsagen wollten. Dann endlich war es soweit:

Der Zettel war fertig geschrieben. Miriam reichte ihn Norbert. Der sah sich ihr gemeinsames Werk noch einmal an:

> ~~An alle!~~ *Alle mal herhören!*
> ~~Hier sprechen.~~ *Hier sprechen Miriam und Norbert!*
> ~~Wir sind zusammen achtzig Kinder.~~ *Wir haben uns schon mit ganz vielen Kindern* ~~ge~~ *versammelt.*
> ~~Ihr sollt auch kommen.~~ *Wir laden euch ein auch zu uns zu kommen. Unser Treffpunkt ist die Schule.* ~~Da könnt ihr auch essen.~~ *Dort kochen wir gemeinsam und schlafen dort auch. Außerdem gibt es dort alle Neuigkeiten aus der Stadt.* ~~Zum beispiel.~~ *Das Neueste: Es gibt kein Wasser in der Stadt.* ~~wegen~~ *Der Grund: Kolja hat das Wasserwerk besetzt.* ~~Kommt alle.~~ *Jetzt müssen wir überlegen, wie wir uns unser Wasser wiederholen. Kommt alle in die Schule!*

Norbert sah verzweifelt auf das Stück Papier.

»Wer soll denn das lesen mit dem ganzen Durchgestrichenen?«, fragte er.

»Jetzt stell dich nicht so an«, erwiderte Miriam. »Wir müssen endlich anfangen.«

Norbert seufzte und begann stotternd den mühsam ausgearbeiteten Text durch das Mikrophon vorzulesen. Vorsichtig lenkte Miriam den Krankenwagen an den auf der Straße herumstehenden Autos vorbei. Norbert wiederholte unermüdlich die Durchsage. Schon nach dem zehnten Mal konnte er den Text fast auswendig, auf jeden Fall aber flüssig von dem Zettel ablesen, auf dem so viele durchgestrichene Wörter standen.

»So kommt das wirklich gut, Norbert«, freute sich Miriam. »Guck mal, da vorne, da kommen schon einige Kinder um die Straßenecke.« Tatsächlich. Eine Gruppe von fünf Kindern stand staunend am Straßenrand und horchte aufmerksam auf die Durchsage. Das veranlasste Norbert seine Durchsage sofort spontan zu verändern:

*»Ey, Leute !*
*Ja, euch da vorne meine ich. Euch brauchen wir auch!*
*Hier sprechen Norbert und Miriam.«*

Und dann war Norbert wieder bei seinem ursprünglichen Text, den er jetzt mit Leichtigkeit vorlas. Die fünf Kinder konnten mit den Informationen aus dem Lautsprecher nur wenig anfangen. Klar, sie wussten, wer Kolja war; wer an der Schule kannte den Fiesling nicht? Aber was war das mit dem Wasser? Wer traf sich in der Schule? Egal. Wenn dort nur noch andere Schüler waren und man wenigstens etwas Neues erfuhr! Die fünf Kinder blickten sich kurz an, dann rannten sie los in Richtung Schule. Norbert und Miriam lächelten zufrieden.

»Es klappt«, freute sich Miriam und konzentrierte

sich um beim Slalom durch die herumstehenden Autos keinen Wagen zu rammen.

Währenddessen waren Ben, Frank und Jennifer am Wasserwerk angekommen. Nachdenklich schauten sie auf das große, rote Backsteingebäude. Irgendwo dort drinnen befanden sich die entscheidenden Hebel um die Stadt mit Wasser zu versorgen. Und Kolja mit seiner Bande saß genau davor. Das große stählerne Gittertor am Eingang war mit einem Fahrradschloss verschlossen, kurz dahinter in dem Pförtnerhäuschen saß Siggi auf einem Holzstuhl, die Beine auf den braunen Schreibtisch gelegt. Jennifer erkannte ihn sofort. Auch Siggi wusste, wer dort draußen vor dem Tor stand und das Gelände mit finsteren Gesichtern musterte. Er sprang auf, griff nach dem Telefon, wählte eine kurze Nummer, sprach aufgeregt zwei, drei Sätze hinein, legte auf, setzte sich wieder auf den Stuhl und grinste nach draußen zu Ben, Jennifer und Frank. Kaum fünf Minuten später sahen die drei, wie eine Abordnung von sechs Jungen über den Hof auf das Tor zu marschierte. Jeder von ihnen trug einen Baseballschläger über der Schulter. Frank erkannte, dass zwei von ihnen noch zusätzlich eine Gaspistole in der anderen Hand hielten. In der Mitte der bewaffneten Eskorte stolzierte Kolja über den Hof.

»Der große Kolja und seine Leibwache«, flüsterte Jennifer. Etwa zwanzig Meter hinter dem Tor blieb Kolja stehen, auch seine Eskorte machte Halt.

»Einen wunderschönen guten Tag«, begrüßte

Kolja die drei übertrieben freundlich. »Habt ihr gut gefrühstückt oder hattet ihr etwa kein Wasser?«

»Keine Angst, Kolja. Wir haben sogar hervorragend gefrühstückt. Jedenfalls sind wir so bei Kräften, dass wir nicht mit einer Leibwache durch die Gegend zu rennen brauchen«, antwortete Frank und blickte verächtlich auf die bewaffneten Jungs. Dann fügte er bissig hinzu: »Ich wusste gar nicht, dass du so viel Angst hast, von mir eins aufs Maul zu kriegen. Na ja, jetzt, wo Mami nicht mehr da ist.«

Wutentbrannt stürmte Kolja auf das Tor zu.

»Noch einmal so ein dummer Spruch und du bist fällig! Oder hast du schon vergessen, wie es euch vor der Kneipe erging?«

Ben zuckte innerlich zusammen. Das wollte er nicht unbedingt ein zweites Mal erleben.

Aber Frank antwortete ganz ruhig: »Vor der Kneipe? Ach, du meinst, als Ben und ich gegen zehn deiner Leute kämpften und du weggelaufen bist?«

Kolja kam drohend noch einen Schritt näher an das Tor heran. »Ich kann dich gerne hereinlassen, wenn du dich traust. Aber frag mich nicht, wie du wieder herauskommst!«, schimpfte er.

Jennifer zupfte Frank am Ärmel. Sie waren hier um Kolja zu überlisten, nicht um eine Schlägerei mit Koljas Leibwache zu beginnen. *Oh, diese verdammten Jungs!,* dachte Jennifer. Ewig müssen sie ihre Kräfte beweisen. *Wie kann man nur so blöd sein und Kolja jetzt so provozieren! Frank versaut noch den ganzen Plan!* Sie schob sich vor Frank. ➡

»Eigentlich hätten wir viel lieber gewusst, was du eigentlich willst«, sagte sie schnell, bevor Frank sich noch weiter mit Kolja einlassen konnte.

»Was ich will?«, lachte Kolja. »Das ist doch klar, was ich will. Oder haben deine beiden Helden dir das nicht erzählt? Ich will das, was mir zusteht: Ich bin der Chef dieser Stadt. Alle gehören unter mein Kommando. Solange ihr das nicht anerkennt, gibt es kein Wasser. So einfach ist das.«

»So einfach?«, fragte Jennifer. »Ich finde das eher ein bisschen größenwahnsinnig. Was willst du denn mit dem Kommando über die Stadt?«

Kolja stutzte. Das hatte er sich noch gar nicht überlegt. Er wollte eben einfach nur das Kommando über die Stadt haben. Wozu, wusste er auch noch nicht so genau. Aber er hatte auch keine Lust, darüber nachzudenken. Auf solche schwierigen Diskussionen ließ er sich nicht ein, schon gar nicht mit einem Mädchen. Er war sichtlich bemüht sich seine Planlosigkeit nicht anmerken zu lassen.

»In jeder Stadt hat immer irgendjemand das Kommando«, antwortete er unsicher. »Jetzt sind die Erwachsenen weg, also muss jemand von uns das Kommando übernehmen. Und das bin nun mal ich, bevor es irgend so eine Flasche von euch übernimmt. Das ist doch ganz einfach. Was gibt es da herumzureden?«

»Sehr einfach«, schmunzelte Jennifer, die sehr wohl bemerkt hatte, dass Kolja nicht die geringste Vorstellung davon hatte, warum er eigentlich seine

Forderung stellte. »Eine schwierige Lösung hätte ich von dir auch nicht erwartet.«

Kolja überging Jennifers Bemerkung und wiederholte seine Forderung: »Ihr habt viel Zeit euch zu überlegen, ob ihr euch meinem Kommando unterstellt. Ihr müsst schließlich selbst wissen, wie lange ihr ohne Wasser auskommt.«

»Damit kommen wir länger aus, als du denkst«, mischte sich jetzt Ben ein. »Schließlich leben wir hier nicht in der trockenen Wüste. In dieser Stadt gibt es kistenweise Mineralwasser, mit dem wir eine ganze Zeit lang hinkommen. Trotzdem hätten wir gerne, dass die Wasserleitungen wieder funktionieren. Allein schon wegen der Tiere im Zoo. Die brauchen etwas zu trinken.«

Kolja stieß mit dem Ellenbogen einen seiner Leibwächter an. »Wegen der Tiere im Zoo!«, höhnte er. Alle Jungen hinter dem Tor lachten. »Was gehen uns die Tiere im Zoo an?«, spottete Kolja weiter. »Von uns aus können die verrecken. Wenn ihr sie aber retten wollt, braucht ihr ja nur mein Kommando anzuerkennen. Also entscheidet euch.«

*Wie kann man nur so gemein sein,* dachte Ben. *Als ob die Tiere etwas dafür können, wenn wir uns hier herumstreiten!*

Kolja wollte sich gerade umdrehen und wieder in das rote Backsteingebäude des Wasserwerkes verschwinden. Aber Ben rief ihm in diesem Moment zu: »Wir haben uns längst entschieden!«

Kolja blieb auf der Stelle stehen und kam noch einen weiteren Schritt näher an das Tor heran.

»Ihr habt euch entschieden mein Kommando anzuerkennen?«, fragte er hoffnungsvoll.

»Keineswegs!«, antwortete Ben. »Wir haben uns entschieden, dass wir wieder Wasser bekommen. Und zwar von dir!«

Kolja glotzte verdutzt durch das Tor. Er brauchte einige Sekunden um zu begreifen, was Ben ihm da gerade gesagt hatte. Dann hatte er sich wieder gefasst.

»Und wie wollt ihr das anstellen, wenn ich fragen darf?«, wollte er wissen.

»Selbstverständlich darfst du fragen«, sagte Ben. »Ganz einfach: Die Lage ist etwas anders, als du denkst. *Wir* haben *dich* in der Hand.«

Kolja blickte sich verwirrt um, sah jeden einzelnen seiner Leibwächter an und wandte sich wieder an Ben: »*Ihr* habt *mich* in der Hand?«

»Ja«, bestätigte Ben und versuchte dabei so natürlich wie möglich zu wirken. »Wir wissen nämlich inzwischen, wie das alles gekommen ist, dass die Erwachsenen verschwunden sind. Ihr wisst das nicht. Und das Beste: Wir wissen es so genau, dass wir es inzwischen selbst können. Wir können bestimmte Leute zu bestimmten Zeiten verschwinden lassen.«

Kolja musterte Ben misstrauisch von oben bis unten. Der wollte ihn doch veralbern! »Wie soll denn das funktionieren?«, stammelte er. Eine bessere Frage fiel ihm in diesem Augenblick nicht ein.

»Unser Geheimnis!«, rief Jennifer dazwischen, die sich freute, dass der Plan zu funktionieren schien.

»Wenn ihr alles so genau wisst, warum holt ihr

dann die Erwachsenen nicht zurück?«, fragte einer der Leibwächter.

Jennifer sah verzweifelt zu Ben. Auf diese Frage war sie nicht vorbereitet. Was sollten sie denn jetzt sagen? War jetzt ihr Plan im Eimer?

Aber Ben antwortete ganz ruhig: »Wir wissen zwar, wie die Menschen verschwinden und können es selbst beeinflussen. Aber den umgekehrten Weg haben wir noch nicht herausgefunden. Wir können niemanden zurückholen, weil wir auch noch nicht wissen, wohin die Menschen eigentlich verschwinden.«

Das klang überzeugend. Schon deshalb, weil es der Wahrheit entsprach. Die ganze Geschichte von Ben entsprach der Wahrheit, bis auf den kleinen Teil, dass sie selbst Menschen verschwinden lassen konnten. Aber das wusste Kolja natürlich nicht.

Unsicher fragte Kolja nach: »Aber was hat das alles mit uns und dem Wasser zu tun?«

»Das wiederum ist ganz einfach«, antwortete Ben. »Wir verlangen von dir, dass bis Mitternacht das Wasser in der Stadt wieder läuft. Wenn nicht, werden wir deine Bande verschwinden lassen. Einen nach dem anderen, damit du Zeit zum Nachdenken hast. Wir sind ja keine Unmenschen. Sagen wir mal …« Ben legte eine kleine Pause ein, tat so, als würde er jetzt ganz spontan überlegen, blickte sich ein bisschen um und sah sich jeden einzelnen der Leibwächter genau an. Dann ließ er seinen Blick zum Pförtnerhäuschen schweifen und beendete seine Pause: »… sagen wir mal, wir beginnen mit dem da in dem Pförtnerhäuschen. Das ist doch Siggi, oder? Ja, eine gute Idee: Wenn wir bis Mitternacht kein Wasser haben, lassen wir Siggi verschwinden! Du hast die Wahl, Kolja.«

Kolja war vollkommen verdattert. Irgendwie war ihm die Sache aus der Hand gelaufen. Er hatte doch eigentlich die Forderung gestellt. Er war doch derjenige, der mit dem Wasserwerk alle Machthebel in der Hand hatte. Nun war es plötzlich umgekehrt!

»Ihr spinnt doch!«, brüllte er durch das Tor. »Wer sagt denn, dass ihr das wirklich könnt? Das glaube ich nicht, dass ihr Leute verschwinden lassen könnt.«

»Dann lass es doch!«, antwortete Jennifer und zuckte mit den Schultern. Ben verstand sofort und machte mit dem Bluff weiter.

»Ja«, sagte er. »Niemand zwingt dich uns zu glauben. Du wirst es ja sehen. Morgen kommen wir wieder.«

Auch Frank merkte, dass ihr Plan aufgegangen war. Jetzt war es Zeit, zu gehen und Kolja mit der Ungewissheit über ihre Macht allein zu lassen. Das würde für einige Verwirrung in Koljas Lager sorgen.

»Also, tschüs denn, Kolja. An deiner Stelle würde ich das Wasser ja wieder andrehen. Aber das musst du wissen.« Schon hatte Frank sich umgedreht und wollte sich auf den Weg machen. Ben und Jennifer schlossen sich ihm an.

»Stopp!«, rief Kolja plötzlich. Ben, Jennifer und Frank drehten sich um.

»Ich habe eine viel bessere Idee«, sagte Kolja und drehte sich zu seinen Leibwächtern um. »Schnappt sie!«, befahl er. Sofort spurteten die Leibwächter los und sprangen am Torgitter hoch um darüber hinwegzuklettern.

»Nichts wie weg!«, schaltete Frank blitzschnell. Frank, Ben und Jennifer rannten, so schnell sie konnten. In etwa hundert Meter Abstand liefen die ersten zwei Leibwächter hinterher. Für Frank, den Sportler, war das kein Problem. Und auch Jennifer hatte keine Mühe, den Abstand zu den Verfolgern zu vergrößern. Sie war immerhin die zweitschnellste Läuferin in der Klasse. Nur Ben pustete und keuchte hinterher. Laufen war noch nie seine Stärke gewesen. Frank blieb stehen.

»Lauf weiter«, rief er Jennifer zu. Dann drehte er sich um und wartete auf Ben. Frank suchte mit den Augen die Gegend ab. Aber er konnte nichts entdecken, womit er Ben hätte helfen können. In einiger Entfernung stand zwar ein Fahrrad an eine Hauswand gelehnt, aber das war abgeschlossen. Schon kamen die Leibwächter bedrohlich näher.

»Hier, rechts herum!«, rief Frank Ben zu.

Beide liefen rechts in eine kleine Seitenstraße.

»Was ist mit Jennifer?«, hechelte Ben.

»Mach dir um die keine Sorgen«, antwortete Frank hastig. »Die ist schnell genug.«

Ben hatte verstanden, dass er das Problem war. »Ich kann einfach nicht schneller«, keuchte er.

»Schon gut«, sagte Frank. »Aber du musst durchhalten. Hier entlang.« Die beiden rannten die nächste Seitenstraße links hinein, dann die nächste wieder rechts.

»Wo sind wir?«, fragte Ben im Laufen.

»Keine Ahnung«, antwortete Frank. »Aber wir müssen aus dem Blickfeld der Leibwächter verschwinden. Unsere einzige Chance, sie abzuhängen ist, dass sie uns suchen müssen. Da hinein!« Frank und Ben liefen in einen Hauseingang.

»Ich habe eine Idee!«, schnaufte Ben. »Lass die Haustür auf.«

»Bist du verrückt geworden?«, fragte Frank entsetzt. »Dann sehen sie doch gleich, dass wir hier reingelaufen sind.«

»Sollen sie ja«, bestätigte Ben und drückte auf einen roten Knopf um den Fahrstuhl zu rufen, vor dem sie standen. »Ich hoffe, es klappt. Sonst haben wir Pech gehabt.«

»Was hast du vor?«, fragte Frank.

»Guck raus, ob du die Leibwächter schon siehst«, entschied Ben nur knapp. »Und sag Bescheid, wann sie um die Ecke kommen. Sie sollen dich ruhig entdecken.«

Frank war mulmig zu Mute. Ben hatte einen Plan, gut, aber hoffentlich verrechnete er sich diesmal nicht. Aber jetzt war keine Zeit zum Diskutieren. Frank machte, was Ben ihm gesagt hatte, und blickte aus der Haustür zur Straßenecke. Inzwischen war der Fahrstuhl angekommen. Ben öffnete die Fahrstuhltür und drückte im Fahrstuhl den Knopf für das oberste, das achte Stockwerk. Er ging wieder aus dem Fahrstuhl raus, hielt die Tür aber noch geöffnet.

»Bei manchen Fahrstühlen klappt es«, sagte Ben. »Hoffentlich auch bei diesem!«

Frank konnte nicht mehr antworten. »Sie kommen!«, schrie er. »Und sie haben mich gesehen!«

»Gut, dann ab in den Keller!«, befahl Ben, der entdeckt hatte, dass die Kellertür nicht verschlossen war. Er ließ die Fahrstuhltür zuschnappen und folgte Frank in den Keller. Kaum hatte er die Kellertür hinter sich geschlossen, hörte er schon, wie der Fahrstuhl selbstständig nach oben fuhr und die Leibwächter ins Treppenhaus stürzten. Ben war zufrieden. Mit erhobenem Daumen zeigte er Frank an, dass sein Plan funktionierte. Aber Frank konnte im Dunkeln nichts sehen.

»Da, sie sind im Fahrstuhl nach oben gefahren«, hörte Ben hinter der Kellertür einen der Leibwächter rufen. Nun begriff auch Frank Bens Plan. Ben suchte im Dunkeln Franks Ohr, ging so dicht wie möglich an ihn heran und flüsterte: »Wie viele?«

Frank schaltete sofort und wusste, dass Ben die Leibwächter meinte. Er nahm Bens rechte Hand und zählte stumm mit seinen Händen die einzelnen Finger von Bens Hand ab. Ben verstand: fünf Leibwächter.

»Los, über die Treppe hinterher. Jetzt haben wir sie!«, rief ein anderer Leibwächter. Und schon stürzten alle fünf Leibwächter die Treppe hoch. Ben legte sein Ohr an die Kellertür und horchte gespannt.

»Einer muss unten bleiben«, hörte Ben, aber schon deutlich leiser. Sie mussten jetzt alle schon fast im ersten Stockwerk sein.

»Okay. Pit und ich gehen wieder runter!«

»Nein: Nur einer. Das reicht!«

Das war die Chance!

»Jetzt! Schnell!«, flüsterte Ben Frank zu und hatte schon so leise wie möglich die Kellertür geöffnet. Die beiden schlichen auf Zehenspitzen aus dem Keller heraus durch die Haustür nach draußen, während sie auf der Treppe die lauten Schritte des Leibwächters hörten, der wieder herunterkam.

»Und jetzt nichts wie weg!«, sagte Ben noch immer im Flüsterton und schon rannten beide so schnell sie konnten zurück zur Straßenecke und in umgekehrter Reihenfolge wieder zurück: die erste Seitenstraße links, dann rechts; da standen sie wieder auf der großen Straße, auf der sie sich von Jennifer getrennt hatten.

»Komm weiter«, sagte Ben. »Wahrscheinlich suchen die uns immer noch in dem Haus. Aber man kann ja nie wissen.«

»Nicht schlecht, dein Trick!«, gab Frank anerkennend zu. »Jetzt nichts wie zur Schule!«

In der Schule trafen Frank und Ben auf eine große Ansammlung von Kindern. Ungefähr fünfzig Schüler, schätzte Ben, standen auf dem Schulhof und wollten wissen, was eigentlich los wäre in der Stadt; das Ergebnis der Lautsprecherfahrten von Miriam, Norbert, Martin und Christopher. Thomas und Miriam standen auf dem Dach eines Pavillons – wie Ben vor vier Tagen, als die Erwachsenen gerade verschwunden waren – und bemühten sich, durch ein altes Megaphon, das sie im Schulkeller gefunden hatten, den Neuankömmlingen die Situation zu erklären. In der Pausenhalle waren einige andere Kinder dabei, das Abendessen vorzubereiten. Nudeln konnten sie an diesem Abend nicht kochen, weil das Wasser fehlte. Aber Martin hatte zum Glück während seiner Tour daran gedacht und zweihundert Dosen Ravioli mitgebracht.

Hundertdreißig Kinder saßen eine halbe Stunde später zufrieden in der Pausenhalle und mampften dampfende Ravioli.

Trotzdem herrschte nervöse Spannung. *Hatte Ben Recht? Würde Siggi wirklich um Mitternacht verschwinden? Und selbst wenn, würde Kolja auf den Trick hereinfallen und das Wasser wieder anstellen?* Überall in der Pausenhalle spekulierten die Kinder über diese Fragen. Frank holte sich noch einen Teller Ravioli.

»Vielleicht sollten wir jemanden zum Wasserwerk schicken, der heimlich beobachtet, was dort passiert?«, hörte er Jennifer sagen, als er zurück an seinen Tisch kam.

»Eine gute Idee!«, antwortete Miriam. »Jennifer, das können wir beide doch machen.« Jennifer war einverstanden und auch die anderen Kinder fanden, dass das eine gute Idee war. Also war es beschlossen.

Um zehn Uhr abends packten sich die beiden Mädchen einen Rucksack voll mit den wichtigsten Sachen: ein Funkgerät, zwei Taschenlampen, ein Fernglas aus dem Biologieraum, einige belegte Brote und eine Flasche Sprudel. Dann machten sie sich auf den Weg.

Sie hatten Glück: Als sie am Wasserwerk ankamen, sahen sie, dass Siggi noch immer – oder schon wieder? – in dem Pförtnerhäuschen saß. Jennifer und Miriam setzten sich an der Bushaltestelle auf eine Bank – genau dem Haupteingang des Wasserwerks gegenüber. Das war ein günstiger und bequemer Beobachtungsposten, weil diese Bushaltestelle – wie alle anderen in der Stadt auch – nicht beleuchtet war. Von hier aus konnten sie wunderbar in das beleuchtete Pförtnerhaus gucken, aber nicht gesehen werden.

Miriam öffnete den Rucksack und nahm sich ein Brot heraus.

»Ich bin so aufgeregt, dass ich schon wieder Hunger habe«, sagte sie und biss genüsslich in die Stulle.

»Ich habe drei volle Teller Ravioli gegessen. Ich bin pappsatt. Ich glaube, du kannst ruhig alle Brote essen, die wir mitgebracht haben«, antwortete Jennifer.

Miriam kaute an ihrem Brot, Jennifer beobachtete die Sterne in dem klaren, dunklen Himmel. Gegenüber in der Pförtnerloge und auf dem Hof des Wasserwerkes tat sich nichts. Jennifer sah auf die Uhr: 22 Uhr 45. Über eine Stunde mussten sie noch warten, dann würde sich herausstellen, ob Bens Plan funktionierte.

Nach einer kleinen Pause fragte Miriam: »Sag mal, Jennifer. Läuft da was zwischen dir und Ben?«

»Ach, ich weiß auch noch nicht«, antwortete Jennifer. Wenn sie mit Miriam alleine war, konnte sie freimütig über solche Themen reden. »Ich mag Ben wirklich sehr gern. Vielleicht hätte ich auch Lust mit ihm zu gehen. Aber ich glaube, er schnallt das nicht so richtig.«

»Warum sagst du es ihm nicht einfach?«, fragte Miriam gerade heraus. Sie war in solchen Fragen schon immer etwas direkter gewesen als Jennifer.

»Das kann ich doch nicht«, gab Jennifer sofort zurück. »Entweder Ben merkt, dass ich etwas von ihm will, oder er lässt es. Wenn er es nicht von allein merkt, hat das sowieso keinen Sinn.«

»Das finde ich aber überhaupt nicht«, hielt Miriam dagegen. »Also bei meinen letzten beiden Freunden war das so, dass ...«

Aber Miriam kam nicht mehr dazu, ihre Geschichte zu Ende zu erzählen.

»Schau mal!«, rief Jennifer dazwischen. Über den Hof des Wasserwerks schlenderten zwei Jungs auf das Pförtnerhäuschen zu. Einer von ihnen hatte ein kleines Paket in der Hand. Der andere wühlte in seiner Hosentasche, als suche er irgendetwas. Vor der Tür des Pförtnerhäuschens blieben sie stehen. Miriam kramte eilig das Fernglas aus dem Rucksack um sich die Sache näher anzusehen.

»Das ist ja ein Ding!«, staunte sie nach einem kurzen Augenblick.

Jennifer verstand nicht. Sie wollte auch mal das Fernglas nehmen um zu sehen, worüber Miriam so staunte. Aber die wies sie zurück.

»Moment noch«, sagte Miriam aufgeregt ohne das Fernglas von den Augen zu nehmen. »Die haben ihn eingeschlossen!«

Jennifer verstand noch immer nicht. Miriam reichte Jennifer das Fernglas und wiederholte, was sie gesehen hatte: »Siggi hält in dem Pförtnerhaus keine Wache, sondern sie haben ihn dort drinnen eingeschlossen!«, sagte Miriam aufgebracht.

Jennifer sah durch das Fernglas und überzeugte sich, dass Miriam sich nicht geirrt hatte.

»Tatsächlich«, wunderte sich Jennifer. »Was hat das zu bedeuten?«

Die beiden Jungs verließen das Pförtnerhäuschen wieder, schlossen die Tür sorgsam hinter sich ab und verschwanden über den Hof in die Richtung, aus der sie gekommen waren. Das Paket hatten sie Siggi gegeben.

»Die haben ihm nur etwas zu essen gebracht«, stellte Jennifer fest. Sie legte das Fernglas auf die Bank. »Ich vermute, Kolja will prüfen, ob wir die Wahrheit gesagt haben. Er dreht das Wasser nicht an, sondern lässt Siggi dort schmoren und beobachtet, ob er nach Mitternacht noch da ist oder nicht.«

»Und Siggi hat bestimmt was dagegen gehabt, für Kolja das Versuchskaninchen zu spielen«, ergänzte Miriam die Überlegungen von Jennifer. »Außerdem ist er ohnehin nicht der Mutigste. Ich wette, die haben mächtigen Streit bekommen und dann hat Kolja Siggi einfach eingeschlossen, damit er nicht abhaut.«

Jennifer nahm das Funkgerät und meldete ihre Beobachtungen an das Hauptquartier weiter. Auch Thomas und Ben, die in der Schule am Funkgerät saßen, fanden die Vermutungen von Miriam und Jennifer einleuchtend.

»Der arme Siggi«, bemerkte Ben. »Dem ist bestimmt ganz schön elend zu Mute. Obwohl er so oder so verschwinden wird. Aber das weiß er natürlich nicht.«

Miriam sah auf die Uhr: 23 Uhr 20. »Bald werden wir wissen, ob du Recht hast, Ben«, sagte sie.

»Ich gehe davon aus, dass es so sein wird, wie ich vermutet habe: Siggi wird um Mitternacht verschwinden«, antwortete Ben durch das Funkgerät.

»Und wenn nicht?«, fragte Jennifer.

»Keine Ahnung!«, sagte Ben.

Dann würden sie sich etwas anderes überlegen müssen um wieder an das Wasser zu kommen. *Aber was?*

Um zwei Minuten vor Mitternacht kam Leben auf den Hof des Wasserwerks. Von dem roten Backsteingebäude aus liefen Kolja und eine Schar weiterer Kinder zum Pförtnerhäuschen. Jennifer schätzte, dass es mindestens fünfzig waren, darunter aber nur zehn Mädchen, soweit sie das bei der Entfernung auf den ersten Blick sehen konnte. Siggi saß noch immer in dem kleinen Glaskasten und raufte sich mit beiden Händen verzweifelt die Haare. Vor ihm auf dem Schreibtisch lag seine Armbanduhr, auf die er unentwegt starrte. Miriam sah das alles durch das Fernglas.

»Er weint«, stellte Miriam fest.

»Das wundert mich nicht«, bemerkte Jennifer. »Guck dir mal die Meute an! Mit fünfzig Leuten stellen sie sich vor Siggi auf und gucken, ob er verschwindet oder nicht. Die sind echt gemein.«

»Ja, das kannst du aber laut sagen«, pflichtete Miriam bei, der Siggi jetzt wirklich Leid tat.

»Aber eigentlich machen wir ja gerade auch nichts anderes«, überlegte Jennifer laut.

Miriam senkte das Fernglas und drehte den Kopf zu Jennifer. »Das ist doch nicht dasselbe«, erwiderte sie empört. »Wir beobachten die Gegner, die der Stadt das Wasser abgedreht haben. Wir können ja wohl nichts dafür, dass sie Siggi eingesperrt haben!«

»Ja, ja, du hast schon Recht«, gab Jennifer zu.

»Wie spät ist es eigentlich?«, fragte Miriam, die wieder durch das Fernglas sah.

Jennifer sah auf die Uhr.

»Sieben Minuten nach zwölf«, las sie ab.

»Bist du sicher, dass deine Uhr richtig funktioniert?«, fragte Miriam misstrauisch nach. Jennifer bejahte die Frage.

Wieder ließ Miriam das Fernglas in den Schoß sinken.

»Siggi ist aber noch da«, sagte sie. »Nach Bens Theorie müsste er längst weg sein – wenn deine Uhr richtig geht.«

Jennifer nahm das Funkgerät und meldete die Neuigkeit ans Hauptquartier. Ben war auf der anderen Seite der Funkverbindung.

»Das verstehe ich nicht«, murmelte er verzweifelt. Um ihn herum drängten sich hundertdreißig Kinder, die natürlich nicht alle ins Schulbüro passten und sich deshalb auf dem Gang des Verwaltungsgebäudes der Schule zusammenzwängten. Enttäuscht ließen sie die Köpfe hängen. Bens Plan war doch so genial gewesen; sie alle hatten in der Nacht zuvor schon ausgelassen ihren Sieg über Kolja gefeiert. Und jetzt sollte alles fehlschlagen?

»Jetzt nimmt Kolja das Telefon«, meldete Miriam.

»Ich weiß auch, wen er anruft«, gab Ben einen Augenblick später durch. »Bei uns klingelt es nämlich.«

Frank ging ans Telefon im Schulbüro. Ben hielt das Funkgerät dicht an die Hörmuschel und drückte auf die Sprechtaste, damit Jennifer und Miriam das Telefongespräch mithören konnten.

»Hallo, Frank Zöllner! Na, was ist denn nun mit eurer Zauberei? Siggi ist immer noch bei uns!«, tönte Kolja aus dem Hörer. Frank schwieg. Kolja setzte nach: »Hat es euch die Sprache verschlagen? Ha, ha, das kann ich mir vorstellen. Ihr alten Angeber! Ich sage euch noch einmal: Ich bin der wahre Chef der Stadt. Und solange ihr das nicht kapiert, gibt es auch kein Wasser!«

Klick.

Kolja hatte wieder aufgelegt.

Er grölte und lachte in dem Pförtnerhäuschen. Seine fünfzig Anhänger jubelten und klatschten Beifall. Die, die noch draußen auf dem Hof standen, schossen mit ihren Pistolen einige Leuchtkugeln in die Luft.

»Habt ihr alles mitbekommen?«, fragte Ben mit trauriger Stimme über Funk.

»Ja«, antwortete Jennifer. »Was meinst du, was hier los ist?« Sie schilderte Ben Koljas Feier, die sie und Miriam gerade von der Bank aus beobachteten. Vor Aufregung und Enttäuschung achteten die beiden Mädchen nicht darauf, dass sie jetzt in dem hellen roten und grünen Licht der Leuchtkugeln wunderbar vom Hof des Wasserwerks aus zu sehen waren. Als sie es merkten, war es zu spät. Sie konnten sich nicht vorstellen, woher die Jungen so schnell gekommen waren, aber plötzlich waren sie von zehn Bandenmitgliedern umzingelt.

»Wen haben wir denn da?«, feixte einer von

ihnen. »Sind das nicht die Mädchen, die zu Ben und Frank gehören?«

Ein zweiter Junge bestätigte diese Vermutung.

»Na, da wird sich Kolja aber freuen!«, sagte wieder der Erste und packte Miriam grob am Arm. Er zog sie von der Bank hoch und wollte sie sogleich über die Straße zum Wasserwerk schleifen. Aber Miriam hatte ihm schon einen kräftigen Tritt gegen das Schienbein verpasst. Der Junge jaulte laut auf und humpelte auf einem Bein zwei Meter zurück.

»Fass mich nicht an, du ätzender Typ!«, fauchte Miriam ihm hinterher. Zwei andere Jungen stürzten sich auf Miriam und hielten sie an beiden Armen fest.

»Mitkommen!«, schrien sie Miriam an.

Jennifer sprang von der Bank auf.

»Lasst sie los!«, brüllte sie, aber es hatten sich bereits zwei weitere Jungen zwischen sie und die gefangene Miriam geschoben.

»Keine Chance«, sagte ein dicker Junge mit kahlem Kopf und Baseball-Mütze, der direkt vor Jennifer stand und sie gehässig angrinste.

»Es hat keinen Sinn. Komm lieber so mit. Ich schlage nämlich keine Mädchen«, betonte er mit großmütiger Geste.

»Wie praktisch«, erwiderte Jennifer, »aber ich schlage Jungen!« Kaum hatte sie es ausgesprochen, schlug sie dem Dicken den Rucksack auf den Kopf, in dem sich noch die Flasche Sprudel befand. Der Dicke schrie, sackte vornüber und hielt sich mit beiden Händen den schmerzenden Kopf. Warm lief es ihm über die Hände.

»Ich blute!«, schrie er. »Mein Kopf blutet!«

Einen Moment lang standen die anderen Jungen wie gebannt da und schauten entsetzt auf ihren Kumpel. Jennifer nutzte diesen kurzen Augenblick. Sie machte einen großen Satz über die Bank – genau in die Lücke, die die beiden Jungen hinterlassen hatten, als sie Miriam abführten. Bei der Landung wäre Jennifer beinahe gestolpert, aber im letzten Moment konnte sie sich noch fangen. Jennifer lief so schnell, wie sie in ihrem Leben noch nicht gelaufen war. So kam es ihr jedenfalls vor. Sofort spurteten drei der zehn Jungen hinter ihr her.

»Lauf, Jennifer, lauf! Du schaffst es!«, schrie Miriam hinter ihr her.

»Halt die Klappe!«, befahl ihr einer der Bewacher und verdrehte ihr den rechten Arm so stark, dass Miriam am liebsten aufgeschrien hätte. Aber die Blöße wollte sie sich vor der Bande nicht geben. Tapfer biss sie die Zähne zusammen und schluckte den Schmerzensschrei hinunter. Anstatt zu schreien sagte sie zu dem Jungen, der ihr so weh tat: »Jennifer ist die zweitschnellste Läuferin der Klasse. Die kriegt ihr nie!«

Der Junge drehte kurz den Kopf um selbst zu sehen, wie schnell Jennifer lief. In diesem Moment der Unachtsamkeit riss Miriam ihre rechte Hand los, kratzte dem zweiten Bewacher mit ihren Fingernägeln quer durchs Gesicht, so dass dieser gellend aufschrie und sich die blutende Nase hielt. Blitzartig drehte Miriam sich um und trat dem Ersten, der sich gerade wieder auf sie stürzen wollte, kräftig gegen das Schienbein. Auch dieser Bewacher jaulte auf, zog das Bein an und humpelte auf dem anderen im Kreis herum. Miriam lief sofort los. Aber sie hatte keine Chance. Fünf andere Jungen standen noch da und packten sie an den Armen und in den Haaren. Miriam kreischte, trat mit den Füßen und biss wie ein tollwütiger Hund um sich. Die Jungen sprangen beiseite, hüpften zurück und sahen zu, dass sie ihre Hände in Sicherheit brachten. Aber einer war immer da, der dann wieder neu zupackte, wenn Miriam sich gerade von einem anderen befreit hatte; gegen fünf Jungen gleichzeitig hatte selbst eine fauchende und um sich schlagende Miriam keine Chance. Die Jungen schleppten sie in das Pförtnerhäuschen, in dem vor ein paar Minuten noch Siggi eingesperrt gewesen war. Der stand jetzt auf dem Hof. Um ihn herum grölten und jubelten noch immer die vierzig anderen Jungen und Mädchen. Kolja schlug Siggi freundschaftlich auf die Schulter.

»Hab ich ja gleich gesagt«, hörte Miriam Kolja reden. »Die können keine Menschen verschwinden lassen.«

Aber Siggi zeigte Kolja nur eine grimmige Miene.

»Tu bloß nicht so«, schimpfte er. »Du warst dir überhaupt nicht sicher. Und du bist bereit gewesen mich verschwinden zu lassen. Hau bloß ab!«

Miriam bemerkte, dass Siggi ein deutliches Zittern in der Stimme hatte. Es fehlte nicht viel, dann würde Siggi anfangen zu heulen, dachte Miriam bei sich. Auch Kolja entging das Zittern in Siggis Stimme nicht.

»Oho«, tönte Kolja. »Hört euch den an! Jetzt ist er auch noch sauer, weil ich den Plan der Milchgesichter Frank und Ben durchschaut habe! Aber merke dir eines, du Pfeife ...«, dabei schaute er Siggi sehr ernst an, »Kolja gibt nicht auf; schon gar nicht wegen einer Memme wie dir!«

Jetzt war es so weit: Siggi begann zu weinen. Die anderen Jungen lachten ihn aus. »Seht euch den an, der weint ja wie ein Mädchen!«

Miriam wurde wütend, als sie das hörte. *Weint wie ein Mädchen! Was soll das denn heißen?*, dachte Miriam. *Gerade habe ich zwei Jungen die Schienbeine blau getreten, einem anderen die Nase zerkratzt und musste dann von fünf Jungen gleichzeitig überwältigt werden und die machen solche Sprüche! Typisch Jungs, die halten sich immer für die Größten!* Miriam bemerkte, wie die Tür des Pförtnerhäuschens hinter ihr verschlossen wurde. Sie drehte sich um und streckte den Bewachern die Zunge raus. »Knallköpfe!«, schrie sie. »Ihr seid doch echte Knallköpfe!«

Jennifer war gerannt, wie sie nur rennen konnte. Das war bereits das zweite Mal, dass sie vor Koljas Schlägern türmte. *Irgendetwas mache ich falsch*, dachte Jennifer, *ständig habe ich diese Typen auf den Fersen!* Aber schon am Nachmittag hatte sie ihre Verfolger spielend abgeschüttelt. Auch diesmal schaffte sie es, obwohl ihr Vorsprung jetzt sehr viel knapper war. Doch schon nach ein paar hundert Metern hatten Koljas Leute die Verfolgung mit hechelnder Zunge aufgegeben. Nie hätte Jennifer sich träumen lassen, dass es ihr einmal so nützlich sein würde, derart schnell laufen zu können. Ihr Sportlehrer war bei den Bundesjugendspielen zwar immer begeistert von ihr gewesen, sie selbst hatte sich aber nie besonders viel aus den großen Urkunden gemacht, die sie dort einheimste. Sie fand die Urkunden eher hässlich und einfallslos. Aber jetzt war Jennifer wirklich zum ersten Mal in ihrem Leben froh darüber, dass sie so schnell war.

Völlig außer Atem kam sie in der Schule an und stürzte über den Schulhof ins Schulbüro. Erschrocken fuhren Ben, Frank, Thomas und die anderen Kinder zusammen, als Jennifer hereinplatzte. Noch immer standen sie nämlich am Funkgerät und riefen wieder und wieder: »Jennifer! Miriam! So meldet euch doch! Was ist passiert?«

»Was machst du denn hier?«, fragte Ben, der sich als Erster von dem Schrecken erholt hatte. »Wo ist Miriam? Wieso seid ihr nicht mehr beim Wasserwerk?«

»Langsam!«, schnaufte Jennifer. Sie japste einige Male nach Luft, ließ sich erschöpft auf einen Stuhl fallen, den Frank ihr sofort freigemacht hatte, und begann aufgeregt und stockend zu erzählen.

Nachdem Jennifer alles berichtet hatte, herrschte im Schulbüro betretene Stille.

»Dein Plan hat nicht funktioniert, Ben«, sagte

Frank. »Irgendetwas war falsch: Das Leben in der Stadt läuft nicht so wie im Computerspiel.«

Ben schüttelte den Kopf. Er konnte nichts erwidern. Auch er wusste keine Erklärung dafür, warum Siggi nicht verschwunden war – und doch: Irgendetwas in seinem Inneren sagte ihm, dass er Recht hatte. Er musste einfach Recht haben. Denn wenn nicht, hieß es, dass ihr ganzes Leben in der Stadt doch nicht nach den Computerregeln funktionierte. Aber nur nach diesen Regeln würden sie durch die vierte Ebene endlich zurück zu den Erwachsenen kommen. Es musste eine logische Erklärung dafür geben, dass Siggi nicht verschwunden war. Ben wusste, er musste diese Lösung finden um nicht die Hoffnung aller Kinder aufs Spiel zu setzen. Er spürte, welche Verantwortung plötzlich auf ihm lastete. Zum ersten Mal war seine Computerverspieltheit bitterer Ernst. Jetzt kam es darauf an, sein ganzes Wissen über Computer zum Wohle aller einzusetzen. Ben atmete tief durch – und behielt seine Gedanken lieber für sich.

»Wo ist eigentlich das Funkgerät?«, fragte Norbert schließlich.

Jennifer zuckte die Schultern. »Keine Ahnung. Entweder haben sie es Miriam abgenommen oder es liegt noch auf der Bank, auf der wir gesessen haben.«

Norbert runzelte die Stirn. »Das bedeutet«, sagte er, »dass wir jetzt davon ausgehen müssen, dass Kolja unsere Funksprüche abhören kann – zumindest die, die an alle Gruppen gerichtet sind.« Er wandte sich an Thomas: »Thomas, du darfst die Gruppen also nur noch einzeln anfunken. Keine Sammelaufrufe mehr!«

»Das hab ich längst kapiert«, antwortete Thomas. »Ich frage mich bloß: Was machen wir jetzt? Noch immer herrscht Kolja über das Wasser und jetzt hat er sogar Miriam. Die Situation ist schlimmer als heute Morgen. Sag mir mal einer, was wir jetzt machen sollen?«

»Fang bloß nicht wieder an hier rumzujammern«, zischte Ben, den es allmählich nervte, dass Thomas stets nur das Schlimmste voraussah. »Lasst uns erst mal schlafen gehen. Es ist mittlerweile zwei Uhr nachts. Und morgen brauchen wir alle einen klaren Kopf um neue Pläne zu schmieden.«

»Eine gute Idee«, stimmte Frank zu. »Heute können wir ohnehin nichts mehr für Miriam tun.« Frank half der erschöpften Jennifer vom Stuhl hoch und wollte mit ihr gerade das Schulbüro verlassen. In diesem Moment klingelte das Telefon.

Frank und Jennifer blieben stocksteif stehen, auch die anderen starrten auf den Apparat. Das konnte nur Kolja sein! Jetzt wurde es Ben aber zu viel. Er sprang auf, riss den Hörer von der Gabel und brüllte in die Sprechmuschel hinein: »Jetzt habe ich aber genug von dir, du Affenhintern! Gib Miriam frei und stell das Wasser wieder an! Was glaubst du eigentlich, wer du bist?«

»Bis jetzt dachte ich immer, ich wäre Miriam«, kam es von der anderen Seite zurück.

»Miriam!« Ben kreischte vor Erstaunen in den

Hörer. Sofort stürmten alle anderen Kinder auf Ben zu und drängten sich dicht an ihn um Miriams Stimme aus dem Hörer mitzubekommen. Ben kreischte weiter: »Miriam, wo bist du? Was machst du? Wo ist Kolja?«

»Nun halt doch mal die Luft an, sonst wirst du das nie erfahren«, sagte Miriam.

Ben schloss abrupt den Mund.

»Ist Jennifer heil bei euch angekommen?«, fragte Miriam als Erstes, nachdem sie zu Wort gekommen war.

»Alles okay, meine Liebe«, schrie Jennifer von hinten.

»Super!«, freute sich Miriam und erzählte weiter. »Ich bin leider nicht so schnell im Laufen wie Jennifer. Deshalb haben sie mich geschnappt. Aber ich hab ihnen ordentlich Zunder gegeben. Zwei haben blaue Schienbeine; einer humpelt, glaube ich, immer noch. Ein anderer hat eine wunderbar zerkratzte Nase. Der kann sich so schnell nicht wieder in einer Disco mit Gesichtskontrolle sehen lassen.«

»Super!«, schrie Jennifer wieder von hinten. Mit großer Anstrengung konnte sie alles mithören. Aber Ben winkte ab.

»Toll, Miriam, aber Geschichten kannst du uns später erzählen. Wo bist du? Was ist mit dir?«

»Was heißt hier Geschichten?«, empörte sich Miriam. »Alles nackte Tatsachen.«

»Das glauben wir ja«, beruhigte Ben sie ungeduldig. »Nun erzähl doch!«

»Ja, ja«, antwortete Miriam. »Ich bin gefangen. Im Pförtnerhaus. Wie Siggi vorher. Aber in ihrem Jubel darüber, dass Siggi noch da ist, haben sie völlig vergessen, dass in dem Pförtnerhäuschen ein Telefon steht. Und ich hatte mir die Schulnummer ja auf die Hand geschrieben. Vor einer halben Stunde sind alle wieder in das rote Backsteinhaus gegangen – bis auf Siggi. Der ist stocksauer, dass Kolja ihn geopfert hätte. Also ist er draußen sitzen geblieben und hat geschmollt. Hier direkt vor dem Pförtnerhaus.«

»Und der kriegt jetzt alles mit, während du telefonierst?«, unterbrach Ben Miriam.

»Nein, nein!«, antwortete Miriam schnell. »Das ist es ja, weshalb ich hauptsächlich anrufe: Siggi ist verschwunden!«

Ben stockte einen Augenblick. Dann fragte er nach: »Was heißt das: *Siggi ist verschwunden?*«

»Na ja, verschwunden! Er war plötzlich weg. Von einer Sekunde auf die andere. Ich saß so da und hatte noch beobachtet, wie er beleidigt vor sich hinmurmelte. Und dann war er plötzlich weg!«

»Das sagst du erst jetzt? Wann war das?«, wollte Ben genau wissen.

»Was heißt das, das sage ich erst jetzt? Du lässt mich ja nicht zu Wort kommen«, rechtfertigte sich Miriam. »Das war vor zehn Minuten ungefähr.«

»Aber das bedeutet ja: Unser Plan hat funktioniert! Siggi ist doch verschwunden. Wie ich gesagt hatte«, rief Ben aufgeregt. Ihm fiel die Last der Verantwortung zentnerschwer von den Schultern. Er hatte es ja gewusst. Es funktionierte doch alles nach den Regeln des Spiels!

»Ja!«, bestätigte Miriam. »Das Problem ist nur: Es passierte knapp zwei Stunden zu spät. Niemand hat das mitbekommen. Nur ich.«

Ben überlegte.

»Was ist los? Ben! Bist du noch dran?«, rief Miriam.

Frank nahm Ben den Hörer aus der Hand.

»Ja, wir sind noch dran, Miriam. Hast du noch Zeit? Kannst du in Ruhe sprechen?«, fragte er.

Miriam bestätigte.

»Pass auf«, setzte Frank fort. »Versteck das Telefon nach unserem Gespräch, wenn es geht. Wenn Koljas Leute das Telefon nicht mehr sehen, denken sie vielleicht auch nicht mehr daran. Wir werden dich nicht anrufen. Aber du kannst dich dann immer melden, wenn du alleine bist. Keine Angst, Miriam. Wir holen dich da raus!«

»Na, davon gehe ich auch aus!«, antwortete Miriam. »Ihr werdet mich hier ja wohl nicht sitzen lassen!«

»Ich hab's!«, rief Ben plötzlich.

»Was?«, fragte Frank.

»Wie ›was‹?«, fragte Miriam.

»Nein, ich meinte nicht dich, Miriam«, sagte Frank. »Ich meine Ben. Der hat irgendwas.«

»Was hat er denn?«

Frank gab den Hörer wieder an Ben.

»Ich weiß, warum Siggi so spät verschwunden ist«, sagte Ben in den Hörer und blickte dabei aber auch die anderen Kinder an, die im Schulbüro um ihn herumstanden. »Das kommt, weil Computer exakt arbeiten. Alle Leute verschwinden mit Vollendung des 15. Lebensjahres. Siggi ist aber vermutlich nicht genau um Mitternacht geboren, sondern um 1 Uhr 45! Also hatte er sein 15. Lebensjahr erst um 1 Uhr 45 beendet und ist folglich auch erst dann verschwunden. Dass ich daran nicht gedacht habe!«

»Ja, das wäre schön gewesen«, sagte Miriam durchs Telefon. »Dann hätte unser Plan funktioniert und ich säße hier nicht in Gefangenschaft.«

»Es tut mir Leid«, bedauerte Ben. »Aber es beweist, dass meine Theorie stimmt: Alles geschieht nach den Regeln des Computerspiels.«

»Und was nützt uns das jetzt noch?«, fragte Miriam. »Ich weiß nicht, ob noch jemand von denen morgen oder übermorgen Geburtstag hat.«

»Ich weiß noch nicht, was uns das nützt«, erklärte Ben. »Aber es ist immerhin ein Vorteil, den wir Koljas Bande gegenüber haben. Wir werden ihn nutzen. Verlass dich darauf, Miriam. Morgen holen wir dich da raus!«

*Wenn ich nur schon wüsste, wie,* dachte Ben, aber er sagte es nicht. Es musste ihm einfach etwas einfallen. Es musste!

Ben beendete das Telefonat mit Miriam.

An diesem Abend ging er sehr nachdenklich ins Bett und lag lange wach. Selbst als er in der Turnhalle schon längst das ruhige Schnaufen und leise Schnarchen der anderen hundertdreißig Kinder hörte, lag Ben noch lange, lange in seinem Schlafsack und grübelte.

*Es muss doch eine Lösung geben,* dachte Ben und spürte, dass sie wieder da war, die Verantwortung, die er aufgrund seines Computerwissens für alle trug. Er konnte ihr nicht entfliehen. Er war es, er ganz allein, dem einfallen musste, was als Nächstes zu tun war. *Es muss doch eine Lösung geben* … Dann endlich schlief auch Ben ein.

# Ben hat eine Idee

»Das ist es!« Ben schreckte aus dem Schlaf auf. Es war noch nicht einmal sechs Uhr morgens, doch Ben war plötzlich hellwach. Noch halb im Schlaf war ihm ein Gedanke aus heiterem Himmel durch den Kopf geschossen: *Alles was geschieht, passiert nach den Regeln des Computerspiels!* Mit diesem Gedanken war Ben schon ins Bett gegangen, war mit ihm eingeschlafen, und doch hatte ihm der Gedanke nur wenig gesagt. Jetzt aber war es ihm vollkommen klar. *Wie im Computerspiel!* Er brauchte ja das Computerspiel nur einmal von vorn bis hinten in Gedanken durchzuspielen – zumindest so weit, wie er es kannte. Ben ließ vor seinem geistigen Auge das gesamte Spiel vorüberziehen. *Zuerst erscheint die Stadt, die fahrenden Autos. Man muss die Straße hochgehen. Achtung: Der Blumentopf! Ein Blumentopf fällt aus einem Fenster. Man muss zur Seite springen.* Nein, das war jetzt nicht entscheidend. Weiter: *Wie war das noch? Ach ja: Man muss in den Laden gehen. Der Verkäufer ist kein Verkäufer, sondern ein Zauberer. In der Glaskiste liegt der Schlüssel. Den muss man bekommen.* Und dann erinnerte Ben sich an den Fehler, der beim Spielen immer wieder auftrat, an die Stelle, an der der ganze Schlamassel begann: Der Zauberer war plötzlich verschwunden, obwohl er nicht verschwinden sollte. *Natürlich!* Dass er nicht eher daran gedacht hatte!

»Das ist es!«, rief Ben. »So schnappen wir Kolja!«

Frank und Jennifer, die neben Ben lagen, sprangen auf.

»Was ist?«, rief Jennifer und sah sich verschlafen und verwirrt um. Auch Frank schaute quer durch die Halle, konnte aber nichts entdecken als schlafende Kinder.

»Sag mal, spinnst du?«, wandte er sich an Ben.

Ben überging die Frage. Er kroch dicht an Frank und Jennifer heran.

»Ich weiß, wie wir Kolja schnappen und Miriam befreien!«, flüsterte Ben ihnen zu. Er wollte nicht, dass noch mehr Kinder aufwachten. Seine Idee war zu heikel, als dass er sie nach der Pleite seines ersten Planes schon wieder der großen Runde anvertrauen wollte. Deshalb flüsterte er: »Ihr kennt doch auch das Computerspiel?«

Jennifer ließ sich zurück in den Schlafsack fallen und knallte mit dem Kopf in ihr Kissen. *Schon wieder das Computerspiel!*

Ben ließ sich nicht ablenken. »Frank, du kennst es doch auch!«

Frank nickte zaghaft.

»Ich habe die ganze Nacht darüber gegrübelt. Wie alles begann und so. Und dann fiel mir die Stelle mit dem Zauberer ein.«

»Welcher Zauberer?«, fragte Jennifer.

Ben erklärte ihr die Stelle des Spiels.

»Man muss jedenfalls in dem Laden die Glasvitrine erreichen, weil dort der Schlüssel für den nächsten Raum liegt. Zuvor aber muss man den Zauberer besiegen.«

»Na und?«, unterbrach wieder Jennifer. »Wollen wir jetzt Computer spielen oder was? Morgens um sechs?«

»Jetzt warte doch mal ab!«, forderte Ben ungeduldig. »Im Kampf mit dem Zauberer und auf dem Weg zur Glasvitrine muss man aber höllisch aufpassen. Denn mitten im Laden befindet sich eine Falltür. Sie führt in ein riesiges Labyrinth. Wenn du da erstmal drinnen bist – na dann, gute Nacht!«

Jennifer stöhnte laut auf. »Mensch, Ben! Komm zum Punkt. Ich bin todmüde«, jammerte sie.

»Alles, was wir erleben, geschieht nach den Regeln des Computerspiels!«, wiederholte Ben seine Theorie. »Das haben wir doch gesehen. Und gestern Abend mit Siggi, das war der endgültige Beweis.«

»Und jetzt glaubst du, hier in der Stadt lungert ein Zauberer herum?«, mokierte sich Jennifer.

Ben nahm die Frage ernst. »Nein«, antwortete er gewissenhaft. »Der ist ja zu alt, kann also nicht da sein.«

»Aber …?«, setzte Frank ein.

»Aber die Falltür!«, strahlte Ben. »Wenn alles wie im Computerspiel läuft, muss es jetzt einen Laden geben, in dem diese Falltür mit dem Labyrinth existiert!«

»So ein Quatsch!«, schimpfte Jennifer. »Das Computerspiel zeigt doch irgendeine Stadt und nicht unsere. Es hat sich doch nichts verändert.

Alle Häuser und Läden sind so, wie sie immer waren.«

»Du übersiehst bloß eine Kleinigkeit, Jennifer«, beharrte Ben. »Im Computerspiel ist die Stadt nur schematisch dargestellt. Alle Häuser sind nur symbolhafte Kästen. Deshalb können sie jede Form annehmen. Oder anders gesagt: Sie verändern unsere Gebäude nicht. Trotzdem können sich bestimmte Funktionen durchaus ändern.«

»Kapier ich nicht«, gab Frank zu.

»Das bedeutet«, erklärte Ben weiter, »ein Laden in unserer Stadt bleibt der gleiche Laden. Nur drinnen kann es plötzlich diese Falltür geben. Ein Keller, der immer nur ein Keller war, kann sich plötzlich in ein Labyrinth verwandelt haben. Ohne dass man es von außen sieht.«

»Das ist ja wohl abenteuerlich, was du da erzählst«, sagte Jennifer.

»Wir stecken schon seit einigen Tagen mitten in einem Abenteuer«, erwiderte Ben.

»Aber so etwas gibt es doch gar nicht: Plötzlich soll dort irgendwo ein Labyrinth sein?« Jennifer konnte es noch immer nicht glauben.

Aber Ben war mehr und mehr davon überzeugt. »Vor ein paar Tagen hätten wir auch noch nicht geglaubt, dass alle Erwachsenen einfach so verschwinden können. Und doch ist es passiert.«

Ja, das war tatsächlich passiert. Daran gab es auch für Jennifer nichts zu deuteln. Und immerhin: Wenn es eine Chance gab, Miriam zu befreien, musste man sie wahrnehmen – egal, wie klein sie auch war.

»Und du willst Kolja in diese Falltür locken?«, fragte Jennifer vorsichtshalber nach. Ben nickte.

»Wie sollen wir denn das machen? Warum sollte Kolja zu dem Laden kommen?«, fragte Jennifer weiter.

Auch das hatte Ben sich bereits überlegt: »Wir sagen ihm, wir gehen auf seine Bedingung ein und akzeptieren ihn als Chef der Stadt. Dafür muss er das Wasser andrehen und Miriam freigeben. Zur offiziellen Verhandlung laden wir ihn in das Geschäft mit der Falltür ein.«

Jennifer zweifelte, ob Kolja sich darauf einlassen würde. Aber das Problem konnte man auch später besprechen. Zunächst war etwas anderes wichtig. Nämlich: »Wo ist denn dieser Laden überhaupt?«, fragte sie.

»Das ist das Problem«, gab Ben zu. »Wir müssen ihn suchen.«

»Suchen?« Frank zog die Augenbrauen in die Höhe. »Du meinst, wir müssen alle Läden der Stadt nach einer Falltür absuchen?« Er hoffte sehr, dass er Bens Plan falsch verstanden hatte, denn alle Läden abzusuchen würde Tage dauern. Aber Ben hatte es genauso gemeint.

»Nicht nach einer Falltür müssen wir suchen, sondern nach einer Glasvitrine mit einem Schlüssel«, antwortete Ben. »Die Falltür wird man nicht sehen können.«

Frank stieß einen tiefen Seufzer aus. Wie sollte man das schaffen?

Ben erkannte, welche Zweifel Frank plagten. ➡

»Wir sind über hundert Leute«, versuchte er Frank zu beruhigen. »Wir können wohl hoffen, dass es nicht gerade der letzte Laden sein wird, in den wir hineingucken. Wenn wir uns konzentrieren, dann müsste die Suche in einem halben Tag zu erledigen sein.«

»Ich sehe ein anderes Problem«, wandte Frank ein. »Viele von den hundertdreißig Schülern kennen wir gar nicht richtig. Ich weiß nicht, ob wir allen trauen können. Wenn nur einer dabei ist, der Kolja unseren Plan verrät, können wir einpacken.«

Ben nickte. Auch er hatte diese Befürchtung.

»Wir müssen uns einen Vorwand ausdenken, unter dem wir alle gemeinsam auf die Suche gehen«, schlug Frank vor.

»Nein!«, lehnte Jennifer ab. »Bisher haben wir alles gemeinsam gemacht und auch gut bewältigt, finde ich. Jetzt sollten wir uns nicht als Sonderlinge aufspielen, die geheime Pläne schmieden, und die anderen nur für uns laufen lassen. Das finde ich nicht richtig.«

»Aber das Risiko ist zu groß«, erwiderte Ben. »Wir sind nicht sicher, ob alle wirklich zu uns halten. Der Plan ist zu wichtig um ihn zu gefährden.«

»Das finde ich auch«, stimmte Frank zu. »Manchmal muss eben jemand bestimmen.«

»Manchmal muss eben jemand bestimmen!«, wiederholte Jennifer naserümpfend. »Genau das hat Kolja auch gesagt.« Jennifer spürte, wie die Wut in ihr aufstieg. *Irgendwie sind alle Jungen gleich, dachte sie ärgerlich. Bei der kleinsten Gelegenheit wollen sie die Bestimmer sein oder müssen beweisen, wie stark sie sind; wie Frank vor dem Wasserwerk, als er sich fast mit Kolja geprügelt hätte.*

Jennifer atmete tief durch um nicht loszubrüllen in ihrer Wut. Sie bemühte sich ruhig zu sprechen, wodurch ihre Stimme leicht vibrierte: »Wenn ich euer dämliches Computerspiel richtig verstanden habe, dann gibt es Punkte dafür, dass man möglichst viele Kinder der Stadt sammelt um mit ihnen *gemeinsam* die Aufgaben zu lösen. Folglich: Wenn man Kinder hintergeht oder sie beschummelt, müsste es Punktabzüge geben – wenn das beknackte Spiel einigermaßen logisch ist.«

Ben und Frank sahen sich mit großen Augen an: Tatsächlich! An manchen Spielstellen war es wirklich so – oder zumindest so ähnlich: Wenn man Kinder aus der Gemeinschaft verlor, verlor man auch Punkte.

Jennifer merkte, dass sie auf dem richtigen Weg war: »Und wenn in dieser Stadt nun alles nach den Regeln dieses verfluchten Computerspiels funktioniert, wie du behauptest, Ben ...« Das Ben hatte Jennifer so scharf ausgesprochen, dass dieser kurz zusammenzuckte, »... dann werden wir die Probleme dieser Stadt nicht lösen, wenn wir die Kinder nicht in unsere Pläne einweihen!«

Ben und Frank waren sprachlos. Jennifer hatte ihnen eine gehörige Standpauke gehalten und sie hatte Recht! Genau das war das Prinzip des Spiels und Ben hatte nicht daran gedacht. Er, der hervorragende Mathematiker und Computerspezialist, hatte sich von Jennifer mal eben die logischen Regeln des Spiels erklären lassen müssen. Sie hatte ihn mit seinen eigenen Waffen geschlagen, denn es war ja Bens Idee, dass die Stadt nach den Regeln des Computerspiels funktionierte.

Ben räusperte sich verlegen. *Sie hat Recht,* wusste er.

Ja, das hatte Jennifer, und zwar mehr, als sie selbst in diesem Moment wusste. Denn Ben merkte, dass er nicht immer nur allein die großartigen Lösungen erfinden musste – auch, wenn er der ›Computerspezi‹ war. Jennifer hatte ihm soeben eindrucksvoll bewiesen, dass auch andere Kinder durchaus die Lage begriffen und Ideen hatten, wie es weitergehen konnte. Ben fühlte sich erleichtert bei dem Gedanken, nicht mehr allein über das Computerspiel grübeln zu müssen. Aber er hatte auch ein komisches Gefühl im Magen, denn: Wie oft wohl hatte er in der Vergangenheit die anderen, die keine Mathegenies waren, unterschätzt und vor den Kopf gestoßen?

Frank kratzte sich nachdenklich am Kopf, Jennifer stand auf.

»Wo willst du hin?«, fragte Frank.

»Wir haben gerade einen Plan geschmiedet«, antwortete Jennifer entschieden. »Jetzt gilt es, eine Versammlung vorzubereiten. Weckt die anderen und sagt ihnen Bescheid. In einer halben Stunde fangen wir an.« Jennifer drehte sich um und verließ die Turnhalle. Sie hatte wieder einmal die Sache in die Hand genommen.

Eine dreiviertel Stunde später informierte Jennifer in der Versammlung die anderen Kinder über Bens Idee. Die Stimmung war geteilt. Einige, wie Thomas und Norbert, waren sofort bereit den neuen Plan zu verwirklichen um Kolja endlich das Handwerk zu legen und wieder ans Wasser zu kommen. Andere hingegen waren sehr skeptisch. Sie hatten alle Hoffnungen auf Bens ersten Plan gelegt und der war gründlich schief gegangen. Sie wollten sich keine zweite Niederlage einhandeln. Aber so sehr sie auch überlegten, ihnen fiel auch kein besseres Vorgehen ein, also stimmten sie dem Vorschlag von Jennifer schließlich zu.

Schnell hatten sich die Kinder in kleine Gruppen aufgeteilt und zogen los um einen Laden zu suchen, in dem eine Glasvitrine stand. Darin musste ein Schlüssel liegen.

»Halt, stopp!«, rief Ben, als die ersten Gruppen schon fast zur Tür hinausgegangen waren. »Ihr müsst verflixt aufpassen. Die Falltür wird nicht zu sehen sein. Guckt euch vorsichtig nach der Vitrine um, aber rennt nicht wild in dem Laden umher. Und noch eines: Es wird wahrscheinlich ein sehr kleiner Laden sein. Die Kaufhäuser braucht ihr nicht zu durchsuchen.«

Die Kinder nahmen Bens Warnung mit auf den Weg und verschwanden in alle Himmelsrichtungen. Thomas blieb wieder in der Zentrale am Funkgerät. Diesmal musste er aber auch noch aufs Telefon aufpassen. Die Kinder hatten sich in so viele Gruppen aufgeteilt, dass die Funkgeräte bei weitem nicht ausreichten. Viele würden deshalb von außerhalb anrufen und die Ergebnisse ihrer Suche durchgeben. Aber Thomas hatte eine eifrige Hilfe gefunden: Der kleine Max wollte unbedingt den Telefondienst übernehmen und Thomas kam die Unterstützung nur recht. Zu viel Hektik war nicht seine Sache – aber die konnte bei der Bedienung von zwei Apparaten leicht entstehen. Das war jedenfalls Thomas' Ansicht.

Eine volle Stunde warteten Thomas und Max vor den Apparaten, aber nichts rührte sich. Max wurde ungeduldig. Er saß gelangweilt auf einem Stuhl und ließ die Beine baumeln. Mit einer Lupe fing er die Sonne, die durchs Fenster schien, so ein, dass der gebündelte Sonnenstrahl den Tisch des Direktors ankokelte.

»Max, steck uns nicht die ganze Bude in Brand«, ermahnte ihn Thomas, als der Tisch schon anfing zu qualmen. Max wollte gerade etwas erwidern, da klingelte das Telefon. Max sprang auf, riss den Hörer von der Gabel und meldete sich: »Hier Hauptquartier der guten Kinder. Max im Dienst.«

Thomas grinste ihn an.

»Hallo Max«, kam es vom anderen Ende. »Was machst *du* denn da? Hier ist Miriam. Ist sonst noch jemand da?«

»Die sind alle weg, eine Falltür suchen, damit Kolja da reinfällt. Und dann bist du gerettet«, antwortete Max.

Miriam verstand kein Wort. Thomas nahm Max den Hörer aus der Hand.

»Es ist Miriam aus dem Hauptquartier der Bösen«, flüsterte Max ihm geheimnisvoll zu. Thomas nickte.

»Hallo, Miriam. Wie geht es dir?«, fragte er ins Telefon.

»Geht so. Was ist denn mit Max los?«

Thomas erklärte ihr den Plan. Währenddessen piepste das Funkgerät. Max sprang heran und drückte auf die richtige Taste.

»Hier Hauptquartier …« Aber da wurde Max schon unterbrochen.

»Wir haben sie gefunden!«, rief Martin aus dem Funkgerät heraus. »Wir haben die Glasvitrine!«

Max ließ das Funkgerät zu Boden fallen, sprang auf Thomas zu, zerrte ihn am Pullover und schrie: »Sie haben ihn, sie haben den Glaskasten!«

Thomas verabschiedete sich von Miriam, schlich – so kam es Max vor – zum Funkgerät, hob es langsam vom Boden auf und fragte: »Wo?« Dann notierte er: *Beim Frisör in der Kleinen Gartenstraße. Norberts Gruppe.* »Gut«, sagte er dann. »Bleibt da. Ich schicke die anderen zu euch.«

Schon klingelte das Telefon. Max ging ran: »Hier Hauptquartier der guten Kinder. Max im Dienst.« Max freute sich, dass er nicht unterbrochen wurde.

Kathrin war dran und meldete: »Wir haben den Laden mit der Vitrine gefunden! Es ist die Zoohandlung in der Bäckergasse!«

»Noch ein Glaskasten?«, wunderte sich Max. Er wandte sich an Thomas: »Kathrin hat den Glaskasten auch gefunden, in der Zoohandlung.«

Thomas ahnte Schlimmes. Er übernahm den Hörer und sagte: »Bleibt, wo ihr seid, und ruft in einer halben Stunde noch einmal an. Dann sage ich euch, was weiter passiert.« Er legte den Hörer wieder auf die Gabel und notierte die neueste Meldung. Und schon wieder klingelte das Telefon. Diesmal nahm Thomas selbst ab, obwohl es ihm allmählich schon zu hektisch wurde.

»Ihr etwa auch?«, meldete er sich.

»Was soll das denn heißen?«, fragte Christopher von der anderen Seite. »Wir haben die Vitrine gefunden und werden so blöd begrüßt?« Thomas erklärte ihm, dass er bereits der Dritte war, der die Glasvitrine gefunden hatte, und notierte auch diesen Standort: *Der Schlüsseldienst in der Hauptstraße.* Dann gab er Christopher die gleiche Anweisung wie zuvor Kathrin.

»Ich hab ja gleich gesagt, dass Bens Plan nichts taugt«, maulte Christopher und hängte ein.

»Es gibt ganz schön viele Glaskästen in der Stadt, was?«, fragte Max. Thomas stimmte ihm schweigend zu. Er sah Böses auf sie alle zukommen.

# Der Zauberer

Erschöpft ließ Ben sich im Schulbüro auf den Boden sinken. »Nichts!«, stöhnte er. »Sechs Stunden sind wir durch die Läden marschiert. Keine Spur von einer Vitrine mit einem Schlüssel.«

»Da haben die anderen aber besser gesucht«, bemerkte Max. »Die haben den Glaskasten gefunden.«

Im Nu stand Ben wieder auf den Beinen. »Was? Ihr habt die Glasvitrine gefunden und sagt uns nicht Bescheid?«, empörte er sich.

Thomas winkte ab. »Ganz ruhig, Ben«, sagte er. »Fünf verschiedene Gruppen haben bis jetzt fünf verschiedene Vitrinen gefunden. Alle sind der Überzeugung, die richtige zu haben. Und vier Gruppen sind noch unterwegs.« Thomas nahm sein Buch für besondere Vorkommnisse zur Hand und las laut vor: »Eine Vitrine steht beim Frisör in der Kleinen Gartenstraße, eine in der Zoohandlung, eine dritte im Schlüsselzentrum, die vierte wurde vor einer Stunde gemeldet. Sie befindet sich im Museum und die letzte wurde vor zehn Minuten gefunden, im Baumarkt.«

Ben rutschte, mit dem Rücken an die Wand gelehnt, langsam auf den Fußboden. »Oh je«, jammerte er. »Ich wette, keine davon ist die richtige.«

»Warum denn nicht?«, wollte Max wissen.

»Weil es alles Läden sind, in denen es die Glasvitrinen mit den Schlüsseln schon immer gab. Gehen wir sie doch einmal der Reihe nach durch:

Den Frisör in der Kleinen Gartenstraße kenne ich. Die haben einen Glastresen, in dem immer die Schlüssel des Ladens liegen. Nichts Besonderes. Die Zoohandlung? Der ganze Laden ist voll mit Glaskästen. Denkt nur an die Aquarien. In denen liegt alles mögliche Zeug als Verzierung der Landschaft: alte Blumenvasen, Spielzeugschiffe und bestimmt auch alte Schlüssel. Ich glaube nicht, dass das unser Glaskasten ist.«

»Und dass man beim Schlüsseldienst Schlüssel findet, die hinter Glas ausgestellt sind, ist auch nicht besonders einfallsreich«, ergänzte Frank.

»Und das Gleiche gilt für das Museum und den Baumarkt«, ergriff wieder Ben das Wort. »Ich glaube, wir müssen eine Glasvitrine suchen, die vorher noch nicht dort war, sondern erst durch das Computerspiel dorthin gezaubert wurde.«

»Gezaubert?«, fragte Max interessiert. »Können Computer zaubern?«

»Nein, eigentlich nicht«, versicherte Ben. »Aber im Moment bin ich mir da selbst nicht mehr so sicher. Die ganze Zeit schon treibt das Computerspiel mit uns Dinge, die es eigentlich gar nicht kann.«

»Verstehe ich nicht«, entschied Max und begann wieder mit der Lupe zu spielen. Der Tisch des Direktors fing an zu schmoren.

»Max, ich habe dir schon einmal gesagt: Steck uns nicht die Bude an!«, ermahnte Thomas Max das zweite Mal. »Wo hast du die Lupe überhaupt her?«

Max hörte auf zu kokeln. »Aus dem Lehrerzimmer«, antwortete er, »die lag da, bei dem Glaskasten.«

Ben horchte auf. »Welchem Glaskasten?«

»Na, der im Lehrerzimmer«, wiederholte Max. »Da steht so ein komischer großer Glaskasten.«

Ben sprang auf und spurtete ins Lehrerzimmer. »Das darf nicht wahr sein!«, hörten die anderen ihn schreien. »Kommt schnell her. Aber vorsichtig!«

Frank, Thomas und Max liefen zu Ben. Der zeigte mit ausgestrecktem Arm auf eine große Glasvitrine mit goldenem Rahmen, in der auf rotem Samt ein kupferfarbener Schlüssel im Sonnenlicht glitzerte.

»Unsere Glasvitrine, die wir seit etlichen Stunden suchen!«, rief Ben. »Max, manchmal bist du ein echter Knallkopf!«

»Wieso?«, fragte Max. »Ich habe sie doch schließlich gefunden, oder?«

Frank lief über den Schulhof in die Pausenhalle um die anderen Kinder zu informieren. Alle kamen sofort herbeigeeilt und drängelten sich vor der Eingangstür des Lehrerzimmers.

»Vorsicht! Keinen Schritt weiter!«, warnte Ben. »Nach meinen Berechnungen liegt zwei Meter vor der Vitrine die Falltür. Ich weiß aber nicht, wie groß sie ist.«

»Man sieht gar nichts. Das ist doch ein ganz glatter Boden. Da ist nichts von einer Tür zu sehen«, wandte Jennifer ein.

Ben stimmte zu. Dennoch: »Sie muss dort sein. Ich bin mir sicher. Seht euch doch die Vitrine an.

➡

Die war doch früher nicht hier, oder? War schon mal jemand im Lehrerzimmer?«

»Ja, ich«, meldete sich Christopher. »Ich musste einmal eine Stunde nachsitzen. Und weil mein Lehrer keine Lust hatte, allein im Klassenraum zu sitzen und auf mich aufzupassen, hat er mich ins Lehrerzimmer geschleppt. Da vorne habe ich gesessen.« Christopher zeigte auf einen Platz, der nur etwa einen Meter von der Vitrine entfernt war. »Ben hat Recht. Damals war dort keine Vitrine.«

»Wieso steht die überhaupt hier?«, fragte Martin. »Ich denke, die soll in einem Laden sein?«

»Ich weiß es nicht«, gab Ben zu. »Im Computerspiel ist es ein Geschäft. Aber dass sie hier steht, erleichtert es, Kolja hierher zu locken. Es ist doch glaubwürdig, ihn in unser Hauptquartier zu bitten um mit uns zu verhandeln!«

Das fanden die anderen auch, obwohl ihnen etwas mulmig war bei dem Gedanken, Kolja in ihr Hauptquartier zu holen. Aber sie hatten schließlich am Morgen in der Versammlung beschlossen jedes Risiko einzugehen um Miriam zu befreien und wieder Wasser zu bekommen.

Also riefen sie Kolja an, wie sie es in ihrem Plan vorgesehen hatten, und luden ihn zur Verhandlung ins Hauptquartier ein. Kolja ging sofort auf den Vorschlag ein.

In der Schule herrschte Hochspannung: Würde Kolja kommen um friedlich zu verhandeln? Oder würde er versuchen das Hauptquartier mit Gewalt zu übernehmen und alles zerstören? Würde er nichts von ihrem Plan merken? Würde der Plan diesmal funktionieren? Würde Kolja, wie versprochen, Miriam mitbringen oder sie als Geisel im Wasserwerk lassen?

Den Kindern schwirrten diese Fragen im Kopf herum, aber sie hatten nicht viel Zeit, sich darüber Gedanken zu machen. Sie hatten genug damit zu tun, Sicherheitsvorkehrungen zu treffen.

In der Turnhalle räumten die Kinder alle Matten beiseite und verstauten ihre Schlafsäcke und das sonstige Gepäck sicher und für Kolja unsichtbar im Geräteraum. Kolja sollte nicht wissen, wo die Kinder in der Schule schliefen. Man konnte nie wissen, auf welch dummen Gedanken Kolja eines Nachts kommen würde, wenn er die Aufteilung des Hauptquartiers zu gut kannte. Ebenso räumten die Kinder die Pausenhalle und die Aula auf, so als hätte hier niemals irgendetwas stattgefunden.

Thomas schloss die Hausmeisterwohnung wieder ab, zum Schluss teilten sich alle Kinder in kleine Gruppen auf und verschwanden in den Klassen- und Kellerräumen der Schule. Kolja wusste bislang nicht, wie viele Kinder zu Bens Gruppe gehörten; und er sollte es auch nicht erfahren. Dabei waren die Verstecke aber so gewählt, dass die Kinder alle wichtigen Räume wie die Turnhalle, die Aula und die Pausenhalle im Auge behalten konnten. Für den Fall der Fälle hatten sie die Funkgeräte bei sich.

Die Zentrale hatte wieder Thomas übernommen, der im Hausmeisterbüro saß und mit einer Handbewegung die Schulsirene betätigen konnte. Ein falscher Schritt von einem aus Koljas Bande würde genügen und Thomas würde in Sekundenschnelle über Funk davon erfahren. Er würde die Sirene anstellen und einen Augenblick später wären hundertdreißig Kinder bereit ihr Hauptquartier gegen Kolja zu verteidigen. Über Funk überprüfte Thomas, ob alle auf ihren Posten waren. Alle waren bereit und alles funktionierte.

Das war auch höchste Zeit, denn schon meldete Martin, der mit Funkgerät und Fernglas auf dem Dach des höchsten Schulgebäudes lag: »Achtung! Kolja ist im Anmarsch! Gott sei Dank: Er hat Miriam dabei. Es scheinen nur wenige im Wasserwerk geblieben zu sein. Ich schätze, er hat dreißig bis vierzig Leute in seiner Begleitung. Die meisten sind bewaffnet. Au backe, wenn das nur gut geht.« Thomas nahm die Meldung entgegen und gab sie einzeln an die anderen Gruppen weiter, die noch ein Funkgerät hatten.

Ben war zufrieden. Er stand zusammen mit Frank, Jennifer und Norbert neben Thomas und hatte die Meldung mitgehört. Die vier waren von der Versammlung auserkoren worden um die »Verhandlung« mit Kolja zu führen, oder besser gesagt: Kolja in die Falle laufen zu lassen. Ben spürte, wie sein Pulsschlag schneller ging. *Hoffentlich hatte ich Recht und die Falltür ist wirklich da. Was wird sein, wenn der Plan nicht funktioniert? Dann wird Kolja darauf bestehen, dass wir ihn als Chef anerkennen, und wir werden uns weigern. Dann wird Kolja hier eine Schlacht veranstalten! Der Plan muss klappen!* Frank tippte Ben auf die Schulter und riss ihn so aus seinen Gedanken.

»Komm!«, sagte Frank. »Wir müssen ins Lehrerzimmer um Kolja zu empfangen.«

Frank, Norbert und Jennifer stellten sich vorsichtig an die Seiten des Lehrerzimmers, Ben ging behutsam an der Wand entlang und stellte sich schließlich seitlich von der Glasvitrine auf.

Kolja stampfte ins Lehrerzimmer und blieb in der Mitte des Raumes stehen, etwa zwei Meter vor der Vitrine. Zehn Jungen seines Gefolges bauten sich in einer Reihe an der Eingangstür hinter Kolja auf. In ihrer Mitte hielten sie Miriam fest, die per Telefon von Thomas über den Plan informiert worden war. Der Rest von Koljas Bande verstreute sich auf den Fluren des Verwaltungsgebäudes und auf dem Schulhof.

*Nach meinen Berechnungen steht Kolja jetzt genau auf der Falltür,* dachte Ben. Frank, Jennifer und Norbert blickten sich an. Auch sie hatten erkannt, dass Kolja jetzt direkt auf der Falltür stehen müsste.

Aber es tat sich nichts.

*Was mache ich jetzt?,* schoss es Ben durch den Kopf. *Reden!,* fiel ihm ein. *Ich muss Kolja in ein Gespräch verwickeln. Vielleicht geht er dabei ein paar Schritte umher und tritt dann endlich auf die Falltür. Sie muss doch da sein!*

»Also?«, begann Kolja. »Was gibt es so Wichtiges zu besprechen? Ich bin euer Chef und aus.«

»Na ja«, erwiderte Ben stockend. »Da wäre noch die Frage, was das für uns eigentlich bedeutet? Ich meine: Was geschieht mit uns, wenn du der Chef bist?«

➡

Kolja senkte den Kopf, ging zwei Schritte nach rechts und wieder zurück auf den Ausgangspunkt.

*Wieso öffnet sich keine Falltür?,* fragte sich Ben.

Schließlich sagte Kolja: »Die Schule zum Hauptquartier zu machen ist eigentlich eine nette Idee. Hier habe ich so viel Ärger gehabt, dass es doch ganz witzig ist, meine Regierung von hier aus zu leiten. Also als Erstes: Ich übernehme dieses Hauptquartier.«

»Kein Problem«, antwortete Ben. »Aber wofür? Was willst du hier machen?«

»Na, meine Regierung führen!«, antwortete Kolja.

Jennifer verdrehte die Augen. *Dieser Kerl hat nicht die geringste Ahnung, was er eigentlich will und was in der Stadt getan werden muss. Er will einfach nur Chef sein!,* schoss es ihr durch den Kopf. Laut sagte sie: »Das haben wir allerdings schon begriffen, Kolja.«

Kolja drehte sich zu Jennifer um und ging einen Schritt auf sie zu.

*Nichts! Wo ist die verdammte Falltür?* Ben merkte, dass er immer nervöser wurde.

Jennifer sprach weiter: »Was heißt das für dich: regieren?«

Kolja stotterte: »Na ja, was regieren eben heißt: bestimmen, was passiert und was erlaubt ist. Ich mache die Gesetze. Wer nicht gehorcht, wird eingesperrt. Meine Jungs werden meine Polizisten. Die sorgen dafür.« Kolja fand, dass ihm damit etwas furchtbar Wichtiges eingefallen war. So kannte er das Regieren der Erwachsenen: Gesetze machen und eine Polizei haben, die Leute einsperrt. Das klang doch unheimlich gut.

Frank stöhnte laut auf.

»Vielleicht sollten wir die Frage anders stellen«, sagte er. »Hör mal, Kolja: Stell dir mal ein Fußballspiel vor. Da gibt es ja auch Regeln, also Gesetze sozusagen. Und es gibt einen Schiedsrichter, der aufpasst, dass die Regeln eingehalten werden, wie deine Polizei ...«

»Ja, genau das meine ich!«, strahlte Kolja und ging aufgeregt auf Frank zu und wieder zurück zu Ben. »So wie Frank das erklärt hat. Genau so!«

*Die Tür öffnet sich nicht von alleine,* überlegte Ben. *Offensichtlich muss die Falltür erst durch irgendetwas betätigt werden. Wie ist das im Computerspiel?*

»Ich war noch nicht ganz fertig«, sagte Frank weiter.

Kolja sah Frank fragend an.

»Bleiben wir also bei dem Beispiel mit dem Fußballspiel. Wir hätten nun gerne gewusst, wie die Regeln aussehen. Als Fußballspieler kannst du dich ja nicht an die Regeln halten, wenn es keine gibt. Und du hast die Regeln noch nicht festgelegt. Wir wüssten gerne, wie deine Gesetze aussehen werden.«

Kolja sah Frank verzweifelt an. »Die Regeln?«, stammelte er.

Frank, Norbert und Jennifer verschränkten die Arme und warteten auf eine Antwort.

»Ja, oh großer Chef«, frotzelte Miriam. »Oh großer Meister, nenne uns deine Gesetze und wir wollen sie befolgen!«

Wütend drehte sich Kolja zu Miriam um. »Du bist die Erste, die eingesperrt wird, wenn du weiter so frech bist!«, schrie er sie an.

»Ich bin ja schon gefangen!«, antwortete Miriam. »Und ich weiß nicht einmal, warum. Was soll mir denn noch mehr passieren?«

Kolja war verdutzt. Es stimmte, was Miriam sagte: Er hatte sie gefangen genommen und wusste noch nicht einmal, weshalb. »Okay«, sagte er schließlich gönnerhaft. »Lasst sie frei. Ich gebe ihr noch eine Chance. Bis wir Gesetze haben. Aber dann sieh dich vor!«

»Selbstverständlich«, antwortete Miriam in einem übertrieben braven Ton. Sie ging zu Jennifer und blinzelte ihr mit einem Auge zu.

»Vielleicht sollten wir alle gemeinsam die Gesetze ausarbeiten und beschließen?«, schlug Jennifer vor.

»Kommt nicht in Frage«, rief Kolja wie aus der Pistole geschossen. »Ich bin der Chef!«

*Der Zauberer!*, fiel Ben ein. *Im Computerspiel öffnet der Zauberer die Falltür!* Während Kolja noch über seine Gesetze nachdachte, ging Ben langsam, Schritt für Schritt, um die Vitrine herum um sich genau auf den Platz zu stellen, auf dem der Zauberer im Computerspiel stand.

»Das erste Gesetz lautet«, antwortete Kolja endlich, »dass ich allein die Gesetze bestimme! Das ist doch auch ein Gesetz, oder?« Er blickte fragend in die Runde.

»Ja«, bestätigte Norbert. »Das ist ein Gesetz. Allerdings ein ziemlich behämmertes!«

»Halt's Maul!«, blaffte Kolja ihn an. Er fühlte sich jetzt wieder etwas sicherer, nachdem ihm ein richtiges Gesetz eingefallen war.

»Das zweite Gesetz lautet«, gab Kolja weiter bekannt, »dass mir alle Geschäfte der Stadt gehören. Niemand darf etwas daraus nehmen ohne zu bezahlen. Alles gehört mir!«

»Das ist ja ein tolles Gesetz!«, sagte Jennifer. »Und woher sollen wir Geld bekommen?«

»Und selbst, wenn wir welches hätten: Was willst du mit dem ganzen verdienten Geld? Dir gehört doch dann ohnehin schon alles«, ergänzte Frank.

Kolja fühlte sich übertölpelt. Warum fielen ihm keine klugen Gesetze ein? »Schluss jetzt!«, brüllte er.

*Ich muss es jetzt wagen,* dachte Ben.

Kolja brüllte weiter: »Was soll dieses ganze Gequatsche? Es gibt erst einmal nur ein Gesetz und das lautet: ICH mache die Gesetze. Findet euch gefälligst damit ab. ICH BIN DER CHEF. Das reicht doch wohl, oder?«

»Ja, das reicht«, antwortete Ben.

Jennifer, Miriam, Frank und Norbert sahen verblüfft zu Ben. Kolja saß doch so schön in der Patsche, warum machte Ben dem jetzt ein Ende?

»Wie wir am Telefon besprochen hatten: Du bist der Chef«, sagte Ben weiter. »Und wir akzeptieren das. Wir werden ja sehen, welche Gesetze kommen.«

Miriam und die anderen drei standen mit offenen Mündern da. *Was war denn bloß mit Ben los? Die verdammte Falltür öffnete sich nicht und jetzt ging*

*Ben plötzlich auf Koljas Bedingungen ein? Was war mit dem Plan?*

»Aber halte du auch dein Versprechen. Wir brauchen Wasser. Und zwar sofort!«, forderte Ben.

Kolja nickte zufrieden. Er schnippte mit den Fingern und einer seiner Leibwächter verließ das Lehrerzimmer.

»Es dauert nur fünf Minuten«, sagte Kolja. »Ich habe Miriam freigelassen und das Wasser wird jetzt wieder aufgedreht. Aber dann bin ich der Chef der Stadt. Keine Tricks! Wir haben es so abgemacht!«

Jennifer, Miriam, Frank und Norbert staunten Ben fassungslos an, als dieser Kolja zunickte.

*Jetzt!*, dachte Ben. *Es muss klappen! Wie im Computerspiel.* Ben hob den Kopf, legte seine flachen Hände mit ausgestreckten Armen auf die Glasvitrine und kniff die Augen zu. *Ich will, dass sich jetzt die Falltür öffnet,* dachte er. *ICH BEFEHLE DER FALLTÜR SICH JETZT ZU ÖFFNEN!*

Ben hörte ein lautes Surren im Raum, so als würde man einen Computer starten, den man an eine Hi-Fi-Anlage angeschlossen hatte. Es folgte ein ebenso ohrenbetäubendes Piepen, das sich dreimal wiederholte. Er spürte, wie der Fußboden vibrierte, und vernahm für den Bruchteil einer Sekunde ein Geräusch wie das einer Fahrstuhltür im Kaufhaus.

»Er ist weg!«

»Er ist in den Fußboden gefallen!«

»Was war das denn?«

»Seht nur, das große Loch im Fußboden!«

Koljas Leibwächter schrien aufgeregt durcheinander.

Ben öffnete wieder die Augen. Kolja war spurlos verschwunden. Bens Körper zitterte, sein Atem ging schwer und er spürte seinen wild pochenden Herzschlag bis zum Hals.

»Bleibt ruhig stehen!«, befahl Frank den Leibwächtern von Kolja. »Sonst geschieht euch das Gleiche!« Frank hatte nicht die geringste Ahnung, wie das eben alles passiert war, aber er hatte schnell geschaltet und wusste: Jetzt mussten sie den Überraschungsmoment ausnutzen um den Rest von Koljas Bande zu besiegen.

»Das Wasser läuft wieder«, sagte der Leibwächter, der vom Telefon des Schulbüros zurückkam. »Nanu, wo ist denn Kolja?«

»Er ... er ... er ist im Fußboden verschwunden«, stotterte ein anderer aus Koljas Bande. »Beweg dich bloß nicht. Sonst passiert dir das Gleiche.«

»Was ist los? Was soll das heißen: im Fußboden verschwunden?«, fragte der Erste.

»Ich weiß nicht, wie sie es gemacht haben«, antwortete der Gefragte. »Aber ich möchte es auch nicht erleben. Schau doch auf den Fußboden!« Er zeigte mit dem Finger in die Mitte des Raumes. Dort war ein großes, schwarzes, viereckiges Loch zu sehen, ungefähr zwei mal zwei Meter groß.

Norbert ging vorsichtig an die Öffnung heran und schaute hinein. Es war nichts zu sehen, alles schwarz. Norbert hatte den Eindruck, dass es unendlich tief war. »Kolja?«, rief er in das Loch hinein.

Sein Ruf hallte tausendfach aus der Öffnung zurück. »KOLJA!«, rief Norbert jetzt deutlich lauter. Das Echo kam entsprechend laut zurück. Norbert hielt sich die Ohren zu.

»Er steckt in einem riesengroßen Labyrinth«, erklärte Ben, der noch immer hinter der Glasvitrine stand. »Aber es gibt zahlreiche Kammern mit Lebensmitteln und Getränken. Er wird nicht verhungern. Er wird nur lange suchen müssen.« Ben überlegte einen Augenblick. Dann fügte er hinzu: »Da Kolja nicht gerne nachdenkt, vermutlich sogar sehr lange. Frank, kümmere du dich bitte um den Rest der Bande, bevor ich sie alle verschwinden lasse.« Frank verstand Bens List. Ihm war klar, dass Ben das nicht ohne weiteres mit den anderen Bandenmitgliedern wiederholen konnte, aber das wussten die ja nicht.

»Also los!«, befahl Frank in strengem Ton. »Sagt euren anderen Leuten Bescheid, dass sich alle auf dem Schulhof versammeln sollen – und zwar ohne Waffen!«

»Und unsere Leute treffen sich sofort in der Pausenhalle!«, entschied Jennifer. »Bis auf zehn Kinder. Die gehen mit Frank – zur Sicherheit.«

Alle verließen das Lehrerzimmer.

Ben stand jetzt allein im Lehrerzimmer, noch immer hinter der Glasvitrine. Er starrte auf die große schwarze Öffnung im Fußboden. *Was war geschehen?*, fragte er sich. Ben grübelte hin und her. Er ging alle Möglichkeiten des Computerspiels noch einmal in Gedanken durch. Schließlich stand für ihn fest: *Es gibt keine andere Lösung. ICH war der Zauberer aus dem Computerspiel!* Ben lief bei diesem Gedanken ein kalter Schauer über den Rücken. Und doch war es so. Es war nichts von einer Falltür zu sehen gewesen, bis er den Standpunkt des Zauberers eingenommen hatte und wie im Computerspiel den Befehl des Zauberers in Gedanken ausgesprochen hatte. Die Falltür hatte reagiert; sie hatte seinem Befehl gehorcht!

Ben war der Zauberer! *War?*, überlegte Ben. *Oder bin ich es noch? Und wenn ich es noch bin, was bedeutet das? Welche Macht habe ich und wie nützlich oder gefährlich ist sie?*

Ben stürzte an dem großen Loch vorbei aus dem Lehrerzimmer und rannte nach draußen. Er brauchte jetzt dringend frische Luft – und Ruhe.

»Zuerst die Tiger!« Kathrin versuchte eine große, dicke Metallrolle aus einem Schuppen zu ziehen, um die ein Wasserschlauch gewickelt war. Aber die Schlauchrolle war zu schwer. »Helft mir mal!«, rief sie Christopher und Martin zu, die gerade dabei waren, mit zwei Eimern Wasser die Trinkschälchen der Papageien zu füllen.

Die beiden Jungen stellten die Eimer ab und eilten zu Kathrin. Zu dritt schafften sie es, die Schlauchrolle langsam in Richtung Freigehege der Tiger abzuwickeln. Vor dem Zaun blieben sie stehen.

»Das müsste reichen«, entschied Kathrin. »Von hier aus kann ich mit dem Schlauch in das Trinkbassin der Tiger zielen. Danke schön.«

Christopher und Martin gingen wieder zurück zu den Papageien. Auf dem Weg dorthin blickten sie hinüber zum Gehege der Lamas. Dort waren Norbert und Hannes dabei, mit einem anderen Gartenschlauch die Tränke der Tiere frisch zu füllen.

Christopher und Martin nickten sich zufrieden zu, denn Hannes war am Vortag noch Mitglied in Koljas Bande gewesen.

Nach Koljas Verschwinden hatten Frank und Norbert alle Bandenmitglieder auf dem Schulhof versammelt und ihnen die Lage in der Stadt erklärt: dass die Erwachsenen durch das Computerspiel verschwunden seien, dass mit großer Wahrscheinlichkeit alles so sein würde wie früher, wenn sie nach den Regeln des Spiels in die vierte Ebene gelangten, dass aber niemand wusste, wann und wie dies sein würde und dass es solange darauf ankäme, sich selbst zu versorgen. Das bedeutete mit den Lebensmitteln hauszuhalten und als Erstes die Tiere im Zoo zu retten. Es bedeutete, sich um die kleineren Kinder zu kümmern und gemeinsam mit allen Kindern die nächsten Aktionen zu planen. Denn nur dadurch, dass alle Fähigkeiten der Kinder genutzt wurden, hatten sie eine Chance, auch über längere Zeit zu überleben.

Frank erklärte Koljas Bandenmitgliedern anschließend die Funktion des Hauptquartiers und wie sie alle Kinder mit Essen und Trinken versorgten. Niemand brauchte allein zu bleiben. Man kümmerte sich um jedes Kind, einschließlich der Kranken, hatte Frank erläutert.

Nach dieser langen Erklärung stellten Nobert und Frank es Koljas Bande frei, sich ihnen anzuschließen oder zu verduften.

»Ihr könnt machen, was ihr wollt«, hatte Frank am Ende noch gesagt. »Nur dürft ihr uns keinen Ärger machen. Sonst passiert euch das Gleiche wie Kolja und Siggi.«

Etwa die Hälfte von Koljas Gruppe glaubte noch immer nicht, dass Siggi richtig verschwunden war. Sie dachten, er wäre einfach weggelaufen. Aber wie Kolja in die dunkle Grube gefallen war, das hatten sie selbst miterlebt und es flößte ihnen gehörigen Respekt vor Bens Gruppe ein. Und nun war

Kolja weg. Es gab niemanden mehr, der ihnen sagte, was sie tun sollten. Also schlossen sich manche jetzt Bens Gruppe an. Insgesamt 12 Jungen und 7 Mädchen, hatte Norbert gezählt. Der Rest wollte es lieber auf eigene Faust versuchen. Sie hatten keine Lust, Tiere zu füttern oder auf kleine Kinder aufzupassen. Viel lieber wollten sie durch die Straßen ziehen, Autos fahren und Bier trinken.

»Lasst sie doch«, hatte Frank gesagt. »Irgendwann wird ihnen das bestimmt zu langweilig. Vielleicht kommen sie eines Tages doch noch zu uns.« Und sie hatten die noch knapp dreißig Jungen und Mädchen aus Koljas Gruppe ziehen lassen. Vorerst war von denen kein Ärger mehr zu erwarten.

Zur gleichen Zeit, in der Frank und Norbert mit den zurückgebliebenen Kumpeln von Kolja verhandelt hatten, hatte Jennifer die Versammlung in der Pausenhalle geleitet. Die Kinder waren sich schnell einig gewesen. Jetzt, da sie wieder Wasser hatten, mussten schnellstens die Tiere im Zoo versorgt werden.

So trafen sich alle am nächsten Morgen eine halbe Stunde früher als sonst zum Frühstück und machten sich gemeinsam auf den Weg zum Zoo.

»Da vorne, das sieht ganz hungrig und traurig aus«, sagte Hannes und zeigte auf ein Lama, das etwas abseits im Gehege stand und auf eine komische Art mit dem Kopf wackelte. Norbert füllte einen Eimer mit Wasser und stellte den Schlauch ab. Hannes sah sich um, fand eine kleine Rasenfläche am Wegesrand und rupfte einige Grasbüschel aus. Norbert und Hannes entfernten sich ein wenig von den übrigen Lamas, die in einem wilden Gedrängel das frische Wasser aus der Tränke genossen, und versuchten das einzelne Lama zu sich heranzulocken. Es gelang: Langsam trottete das traurige Lama zu den beiden Jungen. Kurz vor ihnen blieb es stehen und schaute die beiden skeptisch mit leicht geneigtem Kopf an. Hannes hielt dem Lama die Grasbüschel über den Zaun entgegen und sprach beruhigend mit ihm. Vorsichtig hob Nobert den Eimer mit Wasser über den Zaun und stellte ihn dem Lama direkt vor die Füße.

Zögernd fraß das Lama Hannes einige Büschel Gras aus der Hand und kaute sichtlich zufrieden darauf herum. Es senkte den Kopf und schlürfte ein paar kräftige Schlucke Wasser aus dem Eimer.

»Es klappt!«, freute sich Hannes. »Das Tier hat sich nur nicht zu den anderen getraut. Vielleicht ist es krank und wird deshalb von den anderen gemieden?«

»Oder es ist das schwarze Schaf in der Familie und bekommt immer als Letztes was zu fressen«, ulkte Norbert.

»Das ist doch ein Lama«, antwortete Hannes ernst. Norbert wollte ihm gerade erklären, dass er einen Witz gemacht hatte, da hob das Lama blitzartig den Kopf und spuckte Hannes mitten ins Gesicht.

»Ihhh«, schrie Hannes. »Das blöde Schwein hat mich angespuckt!«

»Das ist doch ein Lama!«, lachte Norbert. Er konnte sich nicht mehr halten vor Lachen, warf sich auf den Fußboden, hielt sich den Bauch, krümmte sich und wälzte sich laut kichernd auf dem schmutzigen Weg.

Hannes rannte zurück zum Wasserschlauch, drehte ihn mit einer Handbewegung auf und hielt den vollen Strahl auf Norbert.

Der jaulte und kreischte und versuchte auf allen vieren auf dem sandigen und immer matschiger werdenden Boden vor dem unerbittlichen Wasserstrahl zu fliehen. Aber Hannes verfolgte ihn gnadenlos.

»Was ist denn hier los?«, fragte Peter, der mit einem Metalleimer in der Hand vorbeikam.

»Norberticus Schlammus«, antwortete Hannes kichernd. »Auch genannt: der gemeine Schlammkriecher. Ich dusche ihn gerade!«

Peter fand das gar nicht so lustig wie Hannes. Schließlich war Norbert einer seiner Kameraden in der Freiwilligen Feuerwehr, was Hannes allerdings nicht wusste. Peter jedenfalls fand, jetzt müsse er seinem Feuerwehrkumpel beistehen, und stülpte Hannes den Metalleimer über den Kopf.

Dem fiel der spritzende Schlauch aus der Hand, machte sich aufgrund des Wasserdrucks wie eine wild gewordene Schlange selbstständig und duschte mitten durch den Zaun die Lamas ab. Laut blökend vor Aufregung sprangen die Tiere durchs Gehege, Hannes torkelte blind über den Sandweg, versuchte zu schreien, blubberte aber nur komische Geräusche in den Metalleimer und schaffte es endlich, sich die lästige Kopfbedeckung herunterzureißen. »Was ist das denn?«, kreischte er, während er unablässig auf den Weg spuckte.

»Hannes Stinkus«, antwortete Peter. »Auch bekannt unter: der gemeine Stinker. Wir haben nämlich gerade den Affenkäfig ausgemistet.«

Hannes lief kreischend davon. Peter und Norbert lachten ihm hinterher. Hannes rannte den Weg entlang, spurtete um die Kurve, sprintete weiter, erst über ein Blumenbeet, dann über einen kleinen Rasen und landete schließlich mit einem Hechtsprung in einem kleinen Teich, wo er sich den Affendreck vom Leib waschen wollte. Zwanzig Flamingos sprangen krächzend auseinander.

»Na prima!«, schnauzte Miriam ihn an. »Gerade hatten die Flamingos ein bisschen Vertrauen zu mir gefasst. Ich soll sie nämlich zur Futterstelle dort hinten führen. Da kommst du Trampel und springst mitten durch die Flamingoherde ins Wasser. Kannst du nicht woanders baden?«

Hannes erzählte ihr den Grund für sein merkwürdiges Verhalten und verzog noch immer das Gesicht, als er die Geschichte mit dem Affenmist berichtete.

»Und jetzt sitzt du mitten in der Nilpferdpisse«, lachte Miriam.

Hannes sprang entsetzt hoch, flüchtete aus dem Wasser und rannte weiter kreischend durch den Zoo.

Dass die Nilpferde sich in einem eigenen Gehege am anderen Ende des Zoos befanden, brauchte man Hannes ja nicht unbedingt zu verraten, dachte Miriam und blickte Hannes frech grinsend nach.

»Schau mal, was ich gefunden habe.« Thomas kam den Weg entlang und hielt Miriam ein zerfleddertes Heft entgegen.

»Was ist das denn?«, fragte Miriam, die es aufgegeben hatte, den aufgescheuchten Flamingos hinterher zu laufen.

»Das ist ein Lageplan vom Zoo«, sagte Thomas stolz. »Genau das, was wir jetzt brauchen. Der lag dort hinten vor dem Wärterhäuschen auf einer Bank. Ich wette, ein Tierwärter wollte darin gerade etwas suchen, als er verschwand.«

Miriam konnte an dem Lageplan nichts Außergewöhnliches entdecken. Schließlich bekam jeder Besucher des Zoos an der Kasse einen Lageplan in die Hand gedrückt. Das sagte sie auch Thomas.

»Aber dies ist kein gewöhnlicher Plan für die Besucher«, erläuterte Thomas. »Dies ist ein Plan für die Angestellten des Zoos. Er ist viel ausführlicher. Hier sind zum Beispiel alle Lagerräume und Futtervorräte verzeichnet. Die liegen nämlich größtenteils in einem großen Keller.«

Da jubelte Miriam. »Jetzt können wir vermutlich den Tieren nicht nur zu trinken geben, sondern finden für die meisten Tiere auch genug zu fressen!«

Thomas nickte zufrieden. Sofort liefen die beiden los um sich die Lager und Futtervorräte anzusehen. Das heißt: Miriam lief los und Thomas schlurfte schnaufend hinterher.

»Nun warte doch mal«, rief er Miriam hinterher.

»Auf fünf Minuten kommt es jetzt auch nicht an. Oder glaubst du, jemand frisst den Tieren das Futter weg?«

Miriam war es unbegreiflich, wie jemand sich dermaßen langsam bewegen konnte, erst recht, wenn man gerade eine aufregende Entdeckung gemacht hatte.

»Wenn ich auf dich warten würde, könnten wir die Tiere frühestens heute Nacht füttern«, antwortete Miriam und lief weiter zum Kellereingang. Miriam rüttelte an der Tür; sie war verschlossen. Sie drehte sich um, um Thomas entgegenzulaufen. In dem Wärterhäuschen, in dem Thomas die Karte gefunden hatte, lagen bestimmt auch die passenden Schlüssel. Auf dem Weg zurück sah sie schon von weitem, wie Thomas ihr gemächlich entgegenschlurfte. Als er Miriam sah, griff er in seine Hosentasche und kramte etwas Glitzerndes hervor, das er hoch in die Luft hielt.

»Ist die Tür verschlossen?«, rief er Miriam zu. »Das dachte ich mir. Für alle Fälle habe ich meinen Dietrich immer dabei.«

Miriam lächelte und setzte sich auf den Sandweg. Bis Thomas ankam, würde noch einige Zeit vergehen. *Er ist zwar furchtbar langsam, aber wenn es darauf ankommt, kann man sich doch immer wieder auf ihn verlassen,* dachte Miriam bei sich.

Endlich stand Thomas neben Miriam. Die beiden gingen zur Kellertür und Thomas fuchtelte mit dem Dietrich im Schloss herum. Miriam staunte über Thomas: So langsam er sonst auch war, die Tür hatte er in wenigen Sekunden auf, genauso wie damals die Hausmeisterwohnung.

»Wie machst du das bloß?«, fragte Miriam anerkennend.

»Wenn man genügend Geduld hat und nicht immer sofort in Hektik ausbricht, schafft man vieles«, antwortete Thomas und stieß die Kellertür auf. Thomas und Miriam fuhren erschreckt zurück.

»Himmel, wie das stinkt!«, rief Miriam aus, die sich sofort die Nase zuhielt. »Was fressen die Viecher denn bloß?«

»Mit Sicherheit keine Schokoriegel«, stichelte Thomas.

»Das riecht man, dass die keinen Geschmack haben«, gab Miriam postwendend zurück.

Einen Augenblick blieben sie im Eingang stehen um sich an den Geruch zu gewöhnen. Thomas suchte nach einem Lichtschalter, fand ihn und knipste das Licht an.

Miriam und Thomas sahen auf ein riesiges Lager, voll gestopft mit allem, was sich die Tiere nur wünschten. Das vermuteten die beiden jedenfalls, denn sie hatten nicht die geringste Ahnung, was das alles für Zeug war, das sie da sahen: Körner und getrocknetes Obst, irgendwelches Mehl und säckeweise etwas, das wie Getreide aussah, getrockneten Fisch – zumindest roch es so – und komisches Pulver, aber auch frisches Obst in Kisten, das noch gut zu sein schien, ebenso wie Kartoffeln und offensichtlich irgendwelche Spezialmischungen.

»Am besten, wir fragen Kathrin«, meinte Miriam.

»Wenn jemand von uns weiß, welches Tier wovon wie viel zu essen bekommt, dann sie.«

»Und wenn sie es nicht weiß?«, fragte Thomas unsicher.

»Was würdest du machen, wenn ich dir morgens einen dicken Schokoriegel mit einer ordentlichen Portion Ketchup zum Frühstück geben würde?«, fragte Miriam.

Thomas verzog angewidert das Gesicht. »Ich würde ihn in den Müll schmeißen!«

»Ich denke, das machen die Tiere auch, wenn wir ihnen etwas Falsches geben«, erklärte Miriam. »Wir müssen einfach ausprobieren, was sie fressen und was nicht.«

Und genau so machten sie es. Miriam und Thomas trommelten alle Kinder zusammen und gemeinsam räumten sie einen großen Teil des Lagers leer. Mit Schubkarren verteilten sie die Körner und das Mehl, Getreide und Obst auf die einzelnen Gehege – nach den mutmaßlichen Fressgewohnheiten der Tiere.

Nach sieben Stunden anstrengender Arbeit schlichen die Kinder zurück zur Schule. Zum Glück hatten sie eine kleine Gruppe von zehn Kindern im Hauptquartier gelassen, die das Abendbrot vorbereitet hatten.

In null Komma nichts verspeisten die Kinder drei große Töpfe mit Kartoffelmus und über fünfhundert Fischstäbchen.

Eine halbe Stunde später schon waren alle in der Turnhalle in einen tiefen, festen Schlaf gefallen.

Alle außer Ben.

# Das Geheimnis des Schlüssels

»Wo ist eigentlich Ben?«, fragte Jennifer beim Frühstück, während sie sich ihr zweites Marmeladenbrot schmierte. »In den Zoo wollte er nicht mit, gestern Abend habe ich ihn nicht gesehen und heute Morgen lag er auch nicht in seinem Schlafsack. Ich mache mir allmählich Sorgen.«

»Ich habe ihn heute Morgen kurz gesehen«, antwortete Frank. »Ich bin aufgewacht, als er aufstand. Es war noch unheimlich früh. Ben murmelte irgendetwas davon, dass er ins Lehrerzimmer gehen wollte.«

»Ins Lehrerzimmer? So früh?«, staunte Miriam. »Manchmal verstehe ich Ben wirklich nicht. Wollen wir mal nachsehen, was er da eigentlich treibt?«

Die anderen waren sofort einverstanden. Miriam steckte sich noch zwei Schokoriegel in die Hosentaschen, dann ging sie mit Jennifer, Frank und Thomas zum Lehrerzimmer.

Dort saß Ben vor der Glasvitrine und starrte den Schlüssel an.

»Ben!«, rief Jennifer. »Was machst du denn hier?«

Ben drehte sich langsam um und machte den anderen ein Zeichen, sich zu ihm zu setzen. Verwirrt folgten sie seiner Aufforderung.

»Ich kann zaubern«, sagte Ben leise.

»Was kannst du?«, schrie Miriam und sprang auf.

Ben wiederholte seine Handbewegung, dass Miriam sich setzen sollte. Er wartete, bis sie wieder ruhig saß, dann erzählte er weiter: »Seit gestern Nachmittag sitze ich hier und grüble, was mit mir passiert ist. Ihr erinnert euch doch, wie sich plötzlich die Falltür geöffnet hat. Sie hat sich geöffnet, weil ich es ihr befohlen hatte.«

»Du hast es der Tür befohlen?«, fragte Jennifer ungläubig.

Ben stand auf, ging um die Vitrine herum, legte wie am Vortage in der Verhandlung mit Kolja die Hände auf die Glasvitrine und sagte: »Jetzt passt mal gut auf!«

Er reckte den Kopf in die Höhe, schloss die Augen und rief: *»ICH BEFEHLE DER FALLTÜR SICH ZU SCHLIESSEN!«*

Die Kinder hörten ein lautes Surren im Raum. Es folgte wieder das ohrenbetäubende Piepen, das sich ebenso wie beim letzten Mal dreimal wiederholte. Der Fußboden vibrierte und mit diesem merkwürdigen Fahrstuhlgeräusch schloss sich die Falltür. Jennifer, Miriam, Frank und Thomas glotzten auf den Fußboden. Sie sahen nur eine einfache, glatte Fläche. Nichts deutete darauf hin, dass sich noch eine Minute zuvor direkt vor ihnen ein zwei mal zwei Meter großes Loch aufgetan hatte. Bevor jemand einen Ton herausbrachte, machte Ben das gleiche Spielchen andersherum.

*»ICH BEFEHLE DER FALLTÜR SICH ZU ÖFFNEN!«*, rief er. Wenige Sekunden später war das Loch wieder da.

»So hat sich gestern die Falltür geöffnet?«, staunte Frank. »Ich hatte mich schon gewundert, wieso es erst so lange dauerte und die Tür dann doch plötzlich da war.«

»Ja«, bestätigte Ben. »Mir war wieder eingefallen, wie es im Computerspiel funktioniert: Dort öffnet der Zauberer die Falltür und man muss den Zauberer letztendlich dadurch besiegen, dass man seinen Platz einnimmt. Da der Zauberer gestern gar nicht da war, konnte ich natürlich leicht seinen Platz einnehmen. Aber das ist noch nicht alles. Passt auf!«

Wieder streckte Ben seinen Kopf in die Höhe und schloss die Augen, wobei er seine Hände in gewohnter Weise auf die Glasvitrine legte.

*»ICH BEFEHLE DUNKELHEIT!«*, rief er und im nächsten Moment saßen die fünf Kinder in einem stockfinsteren Raum.

»Lass das, Ben«, bat Jennifer. »Mach das Licht wieder an.«

»Das Licht?«, fragte Ben irgendwo in der Dunkelheit. »Das Licht war überhaupt nicht an. Eben noch schien die Sonne durch die Fenster. Jetzt ist finstere Nacht in diesem Raum. Durch den Zauber.«

Dann hörte Jennifer Bens Ruf: *»ICH BEFEHLE DER DUNKELHEIT ZU WEICHEN!«*

Im nächsten Moment war das Lehrerzimmer wieder so hell wie vorher.

»Das ist ja gespenstisch«, meinte Miriam. »Was kannst du denn sonst noch?«

»Ich habe alle Tricks ausprobiert, die ich vom Zauberer im Computerspiel kenne«, antwortete Ben. »Falltür, Dunkelheit, Nebel, schiefe Wände, sogar einen Wirbelsturm habe ich gestern Nachmittag in diesem Raum erzeugt. Es funktioniert alles.«

»Ist das nicht irre?«, jubelte Thomas. »Wir haben jetzt einen Zauberer unter uns. Da wird doch alles viel einfacher. Wenn wir das eher gewusst hätten, hätten wir uns die ganze Schufterei im Zoo sparen können. Du hättest den Tieren einfach ihr Futter hingezaubert!«

»Nein«, klärte Ben die anderen auf. »Das ist es ja: Mit dem Zauber kann ich nur zerstören und andere hereinlegen. Eben wie im Computerspiel. Nur bin ich dort noch nie an den Schlüssel herangekommen, weil mich der Zauberer immer daran gehindert hat.«

»Oder der Verkäufer«, ergänzte Frank, der schon oft gemeinsam mit Ben aus dem Kaufhaus geflogen war, immer, wenn sie gerade im Kampf mit dem Zauberer waren. Weiter als bis zum Zauberer waren sie deshalb nie gekommen.

»Das Schlimmste daran ist«, berichtete Ben weiter, »dass es mir auch versehentlich passieren kann. Ich zeige es euch.« Ben ging zum großen Sitzungstisch des Lehrerzimmers, zog einen Stuhl zu sich heran, trat einmal kräftig dagegen und rief: *»FAHR ZUR HÖLLE, BLÖDER STUHL!«* Plötzlich fing der Stuhl aus heiterem Himmel Feuer, sauste einmal quer durchs Zimmer und verschwand mitten im Fluge. Jennifer und Miriam sprangen instinktiv zur Seite, Frank hatte sich flach auf den Boden geworfen; nur Thomas war zu langsam. Es gelang ihm nicht mehr, den Kopf kurz einzuziehen. »Der Stuhl ist zur Hölle gefahren«, stammelte er.

»Genau das ist mir gestern mit einem Stuhl passiert. Ich hatte mich daran gestoßen und aus Ärger dagegen getreten und geflucht. Stellt euch vor, so etwas passiert mir versehentlich mit einem von euch. Zum Glück war ich gestern allein hier«, erläuterte Ben. »Ich muss diese furchtbare Zauberkraft wieder loswerden, versteht ihr? Aber ich weiß nicht wie.« Alle schwiegen. Bens Demonstration seiner Zauberkraft war zu eindrucksvoll gewesen.

In der Stille hörte man, wie Jennifer einen dicken Kloß im Hals hinunterschluckte. »Das ist ja furchtbar!«, stammelte sie. Die anderen stimmten ihr schweigend mit ernsten Gesichtern zu. Welche Überraschungen mochte dieses Spiel noch für sie bereithalten? Miriam spürte, wie ihr Kopf vor Aufregung rot und heiß wurde. Frank wischte sich heimlich die schweißnassen Hände an der Hose ab. Er räusperte sich. »Wir haben es bis hierher geschafft, dann werden wir es auch weiter schaffen«, versuchte er zu trösten. »Und wie?«, fragte Ben, wobei er sich bemühte seine Stimme nicht allzu sehr vor Angst zittern zu lassen. Jennifer bemerkte es dennoch.

*Wir müssen gemeinsam eine Lösung finden,* dachte sie und sagte: »Was ist mit dem Schlüssel im

Glaskasten? Vielleicht hat der etwas damit zu tun? Oder was spielt der für eine Rolle?«

»Ich weiß es nicht«, antwortete Ben. »Frank und ich sind – wie gesagt – im Computerspiel nie so weit gekommen. Aber eigentlich müsste man mit dem Schlüssel in die nächste Ebene gelangen, wie immer die aussehen mag. Und auch jetzt komme ich nicht an den Schlüssel heran. Ich habe schon mit dem Hammer auf das Glas geschlagen. Der Kasten ist einfach nicht zu öffnen. Ich weiß nicht mehr, was ich machen soll. Ich will diese furchtbare Zaubermacht nicht mehr haben!« Jetzt zitterte Bens Stimme ganz deutlich und zwei Tränen kullerten ihm die Wange entlang.

Die Kinder schwiegen. Das war wirklich eine schreckliche Lage, in der Ben sich befand. Jennifer rutschte an Ben heran und legte ihren Arm um ihn.

»Ich glaube, Frank hat Recht«, versuchte sie ihn zu trösten. »Bis jetzt haben wir noch immer eine Lösung gefunden, wir alle zusammen.«

Diesmal schien ihnen allerdings nichts einzufallen. Immer mehr verstrickten sie sich in die Regeln des Computerspiels, das niemand von ihnen kannte, außer Ben – bis zu der Stelle, an der sie sich gerade befanden.

»Vielleicht«, begann Miriam nach einer langen Pause, in der alle nur still dagesessen hatten, »musst du einfach deutlich sagen, dass du die Zauberkraft nicht haben willst.« Sie hatte den Gedanken eigentlich mehr so vor sich hin geplappert. Doch während sie ihn aussprach, bemerkte sie, dass sie ihre Idee gar nicht so schlecht fand. »Also, ich kenne das zum Beispiel aus der Kirchendisco.«

Ben blickte kurz auf und strafte Miriam mit einem verächtlichen Blick. *Kirchendisco!* Was das wohl mit seinem Problem zu tun hatte! Miriam ließ sich nicht einschüchtern und setzte ihre Geschichte fort: »Wenn da ein ätzender Typ kommt und mich zum Tanzen auffordert, dann sage ich energisch *nein*. Meistens verschwindet der Typ dann.«

Ben konnte seinen Ärger nicht mehr verbergen.

»Das ist wirklich zu dämlich!«, raunzte er Miriam an. »Wir haben hier ein ernsthaftes Problem vor uns – und du erzählst uns irgendwelchen Mist aus deiner bescheuerten Kirchendisco.«

Vollkommen überzeugt war Miriam auch nicht von ihrer Idee, aber wenn einer so hochnäsig darauf reagierte wie Ben, dann musste diese Idee schon aus Prinzip verteidigt werden, fand Miriam.

»Das mag ja sein, dass der große, kluge Ben mal wieder alles besser weiß«, raunzte sie zurück. »Aber ich wette, der große, kluge Ben hat es bis jetzt noch nicht einmal ausprobiert.«

Frank, Thomas und Jennifer sahen erwartungsvoll zu Ben hin, der hastig von einem zum anderen sah.

»Was guckt ihr denn so?«, fragte er in beleidigtem Tonfall. »Natürlich habe ich es nicht ausprobiert. Die Idee ist ja wohl echt zu bescheuert: *nein* sagen wie in der Kirchendisco!« Ben tippte sich mit dem Finger an die Stirn.

»Natürlich!«, posaunte Miriam jetzt los. »Der

große, kluge Ben braucht ja nichts auszuprobieren. Der große, kluge Ben weiß ja alles im Voraus!« Miriam sprang wütend auf und schrie Ben an: »Dann lass es doch, du Zauberzwerg!«

Mit rotem Kopf vor Wut und Verzweiflung schnellte Ben aus seiner sitzenden Haltung hoch und schrie zurück: »Du dämliche Kuh, ich wünschte, du wärest …« In diesem Moment sprang Frank auf Ben los, warf ihn zu Boden und presste ihm seine Hände auf den Mund. Er war mit solch einem Schwung auf Ben gesprungen, dass die beiden durch das Lehrerzimmer rollten, genau auf das große Loch im Fußboden zu.

Miriam schrie auf und hielt sich die Hände vors Gesicht, Thomas war so entsetzt, dass er beinahe rechtzeitig reagiert hätte, und Jennifer hechtete auf das rollende Knäuel um es vor dem Absturz in die Tiefe des Labyrinths zu bewahren. Sie krallte sich in Bens Pullover, schaffte es gerade noch, sich mit dem rechten Fuß an einem Bein der Glasvitrine festzuhakeln und hinderte Ben so daran, weiter über den Fußboden zu rollen. Ben stoppte abrupt, worauf Frank mit einem Purzelbaum über Ben hinwegfiel und in das schwarze Loch rutschte. Mit einer blitzartigen Reaktion, wie Frank sie hunderte Male im Karatetraining eingeübt hatte, schnellte seine linke Hand hervor und erwischte den Rand des Fußbodens um sich daran festzuhalten. Der Rest von Frank baumelte bereits im tiefen Loch.

»Hilf ihm!«, schrie Jennifer Miriam zu. Miriam sprang an den Rand des Lochs und packte Frank am Handgelenk. Gleichzeitig streckte sie Thomas die andere Hand entgegen.

»Zieh, beeil dich einmal im Leben und zieh!«, fauchte sie Thomas an, der vor Schreck tatsächlich sofort reagierte und so kräftig er konnte an Miriams Arm zog. Langsam hangelte sich Frank aus dem Loch und blieb schließlich flach auf dem Fußboden liegen.

»Gerade noch mal gut gegangen«, hauchte Frank.

»Was war denn auf einmal in dich gefahren?«, fragte Ben, der sich allmählich aus der Umklammerung von Jennifer löste.

»Hast du es nicht gemerkt?«, fragte Frank zurück. »Du warst kurz davor, Miriam in sonst was zu verzaubern!«

Miriam wurde ganz bleich. In dem heftigen Streit mit Ben hatte sie nicht mitbekommen, dass Frank sie in letzter Sekunde gerettet hatte.

Sie bedankte sich heftig bei Frank, der den Dank sofort erwiderte: »Dafür hast du mich aus dem Loch herausgezogen, Miriam. Jeder rettet hier jeden. Wird Zeit, dass wir Ben das Zaubern abgewöhnen.«

»Allerdings!«, stimmte Jennifer zu. »Ben, warum willst du nicht Miriams Idee einfach mal probieren?«

Ben war längst einverstanden. So etwas wie eben wollte er nicht noch einmal erleben. Er stand auf, ging um die Vitrine herum, stellte sich dort wie gewohnt auf und sagte: »Nein, ich will nicht zaubern können.« Und dann machte er sofort die Probe: Er forderte Dunkelheit und es wurde dunkel. Er forderte Helligkeit und es wurde hell.

»Habe ich doch gesagt«, jammerte Ben. »Ich kann immer noch zaubern.«

»Das war schon alles?«, fragte Miriam und blickte vorwurfsvoll zu Ben. »Ich meine: *DAS* nennst du *NEIN* sagen?« Miriam zog die Schultern hoch, ließ den Kopf nach vorn hängen und die Zunge aus dem Mund baumeln. Wie ein kleines dummes Monster wackelte sie durch das Lehrerzimmer und murmelte immer wieder leise vor sich hin: »Nein, ich will nicht zaubern; nein, ich will nicht zaubern.« Nachdem sie auf diese Weise Ben nachgeäfft hatte, baute sie sich wieder vor ihm auf und fragte ihn nochmals: »*DAS* nennst du *NEIN* sagen?«

Ben errötete und maulte beleidigt: »Veralbern kann ich mich alleine, Miriam. Wie soll ich denn *NEIN* sagen?«

Miriam lief um die Vitrine herum, schubste Ben beiseite und stellte sich in die richtige Zauberposition. Sie holte ein paarmal tief Luft, stellte sich auf die Zehenspitzen und schrie aus vollem Halse: »*HÖR ZU, ZAUBERER! ICH WILL NICHT ZAUBERN! NEIN! NEIN! NEIN! ICH VERZICHTE AUF DIE GANZE VERDAMMTE ZAUBEREI! VERSCHWINDE VON MIR! MACH, DASS DU WEGKOMMST! WIR SCHAFFEN ES AUCH OHNE DICH! HAU AB, ZAUBERER!*«

Miriam hatte einen knallroten Kopf, so angestrengt hatte sie geschrien, Thomas und Frank hiel- ➡

ten sich noch immer die Ohren zu, Ben staunte bloß und Jennifer kicherte vor sich hin. Genau so kannte sie Miriam. Immer, wenn sie früher mit Miriam gemeinsam in der Kirchendisco gewesen war und ein ganz besonderer Widerling sich an Miriam herangemacht hatte, hatte sie dem genau so ins Gesicht gebrüllt wie eben dem geisterhaften Zauberer. Danach hatten sich auch die hartnäckigsten und eingebildetsten Jungen blitzartig aus dem Staub gemacht. Das hatte zur Folge, dass sich in der ganzen Schule kaum noch ein Junge an Miriam herantraute; also hatte Miriam den Spieß umgedreht und ging auf die Jungs zu, die ihr gefielen. Vor dem Rest hatte sie meistens Ruhe. Dies war einer der Punkte, die Jennifer an Miriam immer wieder bewunderte.

Als Miriam wieder ein wenig zu Atem gekommen war, drehte sie sich sanft zu Ben um und sagte: »*SO* sagt man *NEIN*, Ben. Du musst einfach öfter in die Disco gehen.«

Ben tapste vorsichtig auf den Zaubererplatz. Er konnte sich noch immer nicht vorstellen auf eine solche Weise wie Miriam *NEIN* zu sagen. Aber wenn der Zauber anders nicht abzuwimmeln war, musste es wohl sein. Ben kam sich furchtbar albern vor, nahm aber seine ganze Kraft zusammen und schrie so laut wie er dachte schreien zu können; er war damit ungefähr halb so laut wie Miriam: »Zauber und Zauberer! Haut ab! Ich will nicht zaubern! *ICH BEFEHLE EUCH ZU VERSCHWINDEN UND VON MIR ABZULASSEN!«*

Ben sah unsicher in die kleine Runde.

Miriam war die Erste, die begeistert Beifall klatschte. »Wunderbar!«, rief sie. »Das hast du wunderbar gemacht!«

Ben lächelte verlegen.

»Und jetzt probier es aus!«, forderte Jennifer.

Ben stellte sich wieder in Zauberposition und rief: *»ICH BEFEHLE DIESEM RAUM DUNKEL ZU WERDEN!«* Es blieb hell! Ben versuchte es ein zweites Mal. Kaum hatte er seinen Befehl ausgesprochen, hörten die Kinder etwas knirschen. Das Glas der Vitrine sprang und bröselte knisternd zu Boden. Ben wich zurück.

»Was hat das denn zu bedeuten?«, fragte Frank. »War das schon wieder ein neuer Zauber?«

»Der Schlüssel!«, rief Ben. »Der Schlüssel liegt frei! Ich habe die Macht des Zaubers abgelegt. Man muss bewusst auf die Macht des Zaubers verzichten. *Dadurch* kommt man an den Schlüssel heran!« Er schlug sich auf die Stirn. »Darauf wäre ich im Computerspiel nie gekommen!«

»Wozu passt denn der Schlüssel?« Thomas war vorsichtig an den Scherbenhaufen herangetreten, in dem der Schlüssel lag. So einen Schlüssel hatte er noch nie gesehen, obwohl er eine recht umfassende Schlüsselsammlung besaß. Kupferfarben glitzerte der Schlüssel im Sonnenlicht; er hatte etwa die Größe eines normalen Sicherheitsschlüssels, war aber achtkantig, mit drei Bärten und fünf freien Seiten. Die freien Seiten hatten eine komische Wellenform. Das Merkwürdigste aber war, dass selbst der Griff so geformt war, als wäre es ein eigener Schlüssel. Es war offensichtlich ein Schlüssel, den man von beiden Seiten benutzen konnte.

»Ein solches Schloss gibt es doch auf der ganzen Welt nicht«, stellte Thomas fest.

»Ich kann mir auch nicht vorstellen, wo er passt«, sagte Ben. »Aber irgendwie müsste er uns in die nächste Ebene führen.«

Die Kinder sahen sich im Lehrerzimmer nach einer Tür um, in die der Schlüssel passen könnte. In die einzige Eingangstüre passte er sicher nicht. Ein ganz normaler Türschlüssel steckte dort im Schloss. Ebenso sah es bei den Schränken aus.

»Vielleicht sollten wir ihn mit den Schlüsseln der ganzen Schule vergleichen?«, schlug Jennifer vor. »Dieser Schlüssel sieht zwar ganz anders aus als alle bekannten Schlüssel, aber eine Seite dieses Schlüssels hat vielleicht Ähnlichkeit mit einem anderen Schlüssel der Schule?«

Das war eine gute Idee, fanden die anderen, und Thomas lief ins Schulbüro um seinen dicken Schlüsselbund zu holen, an dem alle Schlüssel der Schule hingen.

Die anderen warteten im Lehrerzimmer. Aber Thomas kam nicht zurück.

»Kommt mal her!«, rief er stattdessen aus dem Büro heraus. »Hierher: ins Büro des Direktors!«

Als die anderen ankamen, stand Thomas hinter dem Schreibtisch des Direktors und zeigte auf die große, braune Tischplatte.

»Hier ist ein Loch drin!«, stellte Thomas erstaunt fest.

»Ja, das hat Max dort bestimmt hineingekokelt«, meinte Ben, während er auf den Schreibtisch zuging.

»Nein, nein«, widersprach Thomas. »Das sieht ganz anders aus. Es sieht aus wie ...«. Er machte eine kleine Pause, als wollte er sich noch einmal vergewissern, dass er sich nicht verguckt hatte. »...wie ein Schlüsselloch!«, sagte er dann. »Aber ein sehr merkwürdiges!«

Ben stellte sich neben Thomas und versuchte den Schlüssel in das Loch zu stecken. Er passte nicht.

»Dreh ihn um!«, empfahl Thomas. »Ich bin sicher, der Griff ist auch ein Schlüssel.«

Ben drehte den Schlüssel um und steckte ihn mit dem Griff zuerst in das Loch. Er passte! Die Kinder hielten den Atem an. Langsam drehte Ben den Schlüssel zur rechten Seite. Er hakte. Jetzt versuchte Ben es links herum. Während er drehte, schob sich quietschend einer der großen Aktenschränke des Direktors beiseite.

»Eine Geheimtür!«, hauchte Frank. Verblüfft sahen die Kinder, wie der große Schrank eine dicke, schwere Holztür freigab. Vorsichtig gingen sie auf die Tür zu. Frank betätigte den schweren Messinggriff der Tür.

»Sie ist offen!«, sagte er erregt. Frank zog die Tür langsam auf und ging hindurch. Die anderen folgten ihm.

Jetzt standen sie in einem großen, dunklen Büro! ➡

An der Seite des Raumes schien es zwar ein großes Fenster zu geben, aber es war mit einem dunkelblauen Samtvorhang zugehängt. Am Ende des Raumes, unter einem riesigen Bild mit viel zu viel Schwarz und Dunkelbraun stand ein Schreibtisch, mindestens doppelt so groß wie der des Direktors. Links und rechts vom Schreibtisch baumelten zwei Flaggen in einem Fahnenständer. Die dem Fenster gegenüberliegende Wand bestand nur aus einem einzigen Schrank mit zahlreichen Türen und Schubladen. Ungefähr vier Meter vor dem Schreibtisch, in der Mitte des Raumes, sahen die Kinder einen niedrigen, runden Glastisch, um den vier breite Ledersessel gruppiert waren.

»Wisst ihr, wo wir sind?«, fragte Jennifer.

Die anderen schüttelten die Köpfe.

»Aber ich!«, antwortete Jennifer sich selbst. »Dies ist das Arbeitszimmer vom Bürgermeister!«

»Vom Bürgermeister?«, rief Miriam. »Aber das Arbeitszimmer vom Bürgermeister ist im Rathaus. Das ist mindestens fünf Kilometer von hier entfernt!«

Jennifer nickte. »Trotzdem«, sagte sie. »Ich habe mit meinen Eltern mal eine Rathausbesichtigung gemacht. Da waren wir auch in diesem Zimmer. Ich erinnere mich genau, weil ich das riesige Bild an der Wand so furchtbar hässlich fand. Dies ist das Zimmer vom Bürgermeister!«

»Auf jeden Fall sind wir in der dritten Ebene!«, meinte Ben. »Und von nun an wissen wir überhaupt nicht mehr, was passieren wird!«

# Die Entscheidung

»Guckt euch das an!«, rief Jennifer.

Die Kinder hatten keine Ahnung, was sie im Büro des Bürgermeisters sollten, aber Ben hatte darauf beharrt, dass sie jetzt in der dritten Ebene des Computerspiels waren, also musste es auch irgendeinen Sinn ergeben, dass die Regeln des Spiels sie hierher geführt hatten. Den Kindern war schließlich nichts anderes eingefallen, als das Arbeitszimmer des Bürgermeisters erst einmal gründlich zu durchsuchen. Vielleicht ergab sich ja irgendein Hinweis, warum das Spiel sie auf diese seltsame Weise hierher gelotst hatte. Schließlich waren sie fünf Kilometer von der Schule entfernt, obwohl sie nur durch eine Tür gegangen waren.

Jennifer hatte eine der Schranktüren geöffnet und eine große Metallkiste auf Rädern entdeckt. *»Zur Vernichtung«* stand in dicken, roten Buchstaben darauf geschrieben. Sie hatte die Kiste neugierig geöffnet und ein bisschen in dem Haufen Papier, der darin lag, herumgewühlt.

Jetzt hatte sie einen Packen mit Akten in der Hand und rief die anderen aufgeregt zu sich.

»Das ist ja wohl wirklich der Gipfel«, empörte sich Jennifer.

Miriam und Ben liefen herbei und guckten Jennifer über die Schulter.

»Was ist denn los?«, fragte Thomas, der am ➡

Schreibtisch stehen blieb und gerade überlegte, ob er den Briefbeschwerer aus Bleikristallglas für seine Sammlung mitnehmen sollte. Frank hatte es sich in einem der weichen Ledersessel für einen Augenblick bequem gemacht, da wollte er nicht sofort wieder aufstehen.

»Hier sind Pläne für ein fünfstöckiges Parkhaus«, erläuterte Jennifer. »Ratet mal, wo das gebaut werden soll?«

Keiner konnte es sich vorstellen. Im Einkaufszentrum gab es bereits zwei Parkhäuser und auch in den kleineren Einkaufsstraßen waren riesige Parkplätze vorhanden.

Jennifer blätterte demonstrativ die einzelnen Zettel des Aktenpaketes durch und gab die Auflösung: »Genau neben unserer Schule. Auf dem Sportplatz!«

Frank sprang aus dem Ledersessel hoch wie aus einem Schleudersitz: »Auf dem Sportplatz?«, jammerte er. »Sind die wahnsinnig geworden? Und wo kommt der Sportplatz hin?« Er stürzte auf Jennifer los und riss ihr die Akte aus der Hand.

»Ganz hinten ist eine Zeichnung«, sagte Jennifer. Frank kniete sich auf den Fußboden und zog verschiedene Bauzeichnungen aus dem Stapel hervor, die er nebeneinander vor sich auf dem Boden ausbreitete. Die anderen hockten sich neben Frank, sogar Thomas, der sich langsam dazugesellte, aber noch immer mit einem Auge auf den Briefbeschwerer schielte. Der würde wirklich gut in seine Glassammlung passen.

»Hier ist es ganz deutlich zu sehen«, zeigte Jennifer. »Genau dort, wo das Parkhaus eingezeichnet ist, ist jetzt noch unser Sportplatz. Und ein neuer Sportplatz ist nicht eingezeichnet.«

Frank war fassungslos. »Wo sollen wir denn in Zukunft Sport machen?«, stammelte er. »Die spinnen doch!«

»Du hast es doch in dem Kasten zur *Aktenvernichtung* gefunden«, überlegte Ben. »Vielleicht haben sie den Plan ja aufgegeben?«

»Es steht aber auch *Erster Entwurf* darauf«, erwiderte Jennifer. »Vielleicht gibt es inzwischen einen zweiten und deshalb haben sie den alten Entwurf weggeworfen. Kommt, wir gucken mal, ob wir irgendwo etwas finden!«

»Auf dem Schreibtisch liegt eine schwarze Mappe. Solche hat mein Vater auch in seinem Büro. Da liegen immer die Sachen drin, die er unterschreiben muss.« Thomas stand auf und ging zum Schreibtisch. Aber Miriam war viel schneller. Mit zwei großen Schritten war sie schon an Thomas vorbei, schnappte sich die Mappe und blätterte sie durch.

»Hier!«, rief sie plötzlich. »Da ist der Entwurf noch einmal. Da steht's ja auch drauf.« Dann las sie vor: *»Entscheidungsvorlage. Projekt Parkhaus.«* Schnell blätterte Miriam auf die letzte Seite. »Gott sei Dank, es ist noch nicht unterschrieben!«, stellte sie erleichtert fest.

»Warum Gott sei Dank?«, wollte Jennifer wissen. »Der Bürgermeister ist doch ohnehin nicht da, genauso wenig wie die anderen Erwachsenen.«

»Aber vielleicht kommen sie irgendwann zurück«, antwortete Miriam. »Nur: Dann wird dieser Plan nicht mehr da sein!« Entschlossen rollte Miriam die Akte zusammen und stopfte sie sich in die hintere Hosentasche.

Frank grinste Miriam an: »Du bist mal wieder einsame Spitze, Miriam«, sagte er anerkennend. »Hoffentlich nützt es auch was.«

»Jetzt nehme ich mir auch endlich den Briefbeschwerer«, entschied Thomas. Er machte sich zwar überhaupt nichts aus Sport, trotzdem fand er es ungerecht und gemein vom Bürgermeister, der Schule den Sportplatz wegnehmen zu wollen. Und wenn der Bürgermeister den Kindern den Sportplatz nimmt, nahm er dem Bürgermeister eben den Briefbeschwerer. *Selber schuld! Das ist nur gerecht!*, dachte Thomas und nahm den Briefbeschwerer vom Schreibtisch.

In dem Moment sprang die Tür des rechten Schränkchens unter dem Schreibtisch auf. Thomas blieb wie versteinert stehen, so sehr hatte er sich erschrocken. Irgendetwas schimmerte hell aus dem Schränkchen. Thomas bückte sich um nachzusehen.

»Du lieber Himmel!«, rief er aus. »So etwas habe ich noch nie gesehen!«

»Oh nein, was ist denn nun schon wieder?«, fragte Miriam genervt. Allmählich wurden ihr die Überraschungen zu viel. Sie ging um den Schreibtisch herum und wollte in das Schränkchen sehen.

Aber Thomas stellte den Briefbeschwerer zurück auf den Schreibtisch um für die neue Entdeckung die Hände frei zu machen. Kaum hatte er das gläserne Ding abgestellt, schloss sich die Schranktür wieder mit einem lauten Knall. Miriam rüttelte an der Tür. Vergeblich. Die Tür war fest verschlossen.

»Komisch«, wunderte sich Thomas. »Ich habe doch nur den Briefbeschwerer hier hingestellt.« Während er das sagte, griff er nach dem Sammlerstück und hob es leicht an. Plötzlich sprang die Tür erneut auf und haute Miriam mit einem kräftigen Schwung um. Miriam kullerte mit einer Rolle rückwärts durchs Zimmer, rappelte sich wieder auf und schüttelte den Kopf.

»Eine Tür mit Sprungfeder?«, stammelte sie. »So ein Schwachsinn!« Sie blickte zum Schränkchen und sah, was daraus so hell schimmerte. »Das ist ja …«

»… ein goldener Computer!«, unterbrach sie Ben, der inzwischen mit Frank und Jennifer zum Schreibtisch geeilt war.

»Gesichert mit einem geheimen Türöffner«, ergänzte Thomas. »Die Tür wird durch den Briefbeschwerer betätigt!«

Alle fünf hockten sich im Halbkreis vor den goldstrahlenden Elektronikkasten und betrachteten ihn voller Ehrfurcht.

»Ob ich ihn mal anschalte?«, fragte Ben unsicher. Ihn juckte es in den Fingern, diesen wertvollen und mysteriösen Computer auszuprobieren, aber ein bisschen Angst hatte er auch. *Wie würde der*

*Kasten reagieren, welche Programme waren darin gespeichert und was würden sie bewirken?*

»Jetzt sind wir bis hierhin gekommen, jetzt will ich auch wissen, was das für ein Teil ist«, entschied Frank. Ben gab Frank Recht. Vorsichtig näherte er sich dem Computer, tastete sich mit der Hand langsam zum (POWER) – Knopf vor, drückte darauf und schnellte mit seiner Hand wieder zurück. Vollkommen geräuschlos begann der Bildschirm zu flackern. Kein Summen, kein Piepsen, kein Knacken – nichts. Der Computer gab nicht ein einziges Geräusch von sich. Das hatte Ben bei einem Computer noch nie erlebt. Der Bildschirm flackerte weiter, dann plötzlich erschien in goldenen Buchstaben der Schriftzug:

DIE STADT DER ERWACHSENEN

Jennifer und Miriam guckten sich fragend an. Frank kratzte sich am Kopf und Thomas hätte beinahe in Gedanken den Briefbeschwerer wieder auf den Schreibtisch gestellt, aber im letzten Moment besann er sich und behielt ihn in den Händen. Ben blickte stumm und mit zusammengekniffenen Augen auf den Bildschirm. Seine Stirn legte sich in Falten. Er dachte angestrengt nach.

Auf dem Bildschirm erschien eine neue Schrift, wiederum in goldenen Lettern:

Geben Sie das Codewort ein!

Ein Codewort? Wie um alles in der Welt mochte das Codewort heißen?

»Das war's dann«, sagte Frank niedergeschlagen. »Woher sollen wir das Codewort kennen? Das bekommt man doch nie raus!«

Er wollte gerade aufstehen und die Sache mit dem goldenen Computer einfach vergessen, aber Ben zupfte ihn am Hosenbein.

»Warte!«, sagte Ben. »Wir können es doch wenigstens mal versuchen.« Die Herausforderung, das Rätsel eines Computers zu lösen, war für Ben zu groß um einfach aufzugeben. Oft genug hatte er zu Hause stundenlang allein vor seinem Computer gesessen und über irgendwelche Fehler, undurchsichtige Programme und merkwürdige Funktionen des Computers gegrübelt. Meistens hatte er die Probleme irgendwann auch gelöst, bis auf den Fehler im Spiel Die Stadt der Kinder. Aber er hatte es versucht und auch jetzt brannte er darauf, das Rätsel des Codeworts zu knacken.

»Lasst uns doch mal überlegen«, forderte Ben. »Was könnte das Codewort für DIE STADT DER ERWACHSENEN sein?«

Thomas und Frank zuckten mit den Schultern. Sie hatten nicht die geringste Vorstellung. Alles Mögliche konnte das Codewort sein; wie sollte man das herausfinden?

»Vielleicht etwas, was typisch für Erwachsene ist?«, überlegte Jennifer laut. »Etwas, was uns sofort einfällt, wenn wir an Erwachsene denken?«

»Ja, das könnte sein«, fand Ben. »Und was ist das zum Beispiel?«

»Befehl!«, fiel Miriam als Erstes ein. »Ich finde,

typisch für Erwachsene ist, dass sie immer etwas befehlen müssen: *Setz dich gerade hin! Lass das! Schmatz nicht! Wasch dich! Du bist um neun Uhr zu Hause!* Wenn ich so darüber nachdenke, was meine Eltern alles zu mir sagen, dann sind da ungeheuer viele Befehle dabei. In der Schule genauso: *Bis morgen schreibt einen Aufsatz! Passt auf! Hört auf zu reden! In der Pause müsst ihr auf den Hof!* Alles Befehle!«

»Genauso ist es«, stimmte Jennifer zu. »Die Erwachsenen reden mit uns, als ob wir Hunde wären. Die fragen nicht, die bitten nicht um irgendetwas, sondern die befehlen!«

»Und ein Computer empfängt auch immer Befehle«, ergänzte Frank. »Ich finde, ›Befehl‹ ist eine gute Idee für ein Codewort.«

Alle waren sich einig. Ben tippte als Codewort (BEFEHL) ein und drückte die (ENTER) – Taste.

Der Bildschirm flackerte kurz, dann erschien in silberfarbenen Buchstaben:

**Falsches Codewort!**
**Geben Sie das richtige Codewort ein!**
**Sie haben noch zwei Versuche!**

»Schade«, sagte Miriam. »Ich finde, das hätte gut das Codewort sein können.«

»Dies ist ja der Computer vom Bürgermeister«, erinnerte sich Ben. »Vielleicht hat das Codewort weniger mit den Erwachsenen allgemein zu tun, sondern mehr mit dem Bürgermeister? Wie wäre es mit ›Regierung‹?«

Auch das war keine schlechte Idee, fanden die anderen und so gab Ben das Wort ein und drückte wieder die (ENTER) – Taste.

Wieder flackerte der Bildschirm, dann erschien die Schrift, diesmal in brauner Farbe:

Falsches Codewort!
Geben Sie das richtige Codewort ein!
Letzter Versuch!

»Verflixt, wir haben nur noch eine Chance«, stöhnte Ben. Die Kinder grübelten und murmelten immer wieder irgendwelche Wörter vor sich hin, die sie für die Welt der Erwachsenen oder des Bürgermeisters für typisch hielten:

»Strafe... Ärger... Ordnung«, fiel Miriam ein.

»Geld... Besitz... keine Zeit«, dachte Thomas.

»Pünktlichkeit... Vernunft... Arbeit«, überlegte Ben.

»Leistung... Training... Auszeichnung«, schlug Frank vor.

»Puh, ist das schwer zu entscheiden«, jammerte Jennifer. Sie stockte, wiederholte den letzten Teil ihres Satzes noch einmal: »... schwer zu entscheiden«. Nachdenklich murmelte sie weiter: »Befehl... Regierung... schwer zu entscheiden... Der Bürgermeister muss schwere Entscheidungen treffen... Erwachsene entscheiden...« Einen Augenblick hielt sie inne, dann rief sie mit strahlenden Augen: »Wie wäre es mit ›Entscheidung‹?«

Ben war begeistert: »Das ist es. Natürlich! Es geht um die Entscheidung! Verdammt: Wir sind unmittelbar vor der vierten Ebene des Computerspiels: Dort geht es um die Entscheidung!«

»Welche Entscheidung?«, fragte Miriam.

»Entscheidung über Sieg oder Niederlage«, antwortete Ben.

»Klar!«, pflichtete Frank bei. »Das Spiel geht seinem Ende entgegen. Und am Ende wird ein Spiel entschieden, wie auch immer. Wie im Sport. Ich bin sicher, ›Entscheidung‹ stimmt.« Sofort tippte Ben das Wort in die Tastatur. Der Bildschirm flackerte und es erschien in goldenen Farben das Bild einer Stadt.

»Das gleiche Bild wie im Spiel Die Stadt der Kinder! Nur in Gold!«, schrie Ben. »Wir sind in der vierten Ebene!«

Nur fand Ben keinen Joystick um wie bei seinem Spiel eine Figur zu bewegen, aber das schien nicht besonders schlimm zu sein, denn es waren auch keine Figuren zu sehen. Der Bildschirm zeigte eine leere Stadt. Nichts bewegte sich.

»Und nun?«, fragte Miriam, wobei sie etwas näher an Ben heranrutschte. »Was heißt das: vierte Ebene? Was müssen wir jetzt tun?«

»Wenn ich das wüsste!«, stöhnte Ben. »Ich kenne niemanden, der schon einmal in dieser Ebene gewesen wäre. Wir müssen es eben ausprobieren.« Ben drückte eine beliebige Taste.

Das Bild der goldenen Stadt blieb unverändert. Nur am unteren Rand des Bildschirms erschien eine neue Schrift.

**Ihre erste Entscheidung: Schule, Park oder City?**
**Bitte wählen Sie!**

las Ben laut vor.

Er zögerte.

»Nimm die Schule«, entschied Jennifer. »Da kennen wir uns am besten aus und können verfolgen, was das Spiel von uns will.«

Ben wählte die Schule. Auf dem Bildschirm erschien das grobe Schema einer Schule, wiederum alles in goldenen Farben. Oben links auf dem Bildschirm leuchtete eine schwarze Zahl auf:

**10.000**

Unten tauchte eine neue Frage auf:

**Wollen Sie die Turnhalle abreißen?**

»Was ist denn das für eine beknackte Frage?«, empörte sich Frank. »Nein, wir wollen keine Turnhalle abreißen!« Ben tippte energisch (NEIN) ein. Die schwarze 10.000 verschwand, stattdessen blinkte eine rote 100. Der Computer piepste! Zum ersten Mal gab der Computer ein Geräusch von sich. Mitten im Bild tauchte ein roter Kasten auf, in dem mit weißer Schrift zu lesen war:

Warnung!
Ihre erste Fehlentscheidung.
Sie haben nur noch 100 Punkte.
Grenzbereich!!

Die Worte Warnung und Grenzbereich blinkten unaufhörlich.

»Na sowas!«, staunte Frank. »Wieso ist es eine Fehlentscheidung, wenn man die Turnhalle nicht abreißt? Was ist denn das für ein dummes Spiel?«

»Kannst du das rückgängig machen?«, fragte Jennifer.

Frank wollte sich gerade bei Jennifer beschweren, aber sie stoppte ihn mit einer Handbewegung.

»Ich will doch nur herausbekommen, was das Spiel von uns will«, sagte sie. »Außerdem ist es ja nur ein Spiel.«

»Hoffentlich«, bemerkte Ben und drückte einige Tasten, von denen er vermutete, dass sie seine vorangegangene Entscheidung rückgängig machten. Es funktionierte. Wieder tauchte die alte Frage auf, ob er die Turnhalle abreißen wolle. Diesmal bejahte Ben die Frage.

Ihre erste richtige Entscheidung.
Herzlichen Glückwunsch

freute sich der Computer und zeigte dafür 30.000 Punkte an.

Frank schnaubte vor Entrüstung, doch der Computer stellte schon wieder die nächste Frage:

**Wollen Sie in der Schule bleiben oder in den Park oder die City wechseln?**

wollte er wissen.

»Jetzt wechsle aber mal in die City«, verlangte Frank, »bevor wir noch die gesamte Schule abreißen sollen!«

Ben drückte die Taste für die City.

»Ben! Frank!«

»Miriam!«

»Jennifer! Thomas?«

Die fünf Kinder drehten sich um. Wer rief da ihre Namen? Die Rufe wiederholten sich.

»Das ist doch Norberts Stimme?«, meinte Frank. »Woher kommt die?«

»Aus dem Nebenraum!«, erkannte Jennifer.

»Aus dem Nebenraum?«, wunderte sich Ben. »Norbert müsste doch in der Schule sein. Und die ist fünf Kilometer entfernt! Norbert kann doch gar nicht wissen, dass wir im Rathaus sind. Wir wissen ja selbst nicht, wie wir hierher gekommen sind.«

»Trotzdem ist das Norberts Stimme und sie kommt nun mal aus dem Nebenraum«, beharrte Jennifer. Sie stand auf, ging zur Tür, durch die sie gekommen waren, öffnete sie und ging in den Nebenraum um nach Norbert zu suchen. Nach zwei Schritten blieb sie verblüfft stehen. Sie stand wieder im Zimmer des Schulleiters, fünf Kilometer vom Rathaus entfernt.

»Jennifer! Wo steckt ihr denn? Wo sind die anderen?«, stürmte Norbert sofort auf Jennifer zu.

Jennifer war noch immer ganz verstört.

»Da… Rathaus… nebenan«, stotterte sie.

»Mensch, Jennifer!«, fuhr Norbert dazwischen. »Wo sind Ben und die anderen? Die Turnhalle ist verschwunden!«

»Was?« Jennifer glaubte sich verhört zu haben.

Norbert wiederholte: »Die Turnhalle ist weg! Von einer Sekunde auf die andere! Einfach weg! Es ist nur noch ein Sandplatz dort! Wo sind die anderen?«

Jennifer konnte nicht antworten. Sie schrie einfach nur: »Miriam! Ben! Kommt schnell! Frank! Thomas!«

Die Tür sprang auf. Alle vier kamen hereingestürmt.

»Was ist los?«, rief Frank, blieb aber wie die anderen abrupt stehen. Sie drehten sich verwundert herum, weil sie wieder im Zimmer des Schulleiters standen. Sie waren nur durch eine Tür gegangen und hatten damit fünf Kilometer überbrückt? Norbert ließ ihnen keine Zeit zum Wundern. Er wiederholte, dass die Turnhalle verschwunden war. Alle liefen nach draußen um sich das Unmögliche anzusehen. Es konnte doch nicht einfach eine Turnhalle verschwinden!

Nur Ben machte auf dem Absatz kehrt und rannte zurück durch die Tür. Norbert, Jennifer, Miriam, Frank und Thomas standen auf dem Schulhof und blickten entsetzt auf den Platz, auf dem vor kurzem noch die Turnhalle gestanden hatte. Rund um den Platz tummelten sich die anderen hundert Kinder und stellten wild durcheinander schreiend die verschiedensten Vermutungen an, wo die Halle geblieben sein könnte. Gerade wollte Norbert erklären, wie er das Verschwinden der Turnhalle miterlebt hatte, da war die Turnhalle plötzlich wieder da. Groß, breit, hässlich und alt stand sie da, so als ob sie niemals fort gewesen wäre. Hundert Kinder sprangen zurück und die wilde Debatte über das, was passiert sein könnte, begann von neuem. Norbert setzte sich mitten auf den Schulhof. Das war zu viel für ihn. »Was war das denn nun wieder?«, winselte er vor sich hin.

»Ben!«, rief Jennifer. »Das war Ben!« Und schon rannte sie zurück zum Zimmer des Schulleiters. Miriam und Frank liefen sofort hinterher. Thomas war im Begriff sich umzudrehen und den anderen ebenfalls zu folgen. Aber im Laufen rief Jennifer ihm zu, er möge den anderen erklären, was los sei. Thomas gehorchte und hockte sich neben Norbert.

Jennifer, Miriam und Frank platzten durch die Tür ins Bürgermeisterzimmer. Es funktionierte wieder: Einmal durch die Tür, schon waren sie von der Schule aus im fünf Kilometer entfernten Rathaus angekommen. Die Kinder hörten auf sich darüber zu wundern. Es war eben so, das musste für den Moment reichen.

Ben hockte konzentriert vor dem goldenen Computer.

»Warst du das mit der Turnhalle?«, fragte Jennifer.

»Sie ist wieder da, nicht wahr?«

Jennifer nickte aufgeregt.

»Das dachte ich mir«, sagte Ben. »Ich bin jetzt wieder in der City. Der Computer fragt, was ich mit den Bäumen in der City machen will.«

»Mit welchen Bäumen?«, wollte Jennifer wissen. »In der City sind doch ohnehin kaum Bäume.«

»128«, antwortete Ben. »Das sagt der Computer. Und ich wette, wenn ich jetzt eingebe, dass ich die abholzen will, bekomme ich nicht nur wieder eine Menge Punkte, sondern dann sind die Bäume in der City auch wirklich verschwunden!«

»Du meinst ...?« Jennifer mochte ihren Gedanken nicht aussprechen. Aber Ben verstand sie auch so und sprach ihren Satz zu Ende: »Ja, in der vierten Ebene passiert alles, was ich eingebe, offenbar auch in Wirklichkeit. Die vierte Ebene ist die Stadt der Erwachsenen!«

»Wie bei deinem Computerspiel Die Stadt der Kinder«, erinnerte sich Miriam. »Das ist ja auch Wirklichkeit geworden, als dann tatsächlich die Erwachsenen aus unserer Stadt verschwanden.«

Ben nickte leicht mit dem Kopf; er zog die Stirn kraus und knabberte an einem Fingernagel.

»Zwei Spiele?«, wunderte sich Frank. »Eins für Kinder und eins für Erwachsene? Ich denke, es ist dasselbe Spiel, nur die vierte Ebene? Ich begreife das alles nicht mehr.«

»Doch, du begreifst es sehr gut, Frank«, antwortete Ben schließlich. »Es ist ein und dasselbe Spiel. Und wir sind mittendrin!«

»Was meinst du damit: Wir sind mittendrin?«

»Bisher dachten wir, dass alles in unserer Stadt

passiert wie im Computerspiel **Die Stadt der Kinder**, und dass der Computer mit seinen Regeln Einfluss auf die Wirklichkeit hat. Deshalb, so dachten wir, sind die Erwachsenen verschwunden.«

»Jetzt sag bloß noch, dass das nicht stimmt.«

»Nicht ganz«, sagte Ben.

»Dann hätten wir uns den ganzen Weg bis zur vierten Ebene schenken können?« Miriam ahnte das Schlimmste.

»Nein, im Gegenteil«, beruhigte Ben sie. »Die Wirklichkeit funktioniert nicht wie im Spiel. Wir selbst sind das Spiel!«

»Häh?«, machte Jennifer. »Versteh ich nicht.«

Ben erklärte es noch einmal: »So verrückt es auch klingt, eigentlich ist es ganz einfach: Wir spielen das Spiel **Die Stadt der Kinder**. Nur spielen wir es nicht am Computer, sondern sind selbst mittendrin im Spiel. Nicht die Erwachsenen sind verschwunden, sondern wir! Wir sind die lebendigen Spielfiguren. Es geht also nicht darum, die Erwachsenen zurückzuholen, sondern uns aus dem Spiel in die Wirklichkeit zurückzubringen. Das ist der helle Wahnsinn.«

Jennifer sah an sich herunter und kniff sich selbst in den Po. »Ich fühle mich gar nicht an wie eine Spielfigur«, fand sie.

»Verstehe ich trotzdem nicht so ganz«, warf Miriam ein. »Und was soll dann **Die Stadt der Erwachsenen?**«

»Das ist die vierte Ebene unseres Spiels«, erklärte Ben. »Wir haben das ganze Computerspiel durchmachen müssen: Zuerst waren die Erwachsenen verschwunden und wir mussten uns organisieren. Das war die erste Ebene.

Dann habe ich die Macht des Zauberers übernommen, indem ich seinen Platz einnahm. Damit sind wir in die zweite Ebene gerutscht. Unsere Aufgabe war es, auf die Macht des Zauberers zu verzichten. Dadurch haben wir den Schlüssel bekommen, der uns in die dritte Ebene führte: ins Zimmer des Bürgermeisters. Deshalb war auch der Sprung von der Schule ins Rathaus möglich, obwohl es fünf Kilometer entfernt ist.«

»Wieso?«, fragte Jennifer. »Was hat die Entfernung mit dem Spiel zu tun?«

»Dadurch bin ich überhaupt erst darauf gekommen, dass wir direkt im Spiel sind«, erläuterte Ben weiter. »In einem Computerspiel springt die Ebene einfach von einem Geschehen ins nächste. Es erscheint einfach ein neues Bild. Und das ist mit uns passiert. Wir sind von einem Bild ins nächste gesprungen, von der Schule ins Rathaus. Das war für mich der Beweis: Wir *sind* das Spiel!«

»Na ja, und weiter? Du warst erst bei der dritten Ebene«, drängelte Miriam.

»In der dritten Ebene war es unsere Aufgabe, den goldenen Computer zu finden und ihn zu starten. Damit begann die vierte Ebene: **Die Stadt der Erwachsenen!**«

Frank konnte dem Gedankengang von Ben noch nicht so richtig folgen. »Was bedeutet denn **Die Stadt der Erwachsenen?**«, fragte er. »Ich meine: Wie geht denn das Spiel jetzt weiter?«

»Nachdem wir also alle Stationen des Spiels durchgemacht haben«, wiederholte Ben, »führt uns die vierte Ebene in die Erwachsenenwelt. Wir sollen Entscheidungen treffen wie die Erwachsenen. Wir sollten die Turnhalle verschwinden lassen oder die Bäume ...«

»Genau wie der Plan des Bürgermeisters, den Sportplatz abzubauen«, unterbrach ihn Frank.

»Auf solche Gedanken kommen wirklich nur Erwachsene!«, sagte Jennifer.

Miriam nickte zustimmend. »Das spielen wir ja wohl hoffentlich nicht länger mit!«, meinte sie dann.

»Das ist das entscheidende Problem«, antwortete Ben.

»Was meinst du damit?«, wollte Frank wissen.

»Obwohl wir erst jetzt wissen, dass wir das Spiel sind, stimmte unsere anfängliche Vermutung, dass wir in unsere alte Welt mit den Erwachsenen nur zurückkommen, wenn wir das Spiel zu Ende spielen.«

»Halt, stopp mal«, rief Miriam. »Das ist doch wohl nicht dein Ernst? Wir müssen diesen verdammten Plan, den ich gerade so schön geklaut habe, jetzt selber in die Tat umsetzen?«

»Ja, so ähnlich«, bestätigte Ben. »Wir müssen das Spiel zu Ende spielen. Dann setzt es sich wie jedes andere Computerspiel auf den Anfang zurück. Und der Anfang ist: Wir sind wieder in unserer alten Welt mit unseren Eltern und all den anderen Erwachsenen!«

»Aber um das zu erreichen, müssen wir ja die

ganzen unsinnigen Entscheidungen treffen: die Turnhalle abschaffen, die Bäume vernichten und was weiß ich noch alles!«, empörte sich Jennifer.

Ben nickte: »Genau das ist die Entscheidung, die dieser goldene Computer von uns verlangt. Entweder wir treffen typische Erwachsenenentscheidungen – gegen unseren Willen ...«

»... oder wir bleiben in der Welt der Kinder und sehen unsere Eltern niemals wieder!«, ergänzte Jennifer, die jetzt genau begriffen hatte, worum es ging. Ihr wäre es beinahe lieber gewesen, sie hätte es nicht verstanden.

Die Kinder schwiegen. Sie standen vor einer unausweichlichen Entscheidung in einem furchtbaren Computerspiel. Und Jennifer hatte das Gefühl, egal, wie sie entscheiden würden: Sie würden niemals damit glücklich werden.

# Ende gut, gar nichts gut

»Ich will zu meinen Eltern zurück!« Max hatte von den langen Erklärungen, die Ben auf der Versammlung abgegeben hatte, wenig verstanden, nur so viel: Er würde seine Eltern nie wiedersehen, wenn sie einen komischen goldenen Computer beim Bürgermeister abschalteten. Artig hatte er gewartet, bis Ben zu Ende gesprochen hatte, dann hatte er sich sogar noch geduldig angehört, was andere Kinder zu sagen hatten, aber jetzt konnte er sich nicht mehr zurückhalten. Norbert hatte gerade energisch dafür plädiert, nicht zu den Eltern zurückzukehren und in der Welt der Kinder zu bleiben.

Weinend stand Max in der Mitte der Aula. »Ich dachte, die Eltern wären nur eine kurze Zeit weg. Wie im Urlaub. Da fand ich die Zeit mit euch ja auch ganz lustig, aber jetzt will ich zurück zu Mami und Papi.«

»Ich kann dich sehr gut verstehen, Max«, tröstete Miriam den kleinen Max. »Aber denke doch mal an den gemeinen goldenen Computer! Er verlangt von uns viele schöne Dinge aufzugeben: die Turnhalle, die Bäume in der Stadt, den Sportplatz, vielleicht als nächstes die Kinderspielplätze und überhaupt alles Spielzeug. Das Spiel läuft darauf hinaus, alles zu beseitigen, womit die Erwachsenen nichts anfangen können, was für uns Kinder aber wichtig ist!

Was wollen wir in der Erwachsenenwelt, wenn nichts mehr für uns da ist?«

»Aber was wollen wir hier in der Stadt der Kinder ohne unsere kleinen Geschwister und ohne unsere Eltern?«, wandte Kathrin ein. »Ich vermisse sie jedenfalls. Und außerdem geht das auf Dauer nicht gut. Wir leben nur von dem, was die Erwachsenen uns zurückgelassen haben.«

»Irgendwie schaffen wir das schon«, wollte Norbert sie beruhigen. »Wir haben bisher auch alles geschafft.«

Aber Christopher unterstützte Kathrin und bohrte nach: »Was ist, wenn die Läden eines Tages restlos leer sind? Wo bekommen wir dann neue Lebensmittel her?«

»Wir können sie selbst erzeugen«, meldete sich Torben. »In den Ferien fahre ich immer zu Verwandten auf den Bauernhof. Da habe ich schon überall mitgeholfen: beim Säen, bei der Ernte, beim Melken, beim Ausmisten der Ställe, sogar beim Schlachten war ich schon dabei. Ich weiß, wie das funktioniert.«

»Ich auch«, rief Silvia. »Ich war auch schon einige Male auf einem Bauernhof und habe bei der Arbeit geholfen.«

»Ihr glaubt doch nicht ernsthaft, dass wir alles alleine machen können wie die Erwachsenen?«, fragte Kathrin dazwischen. Schon beim Gedanken, selbst ein Tier schlachten zu müssen, wurde ihr fast schlecht.

»Eines Tages müssen wir es sowieso«, entgegnete

Thomas. »Auch die Erwachsenen sind einmal Kinder gewesen. Und wir Kinder werden irgendwann erwachsen sein und alles machen müssen. Der Unterschied ist bloß: Wenn wir unter uns bleiben, müssen wir alles viel schneller lernen.« Thomas seufzte laut, als er diesen Gedanken aussprach. Das war genau das, was er nicht wollte: dass alles viel schneller gehen musste.

»Wir kommen irgendwie nicht weiter«, stöhnte Jennifer. »Wir haben in den vergangenen zwei Stunden jede Überlegung mindestens schon dreimal gehört.«

»Ja, und?«, fragte Christopher. »Was willst du jetzt tun?«

Jennifer zuckte mit den Achseln. »Ich weiß es auch nicht«, gab sie zu. »Aber auf keinen Fall will ich zurück, wenn ich uns Kindern dadurch alles wegnehmen soll.«

»Das ist auch meine Meinung!«, sagte Ben, der fand, dass die Versammlung allmählich eine Entscheidung treffen sollte.

»Ohne Turnhalle und Sportplatz: niemals!«, entschied sich auch Frank. »Ich bleibe in der Stadt der Kinder!«

Miriam zögerte mit ihrer Entscheidung. Sie fand, dass sie noch niemals eine so aufregende und spannende Zeit erlebt hatte wie in dieser Woche. Sie waren eine richtige Gemeinschaft geworden, die alle Gefahren und Probleme gemeistert hatte: Sie hatten die Kranken aus dem Krankenhaus geholt, sich ein Lebensmittellager angelegt, einen großen

Brand gelöscht, über hundert Kinder in einem großen Hauptquartier zusammengefasst, dafür gesorgt, dass jeder zu essen und zu trinken hatte, hatten die kleineren Kinder versorgt, getröstet und behütet, waren mit Kolja und seiner Bande fertig geworden und hatten sich sogar noch um die Tiere im Zoo gekümmert. Miriam hatte viel gelernt in dieser Woche und auch viel Spaß gehabt. Aber sollte sie für immer darauf verzichten, ihren kleinen Bruder und ihre Eltern wieder zu sehen?

»Es soll alles so sein wie früher«, jammerte Max und riss damit Miriam aus ihren Gedanken.

»Ja, das wäre das Beste«, stimmte Jennifer zu. »Aber wie es scheint, geht das nicht. Das Computerspiel, in dem wir uns befinden, fordert von uns wie Erwachsene zu handeln oder in der Stadt der Kinder zu bleiben.«

*In der Stadt der Kinder zu bleiben?* Jennifers Worte klangen in Miriams Kopf nach. *Und was ist mit den älteren Jungs?*

»Gemein!«, rief Kathrin dazwischen. »Wer hat sich bloß so ein gemeines Spiel ausgedacht?«

»Ganz einfach: irgendwelche Erwachsenen!«, rief Jennifer zurück.

Miriam versank wieder in ihren Gedanken.

*Mit fünfzehn Jahren verschwinden alle Jungs. Soll ich mich ständig nur mit gleichaltrigen oder kleineren Jungs abgeben?* Miriam hob den Kopf, sah aber auf kein bestimmtes Ziel, sie schaute irgendwo ins Leere und blieb bei ihren Gedanken. *Moment mal, nicht nur die Jungs verschwinden, wenn sie fünfzehn sind, alle verschwinden, wenn sie fünfzehn sind! Wie Siggi vor ein paar Tagen.*

»Wir werden ja niemals erwachsen!«, schrie sie laut in die Versammlung hinein. »Egal, wie schnell wir lernen und uns selbst versorgen können, kaum können wir etwas, dann verschwinden wir. Mit fünfzehn sind wir weg! Genau wie Siggi! In der **Stadt der Kinder** bleiben die Kinder immer nur so lange, bis sie fünfzehn sind.«

Miriam war ganz aufgeregt. Die anderen Kinder ließen sich von ihr anstecken: Das hatten sie vollkommen vergessen! Sie konnten nicht die Gemeinschaft bleiben, die sie jetzt waren. Die Ältesten von ihnen würden einer nach dem anderen verschwinden. Auch wenn das bei vielen noch zwei oder drei Jahre dauern würde, es würde letztendlich eine immer kleiner werdende Gruppe von Kindern übrig bleiben, die keine Chance hätte zu überleben. Verflixt! Sie *konnten* gar nicht in der **Stadt der Kinder** bleiben. Aber sie wollten auch nicht zurück in die Erwachsenenwelt – nicht unter diesen Bedingungen!

»Wir sitzen in der Falle«, sagte Jennifer schließlich.

»Ja«, stöhnte Miriam. »Vor allem, wer weiß, wo wir landen, wenn wir älter als fünfzehn sind? Ich möchte lieber nicht wissen, wo Siggi jetzt ist.«

Ben strahlte plötzlich übers ganze Gesicht. »Miriam, manchmal könnte ich dich küssen!«, rief er.

»Tu's doch!«, schoss es aus Miriam heraus. »Das heißt: Ich wüsste schon, bei wem du es besser tätest«, ergänzte sie mit einem schelmischen Seitenblick auf Jennifer. Die lief rot an.

Ben korrigierte sich sofort: »So wörtlich habe ich das nun auch wieder nicht gemeint. Ich meinte nur: Manchmal bist du wirklich genial.«

Miriam sah ihn verdutzt und geschmeichelt an. *Was kriegt der denn jetzt für Gefühle?*, dachte sie.

Ben klärte sie auf: »Ich aber weiß, wo wir landen, wenn wir älter als fünfzehn sind, nämlich in der Wirklichkeit. Dort, wo die Erwachsenen sind, also dort, wo wir hinwollen! Das ist doch ganz logisch!«

Jennifer horchte auf. »Du meinst, wir müssen jetzt noch ein paar Jahre durchhalten, damit wir automatisch zurückkommen?«

»Das wäre eine Möglichkeit«, bestätigte Ben. »Aber vielleicht gibt es auch noch eine andere.«

»Welche denn?«, fragte Jennifer voller Hoffnung nach.

»Na ja«, begann Ben zögerlich nach einer Antwort zu suchen. »Wir sind in diese Falle durch ein Computerprogramm geraten. Computerprogramme sind aber von Menschen gemacht worden.«

»Also müssten sie durch Menschen auch geändert werden können!«, setzte Frank aufgeregt die Gedanken von Ben fort.

»Genau das meine ich«, stimmte Ben zu. »Es gibt keine Computerprogramme, die einfach da sind und niemals geändert werden können.«

»Und du meinst, wir können das Programm des goldenen Computers ändern?« Miriam war ganz aufgeregt. Hastig drehte sie sich um sich selbst und suchte in den Gesichtern der anderen Kinder nach einer hoffnungsvollen Zustimmung. Aber niemand blickte Miriam an. Alle schauten erwartungsvoll zu Ben. Hielt er es für möglich, den goldenen Computer zu verändern, und wenn: wie?

»Wir müssten dem Computer nur beibringen, dass wir alle schon fünfzehn sind!«

»Aber das stimmt doch gar nicht. Ich bin erst neun!«, wandte Max ein, der bis dahin nur wenig von dem Gespräch verstanden hatte. Ben grinste: »Aber das weiß der Computer nicht. Der weiß immer nur das, was man ihm erzählt.«

»Also belügen wir den Computer. So ähnlich wie die Lehrer beim Zuspätkommen.« Miriam hatte manchmal komische Vergleiche parat. Aber Max verstand jetzt, worum es ging.

»Wir haben ohnehin keine andere Chance«, antwortete Ben. »Also können wir es ja versuchen!«

Ein Freudenschrei hallte durch den Raum. Niemand wusste natürlich, ob es funktionieren würde, den goldenen Computer der Erwachsenen auszutricksen. Aber es gab eine neue Hoffnung – das genügte. Schnatternd und schreiend liefen die Kinder mit roten Köpfen und zittrigen Händen in das Zimmer des Schulleiters und von dort durch die Tür ins Zimmer des Bürgermeisters.

»Halt! Drängelt doch nicht so! Das geht doch nicht!« Ben stand im Türrahmen zwischen den beiden Räumen, die eigentlich fünf Kilometer auseinander liegen sollten. Seine Nase war platt an die Tür gedrückt. Mit dem Rücken stemmte er sich gegen die herandrängenden Massen. Etwa zwanzig Kinder standen schon im Raum des Bürgermeisters. Die anderen versuchten sich durch die Tür zu zwängen um noch einen Platz zu ergattern, von dem aus man den goldenen Computer beobachten konnte.

Frank kam aus dem Bürgermeisterzimmer zurück um Ben zu helfen. Mit aller Kraft drängte er die heranstürmenden Kinder zurück.

»Wir passen nicht alle in das Zimmer!«, rief er. »Wartet doch hier!«

Er erntete einen Schrei der Empörung. Jeder wollte dabei sein und zuschauen, ob sie den goldenen Computer austricksen konnten.

Ben schnappte nach Luft. Mühsam drehte er sich um und rief: »Es tut mir Leid! Aber wenn alle in den Raum drängeln, können wir gar nichts machen. Wenn ihr wollt, dass wir es versuchen, müsst ihr hier warten!«

Die Kinder maulten und meckerten, aber sie gaben nach. Im Lehrerzimmer und auf dem Flur davor hockten sie sich auf den Fußboden und gaben sich widerwillig damit zufrieden, zu warten.

Ben setzte sich im Schneidersitz vor den goldenen Computer und startete ihn. Hinter ihm drängten sich Frank, Miriam und Jennifer, weitere zwanzig Kinder standen im Halbkreis dahinter.

Der Bildschirm flackerte in der gewohnten Weise und zeigte den Schriftzug

## Die Stadt der Erwachsenen.

Anschließend erschien wieder die Aufforderung, das Codewort einzugeben. Ben tippte (ENTSCHEIDUNG). Wiederum flackerte der Bildschirm, dann zeigte er das Bild der Stadt wie im Spiel **Die Stadt der Kinder**, nur in Gold.

Ben legte eine Pause ein.

»Als nächstes kommt die Aufforderung, die Schule, den Park oder die City zu wählen. Dann wären wir vermutlich schon zu weit. Ich denke, wir müssten an dieser Stelle ins Programm einsteigen.«

»Wie willst du denn das machen?«, fragte Thomas von hinten.

Ben antwortete nicht, sondern drückte einige Tasten.

Auf dem Bildschirm erschien die Frage, welchen Entscheidungsort sie wählen wollten.

»Mist!«, fluchte Ben. »Das Spiel läuft weiter. Ich komme hier nicht in das Programm.« Er drückte den (RESET) – Knopf. Das Spiel stoppte und der Computer startete von neuem.

Wieder erschien die goldene Schrift

## Die Stadt der Erwachsenen.

Sofort stoppte Ben das Spiel. »Ich weiß nicht, wie ich in das Programm kommen soll«, klagte er. »Immer erscheint sofort das Spiel.«

»Das ist mal wieder typisch für die Erwachse- ➡

nen«, murrte Miriam. »Die lassen sich eben nicht hinter die Kulissen schauen.«

»Ja«, ergänzte Frank. »Beim Spiel Die Stadt der Kinder kommt man leicht ins Programm. Schade, dass dieses Spiel nicht genauso aufgebaut ist.«

Ben schaute Frank mit großen Augen an. »Ob das geht?«, fragte er.

»Ob was geht?«, fragte Frank zurück.

»Das, was du eben gesagt hast«, erwiderte Ben. »Den Aufbau der Stadt der Kinder in diesem Spiel zu übernehmen?«

Frank begriff noch immer nicht.

Ben erklärte: »Was meinst du, was passieren würde, wenn wir das Spiel mit seinen eigenen Waffen schlagen? Also, wenn wir Die Stadt der Kinder in Die Stadt der Erwachsenen hineinkopieren und sie miteinander verschmelzen?«

»Im schlimmsten Fall führt das zum Chaos in beiden Programmen«, vermutete Frank.

Das hatte Ben auch befürchtet. Sorgenfalten legten sich auf seine Stirn. »Trotzdem: Wir müssen es versuchen.« Die anderen Kinder stimmten zu.

»Gut, machen wir eine Pause und ich hole mein Computerspiel von zu Hause«, schlug Ben vor und schaltete den goldenen Computer aus.

Er wollte durchs Direktorenzimmer nach draußen. Kaum aber hatte er einen Schritt ins Zimmer des Schulleiters getan, stürmten die wartenden Kinder auf ihn ein.

»Was ist? Haben wir's geschafft?«

»Hast du das Programm geändert?«

»Was passiert jetzt?«

Die Fragen prasselten wild durcheinander auf Ben nieder. Sofort drehte er auf dem Absatz um und lief zurück ins Zimmer des Bürgermeisters.

»Da komme ich niemals durch«, sagte Ben. »Einer muss mit hinauskommen und den anderen erklären, wie die Lage ist.« Jennifer bot sich an und ging mit Ben ins Zimmer nebenan. Während sie begann eine lange Erklärung abzugeben, rannte Ben auf den Schulhof und schwang sich auf ein herumstehendes Rennrad.

Wie der Teufel raste er nach Haus und lief in sein Zimmer. In aller Schnelle schnappte Ben sich das Steckmodul und steckte auch noch einige Adapter, Kabel und Stecker ein, die im Zimmer herumlagen. Im gleichen Höllentempo eilte er zurück zur Schule. Trotzdem kam den anderen Kindern das Warten vor wie eine Ewigkeit.

Obwohl sie die Zeit genutzt hatten um den goldenen Computer vorsichtig aus dem Schreibtischschrank herauszuholen und auf den Fußboden zu stellen, hatten sie das Gefühl, Ben sei tagelang fort gewesen. In Wirklichkeit war er nach einer knappen halben Stunde zurück. Völlig außer Atem stolperte Ben ins Bürgermeisterzimmer.

»Da bist du ja endlich!«, empfingen ihn die anderen Kinder. Ben war zu sehr aus der Puste um antworten zu können. Er griff in seine Hosentaschen und kramte die verschiedenen Stecker, Kabel und Adapter hervor und schließlich auch das Steckmodul, auf dem das Spiel **Die Stadt der Kinder** einprogrammiert war.

»Und jetzt?«, fragte Jennifer.

»Jetzt lade ich erstmal das Spiel **Die Stadt der Kinder**«, erklärte Ben. »Dann programmiere ich es um. Und zwar sage ich dem Spiel, dass es überhaupt keine Kinder gibt in der Stadt der Kinder, weil alle über fünfzehn sind.«

»Und wo keine Kinder sind, können auch keine zu Erwachsenen erzogen werden«, begriff Jennifer.

Die Kinder grinsten sich frech und verschwörerisch an. Ben hockte sich neben Jennifer vor den Computer. Er beugte sich über den Bildschirm, so dass er von oben die Rückwand des Computers einsehen konnte, suchte nach einer Steckverbindung und steckte das Steckmodul von hinten in den Computer.

»Ich werde verrückt«, sagte Ben. »Der Stecker passt sofort. Ich habe extra verschiedene Kabel und Adapter mitgebracht, weil bei Computern eigentlich niemals irgendetwas zusammenpasst, jedenfalls nie beim ersten Mal. Aber dieses Steckmodul scheint wie für den goldenen Computer geschaffen worden zu sein.«

»Jetzt wird's spannend«, stellte Frank fest. »**Die Stadt der Kinder** lädt sich beim Einschalten ja selbst, aber **Die Stadt der Erwachsenen** auch. Ich bin gespannt, was der Computer jetzt macht.«

Ben legte seinen Finger auf die (POWER) – Taste. Er spürte, wie seine Hand leicht zitterte. Langsam blickte er sich noch einmal in der Runde um.

Miriam biss sich auf die Unterlippe und drückte ihre Hände fest ineinander.

Jennifer strich sich nervös eine Haarsträhne aus der Stirn.

Frank saß im Schneidersitz hinter ihm und wippte mit dem Oberkörper hin und her.

Thomas blickte hinunter auf den Briefbeschwerer, den er sich in den Schoß gelegt hatte und unbewusst die ganze Zeit streichelte.

Max rückte nah an Miriam heran und lehnte seinen Kopf fest an ihre Schulter.

Ben drückte den (POWER) – Knopf.

Der Bildschirm flackerte. Ein kurzes Piepsen. Die üblichen Standardzeilen tauchten in gelber Leuchtschrift auf und verschwanden wieder. Dann eine neue Schrift:

Einen Moment bitte…

»Es funktioniert!«, flüsterte Ben aufgeregt. »Er lädt das Spiel!« Zitternd vor Aufregung rückten die Kinder näher zusammen. Schließlich quäkte eine schrille, einfache Melodie durch den Raum, dann meldete der Bildschirm:

DIE STADT DER KINDER
Das Superabenteuerspiel der Computergames GmbH

Endlich zeigte der Bildschirm eine Stadt. »Damit fing alles an«, erinnerte sich Ben.

Er drückte schnell einige Tasten. Niemand bekam mit, welche es waren und wie Ben es machte. Aber auf einmal zeigte der Bildschirm nur noch endlos lange Zahlenreihen. Ben hantierte in diesen Reihen herum, als hätte er in seinem Leben noch nie etwas anderes gemacht. Die Kinder blickten sich gegenseitig an und schauten dann wieder auf den Bildschirm. Nicht im entferntesten verstanden sie, was dort vor sich ging. Ben drückte noch auf zwei weitere Tasten. Dann war der Bildschirm wieder schwarz wie zu Beginn. »Das war's«, sagte er, während er tief ausatmete. »Geschafft!«

»Geschafft?«, fragte Jennifer verständnislos. »Aber da ist doch gar nichts!«

»Das Spiel ist umprogrammiert.« Jetzt brauchen wir nur noch das Erwachsenenspiel zu laden und zu gucken, was passiert. Ben lud das Spiel, indem er wieder einige Knöpfe drückte.

Es passierte – nichts!

Der Bildschirm flackerte nicht, er blieb einfach schwarz.

Stille.

Der Computer gab nicht das kleinste Geräusch von sich, die Kinder waren noch ruhiger als er.

Totenstille.

Ben drückte den (POWER) – Knopf noch zweimal. Das leise Klicken der Taste donnerte durch den Raum.

Nichts.

Ben drückte vorsichtig eine andere Taste, dann

mehrere, schließlich hämmerte er mit den Fäusten auf die Tastatur und hielt wieder inne.

Absolut nichts.

»Verdammter Mist!«, fluchte Ben.

Das Seufzen von zwanzig Kindern heulte durch den Raum wie ein harter Windstoß.

Ben unternahm einen letzten Versuch. Er zog das Steckmodul aus der Rückwand heraus, steckte es noch einmal ordentlich hinein, prüfte, ob es wirklich fest saß und startete den Computer. Das gleiche Resultat wie beim ersten Mal: nichts.

»Es geht nicht«, stellte Ben resigniert fest. »Er lädt das Programm nicht mehr, das wir austricksen wollten.« Niedergeschlagen blickten sich die Kinder an. Das war ihre letzte Chance gewesen, aber es funktionierte nicht.

Was sollten sie jetzt tun?

Miriam war es, die diese Frage in die Stille des Raumes hineinfragte.

»Wir sollten es den anderen sagen«, schlug Jennifer vor. »Und eine neue Versammlung einberufen um gemeinsam zu überlegen.« Sie stand auf und ging durch die Tür ins Lehrerzimmer.

Nur wenige Sekunden später stürzte sie wieder ins Zimmer des Bürgermeisters.

»Weg!«, schrie sie. »Das Lehrerzimmer ist weg!«

Die Kinder sprangen auf und rannten zur Tür.

»Nebenan ist nur ein leeres Büro!«, rief Jennifer ihnen hinterher. Frank war als Erster an der Tür und riss sie auf. Alle Kinder blieben wie versteinert stehen. Durch die Tür blickten sie auf ein kleines Büro, so normal und unscheinbar wie alle kleinen Büros in dieser Welt: ein Schreibtisch, zwei Schränke, ein paar Telefone, zwei Stühle vor dem Schreibtisch und drei Topfpflanzen auf der Fensterbank. Das war alles; hier, wo doch vor wenigen Minuten noch das Lehrerzimmer gewesen war, in dem sich hundert Kinder drängelten und ungeduldig darauf warteten, was Ben am Computer bewirken würde.

»Wo ist das Lehrerzimmer geblieben?«, fragte Miriam und steckte vorsichtig den Kopf durch die offene Tür.

»Von den anderen nicht die geringste Spur«, stellte Frank fest, der in dem kleinen Büro stand und sich verwundert umguckte.

»Sind wir durch eine falsche Tür gegangen?«, fragte Max.

»Quatsch«, antwortete Miriam. »Hier gibt es doch nur zwei Türen. Diese hier führte zum Lehrerzimmer und die da ist der Ausgang zum Rathausflur.« Sie zeigte mit dem Finger auf eine große, schwere Tür aus Eichenholz, die mit vielen Schnitzereien verziert war. Miriam zuckte entsetzt zusammen, denn gerade als sie Max die Tür zeigte, bewegte sich die Türklinke langsam nach unten. Miriam schluckte und wagte kaum sich zu bewegen. Langsam öffnete sich die große, schwere Tür, aber nur einen Spalt breit. Sie stand wieder still. Von draußen war ein gackerndes Lachen zu hören. Jetzt bemerkten auch die anderen Kinder, was los war, und drehten sich erschrocken um. Was war das für eine Stimme? Da lachte doch kein Kind!

»Gut, Martha, wir sehen uns dann unten«, krächzte die Stimme und unterbrach sich selbst mit einem kräftigen, heiseren Husten. »Meine Bronchien!«, jammerte die Stimme. Die Tür setzte sich wieder in Bewegung und schob sich ein Stückchen weiter auf.

Die Kinder hielten den Atem an und blickten angespannt auf die Tür. Sie sahen, wie sich eine Hand durch den Türspalt reckte, eine Hand, die einen Wassereimer festhielt. Die Kinder hörten, wie ein kräftiger Tritt an die Tür knallte, sie schwang ganz auf und vor ihnen stand eine Frau.

Es war eine alte Frau in einem dunkelblauen Kittel und einem hellblauen Kopftuch, aus dem ein kleiner, grauer Haarpony hervorlugte. Die Frau hielt in der Bewegung inne und sah auf zwanzig Kinder, die sie mit großen Augen anstarrten.

»Was macht ihr denn hier?«, fragte die Frau. »Hier ist doch längst geschlossen! Wo ist denn euer Klassenlehrer?«

»Unser was?«, fragte Miriam. Ihre Stimme zitterte.

»Na, euer Klassenlehrer«, antwortete die alte Frau und wunderte sich über die Frage. »Wenn ihr eine Rathausbesichtigung macht, wird ja wohl ein Klassenlehrer dabei sein. Der muss doch wissen, dass wir um siebzehn Uhr schließen.«

Die Kinder sahen die Frau an, als wäre sie soeben mit dem Raumschiff Enterprise im Zimmer gelandet und hätte noch immer Mr. Spock im Arm.

»Was ist?«, fragte die Frau. Ihre Stimme klang

schon ein wenig ärgerlicher. »Seid ihr alle stumm? Ich will wissen, wo euer Klassenlehrer ist. Ich muss jetzt hier sauber machen. Also müsst ihr hier raus.«

»Unser Klassenlehrer ist verschwunden!«, antwortete Jennifer wahrheitsgemäß. »Aber wo kommen Sie denn her?«

Nun wurde die Frau zornig. »Wo ich herkomme, du freches Ding?«, meckerte sie. »Ich will dir sagen, wo ich herkomme: Ich putze hier im Rathaus seit zwanzig Jahren. Und da habe ich es nicht nötig, mich von so einer Göre wie dir fragen zu lassen, wo ich herkomme. Und jetzt raus hier, bevor ich ernsthaft böse werde!«

Jennifer wich instinktiv einen kleinen Schritt zurück.

»Sind da draußen noch mehr von Ihnen?«, stotterte Ben. Er hatte die Frage eigentlich mehr vor sich hin gemurmelt. Aber die Frau hatte sie sehr wohl verstanden.

Drohend fuchtelte sie mit dem Schrubber in der Luft herum. »Noch so eine freche Antwort und du kannst was erleben, du frecher Bengel!«, schimpfte sie. »Ich rufe gleich die Rathauswächter. Die werden euch Manieren beibringen. Sagt mir endlich, wo euer Klassenlehrer ist, damit er mit euch hier abhaut!«

»Sie sind wieder da! Die Erwachsenen sind wieder da! Wir sind zurück!«, schrie Frank plötzlich und rannte an der Putzfrau vorbei durch die Tür nach draußen. Sofort liefen die anderen zwanzig Kinder hinterher. Die alte Frau sprang entsetzt zur

Seite. Vor Schreck ließ sie den Wassereimer fallen, der ihr über die Füße purzelte. Die Frau torkelte zwei Schritte rückwärts, rutschte auf dem Seifenwasser aus und stürzte über ihren Schrubber laut fluchend zu Boden.

»'tschuldigung!«, murmelte Thomas, der als Letzter an der liegenden Frau vorbei aus dem Zimmer trottete.

Die Kinder rannten hinaus auf die Straße und blieben staunend stehen:

Auf der Hauptstraße standen die Autos hupend im Stau, die Fußgänger hasteten mit mürrischen Gesichtern an den Geschäften vorbei, ein Omnibusfahrer schloss die Türen direkt vor der Nase einer alten Oma und fuhr grinsend los. Vor dem Brunnen saßen zwei Stadtstreicher und bettelten die Passanten vergeblich um einige Groschen an. Ein Hund machte einen großen Haufen direkt vor die Fußgängerampel, während sein Besitzer in die Luft guckte, als ginge ihn das nichts an. Zwei Polizisten standen an einer Bude und aßen Bockwurst.

»Wir sind wieder in unserer Welt«, bemerkte Miriam.

»Und jetzt will ich wissen, was bei uns zu Hause los ist«, sagte Frank. »Wir sehen uns morgen in der Schule!« Gerade wollte er losrennen, doch plötzlich blieb er abrupt stehen. »Da fällt mir noch etwas ein«, sagte er und drehte sich zu Ben. »Ich finde, ich habe die Kette für dieses furchtbare Spiel nicht verdient.« Frank hantierte am Verschluss, nahm sich die Kette vom Hals und überreichte sie Ben. »Du musst mir nur versprechen nie wieder an dem Spiel herumzufummeln.«

Ben lachte seinen Freund an. »Ich werde mich hüten«, versprach er. Von einer Sekunde auf die andere aber erstarrte sein Gesicht. »Das Spiel!«, schrie er. »Es steckt noch im goldenen Computer! Was ist, wenn jemand anderes daran herumspielt?«

Ben wollte schon auf dem Absatz kehrtmachen und zurück ins Bürgermeisterzimmer laufen, als Thomas ihn aufhielt. »Keine Panik!«, schmunzelte Thomas. »Ich dachte mir, das Steckmodul mit dem Spiel braucht ohnehin niemand mehr. Da habe ich es eingesteckt. Denn das Entscheidende an gefundenen Sachen ist ja nicht, ob man sie braucht ...«, »...sondern, dass man sie nur zu nehmen braucht!«, johlten die anderen Kinder wie aus einem Munde und umarmten Thomas, den Sammler. Der grinste über beide Backen.

»Ach, Thomas«, sagte Ben. »Wenn wir dich nicht hätten. Aber pass gut auf das Spiel auf, damit es niemals jemand findet.«

»In meiner Garage findet keiner etwas außer mir«, versicherte Thomas. Das wussten alle anderen nur zu gut.

»Also«, rief Frank. »Jetzt will ich aber wirklich wissen, was zu Hause los ist. Tschüs, bis morgen.« Er spurtete los, als ginge es um die deutsche Meisterschaft im Hundertmeterlauf. Die anderen wollten nun auch endlich nach Hause. Sie verabschiedeten sich und verschwanden in alle Richtungen um auf dem schnellsten Wege heimwärts zu laufen.

Ben hastete durch die Haustür auf den Flur.

»Mutti, bist du da?«, rief er. Seine Mutter steckte den Kopf aus der Küchentür.

»Hallo, Ben. Heute bist du ja überpünktlich. Wir können gleich …« Mehr konnte sie nicht sagen. Ben rannte zu seiner Mutter und fiel ihr freudig um den Hals.

»Mutti!«, rief er. »Schön, dass du wieder da bist!«

»Na, das ist ja heute eine nette Begrüßung«, wunderte sich seine Mutter. »Hast du etwas angestellt?«

»Etwas angestellt?«, fragte Ben entrüstet. »Du warst eine Woche weg. Ihr wart alle eine Woche weg. Das heißt: Eigentlich war ich eine Woche weg, das heißt, wir! Ich freue mich nur dich wieder zu sehen!«

»Fehlt dir etwas?« Bens Mutter begann sich um ihren Sohn zu sorgen. Was redete er da für einen zusammenhanglosen Unsinn vor sich hin? »Was soll das heißen, du oder ihr wart eine Woche weg?«

»Aber das musst du doch gemerkt haben!«, sagte Ben verzweifelt. »Ihr Erwachsenen wart doch alle verschwunden. Das heißt: Genau genommen waren wir Kinder alle verschwunden, in der **Stadt der Kinder**!«

»Ben, jetzt ist es aber genug«, ermahnte ihn seine Mutter. »Was soll der Unsinn?«

Ben ahnte, dass seine Mutter offensichtlich wirklich nichts wusste. Aufgeregt und vollkommen durcheinander begann er ihr die gesamte Geschichte zu erzählen. Ungläubig hörte seine Mutter zu, während sie das Essen auf den Tisch stellte. Es war mittlerweile achtzehn Uhr und das hieß: Essenszeit. Ben hatte nicht den geringsten Hunger. »Na ja, und jetzt nach einer Woche sind wir endlich wieder da!«, schloss Ben seine Erzählung.

»So, so«, machte seine Mutter. »Und wer war der kleine Junge, der heute Morgen hastig und viel zu früh in die Schule lief, weil das wichtigste aller Computerspiele auf ihn wartete?«, fragte sie nach.

»Heute Morgen?«, schrie Ben auf. »Aber das war doch nicht heute Morgen! Das war vor einer Woche!«

»Ben!«, sagte seine Mutter nun in sehr ernstem Ton. »Ich weiß nicht, ob es gut für dich ist, wenn du immer den ganzen Nachmittag vor dem Computer hockst. Jetzt fängst du schon an deine Spiele mit der Wirklichkeit zu verwechseln. Nun iss erst einmal. Ich habe ganz frischen Blumenkohl aus dem Einkaufscenter geholt. Den isst du doch so gerne.«

»Aber, Mami. So glaub mir doch. Es war…« Mitten im Satz wurde Ben vom Klingeln des Telefons unterbrochen. Bens Mutter nahm ab.

»Es ist für dich«, sagte sie. »Jennifer.«

Ben nahm den Hörer.

»Ben, meine Eltern glauben mir nicht!«, jammerte Jennifer sofort los. »Ich habe alles erzählt, aber meine Eltern lachen nur und wollen jetzt mit mir ins Kino gehen, als wäre nichts geschehen! Was soll ich nur machen? Kannst du nicht mit ihnen reden und ihnen alles erklären?«

»Ich fürchte nicht«, antwortete Ben traurig. »Bei mir ist es genauso.« Ben machte eine kleine Pause und hörte das Schluchzen von Jennifer am anderen Ende der Leitung. »Moment mal«, sagte er schließlich. Er legte den Hörer beiseite und lief in die Küche. »Sag mal, Mami. Was hast du vorhin gesagt: Du hast Blumenkohl aus dem *Einkaufszentrum* geholt? Ist dir dort nichts aufgefallen?«

»Doch«, antwortete seine Mutter. »Das Gemüse ist schon wieder teurer geworden. Wenn das so weitergeht ...«

Ben verdrehte genervt die Augen und unterbrach seine Mutter: »Ich meine, war dort nichts zerstört? Keine kaputten Schaufensterscheiben, keine Tomaten an den Wänden, keine Fische auf dem Fußboden?«

»Nein, wieso? Soll dort was passiert sein?«

Ben spurtete zurück zum Telefonhörer. »Jennifer!«, rief er hinein. »Ist dir auf dem Weg nach Hause etwas aufgefallen?«

»Aufgefallen?«, fragte Jennifer nachdenklich. »Nö, was soll mir denn aufgefallen sein? Es war alles wie immer.«

»Wie immer oder wie in der letzten Woche?«

»Wie immer, wie es vor dem Computerspiel war. Die Erwachsenen waren ja wieder da und ... Halt! Jetzt erst fällt es mir auf!«

»Was denn?«

»Die Kneipe, die Drogerie! Ihr hattet doch erzählt, die wären abgebrannt. Ich musste durch die Straße durch. Alles stand dort wie immer!«

»Das dachte ich mir«, stöhnte Ben.

»Wieso?«

»Das Computerspiel ist beendet. Und wie jedes Computerspiel setzt es sich nach dem Schluss auf den Anfang zurück, damit man es von neuem spielen kann. Alles ist dann, wie es vorher war. Deshalb ist die Kneipe nicht abgebrannt, das Einkaufszentrum nicht beschädigt, auch in der Schule wird alles so sein wie früher. Nichts, keine Spuren von unserer Woche.«

»Du meinst, das heißt...«, wollte Jennifer fragen.

Ben antwortete sofort: »Ja, das heißt, dass uns garantiert niemand glauben wird. Was wir erlebt haben, wissen nur die Kinder.«

»Und welcher Erwachsene hat jemals einem Kind etwas geglaubt?«, setzte Jennifer betrübt hinzu.

»Ben! Nun komm endlich!«, rief Bens Mutter aus der Küche. »Das Essen wird kalt. Wenn du so weitermachst, kannst du dir einige Tage lang das Essen selbst machen, damit du mal weißt, wie mühsam das ist.« Jennifer hatte das am Telefon mitgehört.

»Frag sie, ob sie schon mal für über hundert Kinder Nudeln mit Tomatensoße gekocht hat«, kicherte Jennifer.

Ben musste lachen. »Ja, und nebenbei noch zwei brennende Häuser gelöscht!«, ergänzte er.

Beide prusteten am Telefon laut los. Doch dann wurde Jennifer plötzlich ernst. »Hör mal, Ben. Wenn alles so ist wie immer, dann liegt ja auch der Plan des Bürgermeisters wieder bei ihm und es hat gar nichts genützt, dass Miriam ihn geklaut hat.«

»Stimmt.« Jetzt fiel Ben es auch ein. »Aber so leicht lassen wir uns den Sportplatz nicht wegnehmen. Das sage ich dir.«

»Was willst du denn machen?«, fragte Jennifer nach.

»Keine Ahnung. Aber gemeinsam fällt uns bestimmt etwas ein. Das habe ich in dieser Woche gelernt!«

»Ja, da hast du wirklich Recht«, bestätigte Jennifer nicht ganz ohne Stolz. »Ich muss jetzt leider los«, sagte sie. »Meine Eltern wollen mit mir ins Kino. Das Dschungelbuch. Ich wollte mir ja den neuen Western mit Clint Eastwood angucken. Aber meine Eltern meinen, das sei noch nichts für mich.«

»Das kann ich gut verstehen«, alberte Ben herum. »Aber wenn deine Eltern mal Schwierigkeiten mit einer wild gewordenen Jugendbande bekommen sollten, können sie dich ja um Hilfe bitten.«

Jennifer kreischte vor Vergnügen. »Du meinst die mit einem gewissen Herrn namens Kolja?«

»Genau!«, sagte Ben. »Also Jennifer, geh du brav ins Kino und ich esse artig meinen Blumenkohl, wie liebe, kleine Kinder das so machen. Und ab morgen kümmern wir uns um den Sportplatz.«

»Ist gut«, gackerte Jennifer. »Aber morgen Nachmittag, Ben, wollen wir da nicht zusammen ins Kino gehen: Clint Eastwood?«

»Gerne!«, strahlte Ben. »Also abgemacht. Dann

kümmern wir uns eben ab übermorgen um den Sportplatz!«

»Toll!«, jubelte Jennifer. »Du, Ben: Ich mag dich.«

»Ich dich auch«, flüsterte Ben. Dann legte er den Hörer auf, ging in die Küche und aß seinen Blumenkohl.

»Na endlich!«, freute sich Bens Mutter. »Die Drohung, mal einige Tage lang für dich selbst zu sorgen, hat dir wohl einen kleinen Schrecken eingejagt, was?«

»Nein!«, antwortete Ben »Aber manchmal bin ich froh, dass du für mich sorgst und ich erst dreizehn bin.«

Bens Mutter schüttelte lächelnd den Kopf. Was mochte ihrem kleinen Sohn denn nur wieder im Kopf herum gehen?